Protection rapprochée

J'AI LU

ELIZABETH THORNTON

Une fille insaisissable	*J'ai lu* 4507/**5**
Sous le sceau du secret	*J'ai lu* 4980/**5**
Protection rapprochée	*J'ai lu* 5077/**5**

Elizabeth Thornton

Protection rapprochée

Traduit de l'américain
par Anne Benjamin

Éditions J'ai lu

Titre original :

THE BRIDE'S BODYGUARD
Published by arrangement with Bantam Books,
a division of Bantam Doubleday Dell Publishing Group, Inc.

PROLOGUE

C'était un de ces rares après-midi d'été en Angleterre où le ciel est presque sans nuages et où aucune brise ne souffle. La jeune femme aux cheveux noirs et aux yeux bleus se tenait appuyée contre la balustrade en pierre du pavillon dans sa robe de mousseline et admirait le paysage : la succession harmonieuse des collines et des vallons, le tracé des allées, l'équilibre des bouquets d'arbres et le petit lac avec ses inévitables cygnes. Il avait fallu plusieurs générations pour amener le parc à ce point de perfection. Chaque chose semblait si calme, si familière qu'elle avait l'impression d'être remontée dans le temps.

Un souvenir surgit du fond de sa mémoire, et elle frissonna. Le repoussant résolument, elle se mit à marcher sur l'une des allées qui partaient du pavillon. On l'avait priée de s'esquiver pendant une heure ou deux, et elle n'allait pas revenir à la maison comme une enfant incapable de se distraire toute seule plus de quelques minutes.

Il n'y avait aucun jardinier ni valet en vue, et elle devinait pourquoi. C'était aujourd'hui son anniversaire, et son mari avait prévu une surprise pour son retour à la maison. Il avait demandé à tous les hommes valides de venir donner un coup de main pour dresser une grande tente sur la pelouse ouest. Elle secoua la tête, amusée. Il aurait fallu être sourde et aveugle pour ne rien voir des préparatifs de la fête.

Avec un sourire, elle posa sa main sur son ventre. Son mari n'était pas le seul à faire des cachotteries. Ce soir, décida-t-elle, elle lui dirait ce soir, après l'amour, quand il la prendrait dans ses bras pour lui dire combien il l'aimait.

C'était une chose qu'aucun des deux n'avait prévue : ils ne s'étaient pas mariés par amour. Elle était venue à Londres pour la saison, sachant qu'il était de son devoir de trouver un mari. Personne ne s'attendait qu'elle épouse le plus beau parti d'Angleterre.

Il se trouvait confronté à la même nécessité qu'elle. Il l'avait choisie car elle ne possédait pas une once d'affectation et semblait dotée d'un caractère agréable.

Un mois après leur mariage, ils avaient découvert avec jubilation qu'ils étaient amoureux l'un de l'autre.

Quand elle quitta le couvert des arbres, le petit lac s'offrit à son regard comme un miroir parfaitement uni. Il était très peu profond, et pourtant elle ne put réprimer un frisson.

D'un pas lent mais ferme, elle se força à escalader l'étroit pont de bois. Il n'y avait rien à craindre. Le plan d'eau était une œuvre d'art, le triomphe de l'ingéniosité humaine. Elle resta un moment les coudes posés sur la rambarde, le menton appuyé sur ses mains jointes. Elle s'aperçut bientôt qu'elle évitait de regarder l'eau.

Son mari connaissait les raisons de sa phobie. Des années plus tôt, alors qu'elle était en pension, une fille s'était noyée dans un lac semblable à celui-ci. Depuis lors, elle était terrifiée à l'idée de s'approcher de l'eau. Son mari avait essayé de la guérir, mais sans y parvenir. Même pour lui faire plaisir, elle n'avait pu se forcer à apprendre à nager.

Elle se demanda si les autres filles qui avaient assisté à la noyade de Becky avaient été aussi choquées. Sans qu'elle le cherche, un nom revint à sa mémoire : *Tessa*.

Un des rares nuages de la journée cacha le soleil, et elle frissonna de nouveau. Le lac prit un aspect sinistre. Il semblait froid et visqueux.

Elle entendit un pas sur le pont et sursauta. Puis elle poussa un soupir de soulagement.

– Ah, c'est vous, dit-elle. Il est temps de rentrer ?

Elle chercha sa montre sur sa poitrine et regarda l'heure.

Le premier coup s'abattit sur le sommet de sa tête. Le second l'atteignit à la nuque et elle tomba sur les genoux.

Une heure plus tard, son mari trouva son corps sans vie flottant au milieu du lac.

1

– Tessa ! C'est Tessa Lorimer, n'est-ce pas ?

Ces mots prononcés avec un fort accent anglais, dans les salons de l'hôtel parisien d'Alexandre Beaupré, provoquèrent un instant de silence parmi la foule des invités. En cet automne 1803, la France et l'Angleterre étaient en guerre, et on se gardait bien d'inviter l'ennemi chez soi. Puis on se souvint que la petite-fille de Beaupré était anglaise, et que la jeune femme qui venait de parler pouvait fort bien être une des parentes anglaises de Beaupré, à moins qu'elle ne soit américaine. Si elle était américaine, c'était une amie. S'il s'agissait d'une Anglaise, cela importait peu en fin de compte. On pardonnait tout à Beaupré, ce banquier de génie qui comptait le Premier consul comme ami.

A l'énoncé de son nom, la surprise se peignit sur le visage de Tessa, et elle se retourna pour voir son interlocutrice. Sur le seuil du grand salon, une jeune fille se tenait avec son cavalier un peu à l'écart des autres, comme s'ils n'étaient pas sûrs d'être les bienvenus. Âgée d'une vingtaine d'années comme Tessa, elle avait de splendides cheveux châtain clair. Une expression amicale illuminait son visage. Le jeune homme à son côté portait un habit dont la coupe trahissait l'origine anglo-saxonne.

Tessa se pencha pour parler à un gentilhomme aux cheveux blancs installé dans une chaise d'invalide. C'était Alexandre Beaupré, son grand-père. De magnifiques yeux noirs et perspicaces animaient le visage aristocratique du vieillard, encore très beau malgré de profondes rides.

– Amuse-toi ! C'est ton anniversaire. Marcel s'occupera de moi, dit-il en lui faisant signe de s'en aller, et il ajouta à l'intention de Marcel : Apportez-moi un verre de champagne. Je sais, je sais, le médecin me l'a défendu. Mais je m'en moque...

Tessa s'approcha de la jeune fille avec un sourire chaleureux, mais une interrogation subsistait dans son regard.

– Je suis Sally, annonça cette dernière. Sally Turner. Tu ne te souviens pas de moi ? Nous étions en classe ensemble.

– Bien sûr, acquiesça Tessa en faisant mentalement le tour des nombreuses écoles qu'elle avait fréquentées, sans parvenir à situer Sally.

– Fleetwood Hall, précisa gentiment Sally. J'imagine que tu ne dois pas me reconnaître. Tu es restée seulement un an, puis tu es partie chez des parents à Bath, je crois.

Tessa avait été renvoyée de presque toutes les écoles qui l'avaient accueillie, mais elle évita de le mentionner.

– C'était il y a longtemps, remarqua-t-elle évasivement.

– Il y a huit ans. Nous étions douze à l'époque.

Cela ne raviva pas la mémoire de Tessa, mais elle

dissimula sa perplexité. Elle aimait l'apparence de cette jeune fille au visage ouvert.

– Comment m'as-tu reconnue ? s'enquit-elle. Et que fais-tu en France ?

Sally commença par répondre à la dernière question.

– Nous étions à Reims quand la guerre a brutalement recommencé, et nous avons été pris par surprise. Nous attendons maintenant la décision de Bonaparte à notre sujet.

Tessa opina de la tête. Elle savait que beaucoup d'Anglais étaient dans le même cas.

– Et si je t'ai reconnue, reprit Sally, c'est à cause de tes cheveux. Je n'ai jamais vu personne d'autre avec cette couleur.

Un coup de coude de son cavalier lui rappela alors les bonnes manières.

– Tessa, puis-je te présenter Desmond, mon frère ? Desmond, voici... commença-t-elle avant de s'interrompre en riant. Voyons, tu es sans doute mariée, maintenant ?

– Non, je ne suis pas mariée. Je suis toujours Tessa Lorimer.

Desmond Turner s'inclina respectueusement, ébloui. La jeune femme, dans sa robe de mousseline à la taille haute et au décolleté carré, était ravissante. Sally avait raison au sujet de ses cheveux : ils descendaient sur ses épaules comme une cascade d'or en fusion. Elle avait des traits réguliers, et d'immenses yeux qui hésitaient entre le violet et le bleu, parfaitement assortis au petit bouquet de violettes accroché à son corsage.

Sa sœur lui planta son coude dans les côtes. Il retrouva rapidement ses esprits et demanda à Tessa comment elle était restée coincée derrière les lignes ennemies.

Tessa le regarda avec étonnement.

– J'habite ici. C'est la maison de mon grand-père.

– Vous êtes la petite-fille de M. Beaupré ? interrogea Desmond. Pourtant, vous êtes si... anglaise.

– Ma mère était française, mais j'étais très jeune quand elle est morte.

Ne désirant pas entrer dans les détails de l'aventure étonnante qui lui avait permis de s'échapper d'Angleterre et de rejoindre son aïeul, à moitié morte de faim, deux ans plus tôt, elle changea de sujet :

– Je suis surprise que mon oncle ne m'ait pas avertie de votre venue.

– En fait, ce n'est pas M. Beaupré qui nous a invités mais M. Trevenan, répondit prudemment Desmond.

A la mention du nom de l'Américain, un éclair métallique, vite réprimé, passa dans les yeux de Tessa.

– Oh, M. Trevenan, fit-elle du même ton chaleureux. C'est presque un membre de la famille. Il doit être quelque part ici en ce moment, ajouta-t-elle en jetant un coup d'œil autour de la pièce. Je vais aller vous le chercher.

Et avec un autre sourire éblouissant, elle s'éloigna.

– Elle n'a aucune idée de qui tu es, Sally, murmura Desmond.

Tous les deux regardèrent Tessa se frayer un chemin au milieu de la cohue. Quand elle atteignit les portes vitrées qui ouvraient sur la terrasse, un essaim de jeunes gens se pressait derrière elle comme des papillons autour d'une flamme.

– Comment le pourrait-elle ? répondit Sally. Elle

n'est jamais restée assez longtemps quelque part pour se faire des amies. As-tu remarqué ? Quand j'ai mentionné l'école, elle n'a même pas sourcillé.

– Non, mais j'ai remarqué, en revanche, que ses yeux brillaient méchamment quand j'ai parlé de Ross. Elle n'a pas l'air de l'apprécier.

Il avait prononcé ces mots avec une telle satisfaction que sa sœur ne put s'empêcher de rire.

– Ne te laisse pas impressionner par sa beauté. Elle est riche, futile et gâtée au-delà de toute imagination.

– On croirait entendre Ross. Je préfère me faire ma propre opinion au sujet de miss Lorimer.

– Tu ne diras pas que tu n'as pas été prévenu !

Tessa s'arrêta devant les portes pour répondre aux jeunes gens qui voulaient voir son carnet de bal. Il lui restait deux danses, mais elle les gardait pour Paul Marmont qui aurait dû déjà faire son apparition. Elle avait reçu un mot de lui un peu plus tôt pour l'avertir qu'il avait dû se rendre à Rouen mais espérait être de retour avant la fin de la fête. Sinon il essaierait de la retrouver à leur habituel lieu de rendez-vous. Tessa était très peinée de son absence, mais il avait adouci sa déception en joignant au message le bouquet de violettes qu'elle avait épinglé à son corsage.

Bien sûr, elle appréciait beaucoup tous les amis qu'elle avait invités à son bal, mais aucun d'eux ne pouvait soutenir la comparaison avec Paul. Il était divinement beau, possédait la grâce innée d'un danseur, et un seul regard de ses yeux noirs la faisait rougir comme une écolière. Bien qu'il puisse avoir n'importe quelle fille à ses pieds, c'était elle qu'il avait choisie. Elle était presque sûre qu'il allait demander sa main.

Elle rit quand on lui arracha son carnet qui passa de main en main.

– Je vous ai promis une danse à chacun, dit-elle d'un ton dégagé. C'est tout à fait équitable. Mon carnet est plein.

Ce n'était pas un mensonge. Même si Paul ne lui avait pas exactement demandé de lui réserver de danse, elle savait – ou du moins espérait – qu'il serait déçu si, à son arrivée, elle n'avait plus aucune danse de libre. Aussi avait-elle pris sur elle d'inscrire son nom.

Se rappelant soudain sa mission, elle se tourna vers les Turner avec un haussement d'épaules, puis elle se raidit en s'apercevant que Ross Trevenan les avait rejoints. Il observait les singeries de ses jeunes admirateurs avec un mépris amusé. Puis il l'évalua de son regard gris et froid.

Les yeux de Tessa restèrent fixés sur l'étranger qui en quelques mois était devenu le fléau de son existence. Elle devait reconnaître à contrecœur que ses larges épaules et sa haute taille lui donnaient de la prestance, et que sa crinière blonde ne manquait pas de le distinguer au milieu d'une assemblée de Français. Il avait une bonne trentaine d'années, si ce n'est plus. Et quand elle croisait son regard, elle pouvait sentir sa réprobation aussi nettement que s'il lui avait tapé sur les doigts.

C'était étrange, mais elle lui avait déplu dès leur première rencontre. Elle se rappelait fort bien la scène. Son grand-père l'avait appelée dans son bureau pour lui présenter son nouveau bras droit. Elle avait alors lu dans ses yeux une antipathie glacée. Après cela, elle n'avait jamais pu se sentir à l'aise avec lui.

Il la considérait comme une pimbêche futile et sans cervelle. Elle se serait bien moquée de son opinion s'il n'avait eu autant d'ascendant sur son grand-père. Depuis qu'il avait pris auprès de ce dernier ses fonctions (elle ignorait d'ailleurs lesquelles : secrétaire ? intendant ? fondé de pouvoir ?), Ross Trevenan était devenu aussi indispensable au vieil homme que Marcel, le valet qui le poussait dans sa voiture d'infirme.

Quand il faisait des suggestions, le vieillard l'écoutait et agissait en conséquence. Les manières et la tenue de Tessa étaient désormais passées au crible. Et si elle avait pu trouver un moyen de se débarrasser de cet homme, elle n'aurait pas hésité.

Elle avait exhorté son grand-père à la prudence. Ce n'était pas seulement du dépit de sa part : Trevenan ne lui inspirait aucune confiance. Il se prétendait américain, mais comment en être sûr ? Il était toujours très vague au sujet de ses origines. Il aurait très bien pu être un espion anglais, ou un espion de Fouché, ou même un contrebandier, sinon pire. Et puis, il y avait ces absences qui duraient parfois pendant plusieurs jours et n'étaient jamais expliquées. Cet homme était un mystère, et elle était bien déterminée à le démasquer. Quand son grand-père l'aurait renvoyé, tout redeviendrait comme avant. Elle sourit à cette idée.

Elle ne s'était pas aperçue qu'elle continuait à le fixer jusqu'à ce qu'il la transperce d'un regard dur. Puis il haussa les sourcils et afficha son habituel sourire moqueur.

Avec un air de dégoût, elle se retourna vers les jeunes gens qui l'entouraient. L'orchestre attaqua alors une nouvelle danse et son partenaire vint la chercher. Elle finit par oublier son ressentiment dans l'euphorie du moment. Elle se sentait la personne la plus heureuse du monde. C'était son bal. Elle portait une robe magnifique. Tous ses amis étaient là pour la fêter, et quelqu'un l'aimait.

Ses yeux fouillèrent la salle, jusqu'à ce qu'elle aperçoive la silhouette familière de son grand-père. Elle leva la main, et la rose de rubis épinglée au ruban de velours qui ornait son poignet étincela de tous ses feux. C'était son premier bijou, le cadeau d'anniversaire du vieil homme. Il remarqua son geste et leva son verre de champagne dans un hommage silencieux.

Elle avait vingt ans, et c'était le plus beau jour de sa vie.

2

Alexandre Beaupré ouvrit les yeux. On frappait à la porte de son bureau. En voyant Ross entrer, il se recomposa immédiatement un visage afin de cacher sa souffrance.

Ross ne fut pas dupe un seul instant.

– Quand est-ce arrivé ? demanda-t-il à Marcel.

– Avant le bal, monsieur, répondit le valet. Il a insisté pour que je ne dise rien à personne et a tenu à rester jusqu'à la fin.

– Et Mlle Thérèse ?

Le valet secoua la tête.

– Surtout pas Thérèse ! protesta Beaupré. Que pourrait-elle faire ? Croyez-moi, ce n'est rien du tout. J'ai pris quelque chose. Regardez, la douleur passe, fit-il en pliant son bras gauche.

Ross tourna sur ses talons.

– Je vais envoyer chercher un médecin.

– Non !

L'exclamation du vieil homme cloua Ross sur place. Il poursuivit d'un ton radouci :

– Je n'ai pas besoin de médecin. Je suis vieux, voilà tout ! Mon cœur est usé.

Sur un signe de son maître, le valet quitta la pièce. Quand la porte se referma, Ross s'appuya sur le bureau et étudia le vieillard.

Bien que Beaupré et lui-même aient des convictions politiques différentes, il en était venu à l'admirer et à le respecter. Une chute de cheval trente ans auparavant l'avait estropié de telle façon qu'il ne pouvait plus marcher sans aide. Et comme si ce n'était pas assez, sa femme s'était enfuie avec un diplomate anglais, emmenant leur fille unique de dix ans. Cette dernière était la mère de Tessa.

Un homme moins énergique aurait sombré dans le désespoir. Beaupré, lui, s'était élevé au-dessus des circonstances. Il n'avait pas seulement réchappé à la Révolution, il était devenu un homme influent. C'était maintenant un éminent banquier, et Bonaparte avait eu besoin de son aide pour financer ses campagnes.

– Cela empire, dit enfin Beaupré. Je ne pense pas en avoir encore pour six mois.

Il y eut un long silence avant que Ross ne murmure :

– Etait-ce bien raisonnable de donner ce bal ? Vous auriez dû l'annuler.

– Et décevoir Thérèse ? C'est son anniversaire, Ross.

– Vous la gâtez beaucoup trop, Alexandre, remarqua Ross d'un ton dur.

Beaupré le regarda d'un air perplexe.

– Vous me le reprochez ? Je n'ai eu aucune part dans son enfance, sinon pour payer son éducation. La Terreur m'a empêché de l'amener ici et, dans mon état, je pouvais difficilement me rendre en Angleterre. Je vous le dis franchement, ces deux années qu'elle a passées auprès de moi ont été les plus gratifiantes de mon existence.

– Gratifiantes ? C'est étonnant d'utiliser ce mot !

– Vous ne diriez pas cela si vous aviez connu Thérèse il y a deux ans. Elle s'est épanouie, Ross. C'est maintenant une ravissante jeune femme, pleine de vie et d'esprit. (En voyant l'expression impassible de Ross, il émit un petit rire.) Vous autres, Anglais, êtes trop sévères avec les jeunes gens... Oh, je vous demande pardon. Je dois me rappeler de vous considérer comme un Américain.

– C'est plus sûr ainsi.

– Certainement ! Vous me pardonnerez de le faire remarquer, mais ce n'est pas facile d'oublier que vous êtes un aristocrate anglais. N'ayez pas l'air si surpris ! Vous n'êtes pas assez humble pour passer pour un simple secrétaire, comme ma petite-fille ne cesse de me le rappeler.

Ross sourit.

– J'essaierai d'agir à l'avenir avec juste ce qu'il faut d'humilité. Que vouliez-vous me dire ?

Beaupré serra et desserra ses mains qui reposaient sur ses genoux, puis il annonça tout à trac :

– Vous avez vu comme ma santé se détériore vite. Il faut que vous emmeniez Thérèse plus tôt que prévu.

– J'ai réfléchi à notre plan, Alexandre, répondit Ross d'une voix calme. Et je vois maintenant qu'il est très risqué.

– Il a toujours été très risqué. A quoi songez-vous ?

– Votre petite-fille me contrecarre à tout instant.

Beaupré haussa les épaules.

– C'est à vous qu'il faut vous en prendre, vous êtes trop dur avec elle.

– Je ne changerai pas.

– Et elle non plus. Je comprends pourtant ce que vous voulez dire. La tâche n'est pas facile, mais je vous fais confiance pour en venir à bout.

Beaupré observa Ross et se demanda s'il était aussi inconscient qu'il le paraissait de la cause de ses mauvaises relations avec Thérèse. Un Français aurait tout de suite compris. Mais c'étaient bien là les Anglais ! Si avisés dans certains domaines, et complètement dépassés dans d'autres.

Son cœur se serra un instant pour Thérèse. Il ne pouvait malheureusement pas prendre en considération ses sentiments. Ross Trevenan ne lui laisserait qu'une étroite marge de manœuvre, et c'était exactement ce qu'il fallait. Il n'aurait confié à personne d'autre le bien-être de sa petite-fille.

Conscient du silence qui s'était installé entre eux, il demanda :

– Et vos amis, les Turner ?

– Tessa semble les apprécier.

– Ils ont dîné ensemble, n'est-ce pas ?

– En effet, et ils doivent se retrouver demain au

Palais-Royal. C'est bien entendu Tessa qui a choisi l'endroit.

– Et vous ne l'approuvez pas ?

– Le Palais-Royal est le repaire des prostituées et des joueurs.

– Comme vous êtes bien placé pour le savoir.

Ross sourit.

– Comme je suis bien placé pour le savoir, effectivement. Mais cela n'en fait pas un lieu de rendez-vous convenable pour des jeunes personnes du monde.

– Miss Turner aurait pu refuser.

– C'est là le problème avec Tessa. Sa témérité est contagieuse. Sally a sauté sur l'occasion de visiter cet endroit de débauche, et Desmond n'a pas réussi à les faire changer d'avis.

Beaupré eut un petit rire.

– Vous accordez trop d'importance à cela. C'est seulement à la tombée de la nuit que le Palais-Royal montre son plus mauvais côté. Le jour, c'est tout à fait convenable. Les magasins et les cafés sont pleins de gens respectables. Thérèse le sait. Je suis tout de même content qu'elle s'entende avec miss Turner.

– En effet, cela facilitera les choses. Alexandre...

Ross hésita. Il se leva et fit quelques pas autour de la pièce comme pour mettre de l'ordre dans ses idées.

– Il y a une autre raison qui me fait hésiter à emmener Tessa en Angleterre, annonça-t-il. Elle serait plus en sécurité en France.

– Plus en sécurité ? A se cacher comme un lapin terrifié dans son terrier ? A épier par-dessus son épaule qui la poursuit ? Je ne veux pas l'abandonner ainsi.

– Je peux me tromper, vous savez. Il est possible qu'elle ne soit pas en danger.

– Vous ne croyez pas vraiment ce que vous dites !

– Non. Néanmoins, le scélérat que je recherche est anglais. Il serait plus facile à localiser en France.

Beaupré laissa échapper un rapide soupir.

– Quand je ne serai plus là, je préfère que ma petite-fille soit sous la protection d'un homme en qui j'ai confiance, plutôt que de la laisser se débrouiller toute seule dans un pays étranger – et je parle de la France, Ross. Elle n'est pas française, elle est anglaise. Tout serait différent si je pouvais rester auprès d'elle, mais je n'ai pas le choix. En matière de choix, vous êtes le seul qui me reste.

Il secoua vigoureusement la tête quand Ross voulut l'interrompre.

– Non, écoutez-moi jusqu'au bout. Que se passera-t-il quand je ne serai plus là pour protéger Thérèse ? Elle sera probablement la femme la plus riche de France. Ce ne sont pas les chasseurs de dot qui me font peur, mais mon cher ami Bonaparte. Il la prendra si rapidement sous sa tutelle que l'encre aura à peine eu le temps de sécher sur mon certificat de décès. Ensuite, il la mariera à l'un de ses parents, qui la laissera croupir dans un coin perdu. Qui la protégera alors de la terrible menace qui pèse sur elle ? Certainement pas Bonaparte.

Ross exposa une alternative qui lui était venue à l'esprit depuis quelques jours.

– Et que pensez-vous de Paul Marmont ? Elle semble amoureuse de lui. Elle pourrait l'épouser.

Beaupré haussa les sourcils.

– Vous croyez que Paul est un homme pour ma Thérèse ?

– Là n'est pas la question. Il pourrait l'emmener en Amérique. Je crois qu'elle serait en sécurité là-bas.

– Vous croyez ? Vous *croyez* ? Ce n'est pas suffisant pour moi. D'autant plus que si Bonaparte la veut pour l'un de ses misérables parents, ce qu'il m'a déjà laissé entendre, il aura tôt fait de dissoudre le mariage. Non, non, je refuse qu'elle épouse Marmont. Je veux sa sécurité, mais aussi son bonheur. Et elle ne sera jamais heureuse avec Paul Marmont. Il ne l'aime pas. C'est sa fortune qu'il recherche, pour renflouer les entreprises de son père. Et par-dessus le marché, ce jeune Marmont est en train de devenir un vrai libertin. C'est un coureur de jupons, Ross, et cela n'ira pas pour ma Thérèse. Asseyez-vous, j'en ai assez de me tordre le cou pour vous regarder.

Ross prit une chaise, la plaça devant Beaupré et s'assit à califourchon dessus.

– Peut-être devrions-nous en discuter plus tard, proposa-t-il. Vous paraissez vraiment mal en point.

Le vieillard écarta sa suggestion d'un geste de la main.

– Il n'y aura peut-être pas de « plus tard » pour moi. Je veux en finir tout de suite, afin qu'il n'y ait aucun malentendu entre nous. Je ne vois aucune raison de changer nos plans. Toutes les dispositions ont été prises et tous les papiers nécessaires sont signés. Il ne reste plus qu'à informer Thérèse de ma décision.

– Qu'allez-vous lui dire ?

– Ni plus ni moins que ce dont nous sommes convenus.

Sa voix était enrouée. Il se racla la gorge et attendit un moment avant de poursuivre :

– Je remets la vie de ma petite-fille entre vos

mains. Jurez-moi sur tout ce que vous avez de plus sacré que vous ne trahirez jamais ma confiance.

Ross regarda la main tremblante qu'il lui tendait et la saisit.

– Je vous le jure, dit-il.

– Jurez-le sur l'âme de votre défunte femme.

Ross marqua un temps d'hésitation, puis répondit d'une voix ferme :

– Je le jure.

Beaupré se laissa tomber sur le dossier de son fauteuil et, malgré la fatigue qui marquait de plus en plus son visage, une ombre de sourire apparut sur ses lèvres.

– C'est bien, dit-il. Et maintenant, envoyez-moi Marcel.

Après que Marcel, avec l'aide d'un autre valet, eut porté Beaupré à l'étage, Ross alluma un petit cigare à l'une des chandelles et sortit sur la terrasse. De nombreux domestiques étaient encore occupés à remettre de l'ordre après le bal, mais il ne les remarqua même pas. Plongé dans ses pensées, il s'appuya à la balustrade.

Il espérait que la confiance d'Alexandre serait justifiée. Il ne pouvait s'empêcher d'admirer l'acuité du vieil homme. Alexandre savait que sa conscience le tourmentait. Maintenant qu'ils étaient devenus amis, il trouvait déplaisante l'idée d'espérer que Tessa soit la cible d'un meurtrier. Mais il ne pouvait rien y changer. Sans Tessa, il n'avait aucune chance d'attraper ce gredin.

Au bout de la terrasse, une volée de marches menaient au jardin. Il les descendit sans hâte et s'arrêta devant le petit kiosque qui donnait sur la Seine. Quelques lumières de bateaux scintillaient çà et là le long du fleuve. Il tira sur son cigare en repensant à l'entretien qu'ils venaient d'avoir.

Alexandre n'en avait plus pour longtemps, c'était évident. Le vieil homme avait raison. Il fallait agir vite. Et maintenant, c'était à lui de s'occuper de Tessa.

En voilà une jolie corvée ! songea-t-il. Alexandre ne connaissait pas aussi bien sa petite-fille qu'il le croyait, mais Ross n'avait pas voulu détruire ses illusions. Surtout quand il lui restait si peu de temps à vivre ! Lui ne nourrissait plus aucune illusion, surtout après les informations qu'il avait obtenues.

Une image lui revint à l'esprit. Tessa, légère comme une plume, se laissant emporter au rythme de la danse. Ses yeux pétillaient, et un sourire incurvait ses lèvres. Elle était d'une beauté à couper le souffle. Il ne put s'empêcher de songer qu'elle éclipsait Cassie, à cause de ce feu intérieur qui l'animait, puis il se reprocha immédiatement cette pensée, comme s'il avait trahi la mémoire de sa femme.

La beauté de Tessa était peut-être unique, ce n'était qu'une apparence. Le portrait que brossaient d'elle l'oncle et la tante qui l'avaient recueillie était peu flatteur.

Elle avait fréquenté, en Angleterre, plusieurs institutions de renom sans jamais abuser de leur hospitalité. Et c'était sa dernière escapade qui avait conduit à une rupture avec son oncle et sa tante. Ross avait appris d'un domestique que Tessa s'était enfuie avec un jeune et beau valet et qu'après cela, M. et Mme Beasley n'avaient jamais voulu la revoir.

Personne n'avait su ce qu'était devenu le valet en

question. Peu de temps après sa fuite, Tessa avait débarqué chez son grand-père et menait depuis une vie de princesse.

Elle avait pris soin d'en dire le moins possible sur ses jeunes années, et surtout d'omettre de citer le valet. Dans sa version personnelle des faits, les Beasley avaient insisté pour qu'elle épouse un odieux cousin, et elle s'était échappée en France pour demander le soutien de son grand-père.

Alexandre lui avait raconté qu'elle s'était déguisée en garçon et avait soudoyé une bande de contrebandiers pour la faire passer en France. D'un côté, Ross ne pouvait qu'admirer une telle audace, mais d'un autre, il en était épouvanté. Un bateau français aurait fort bien pu les couler. Et que dire si les contrebandiers avaient découvert qu'elle était une femme...

Soudain il entendit quelqu'un marcher sur la terrasse et recula prudemment à l'intérieur du kiosque.

– Paul ?

La voix de Tessa ! Elle descendait les marches dans un bruissement de jupons. Ross jeta son cigare par terre et l'écrasa sous son talon.

– Paul ? répéta-t-elle, et sa voix était essoufflée, incertaine. Je vous ai aperçu de ma fenêtre. Je n'étais pas sûre que c'était bien vous jusqu'à ce que je voie la lueur de votre cigare. Vous m'attendez depuis longtemps ?

Ross comprit qu'il était tombé par hasard sur le lieu de rendez-vous de Tessa et de son ami. Elle pénétra dans le kiosque et s'arrêta, le temps de laisser ses yeux s'habituer à la pénombre.

– Je voulais vous remercier pour le bouquet de violettes. Elles sont vraiment ravissantes. Mais j'ai dû brûler votre mot, annonça-t-elle – et elle eut un petit rire. Vous ne devriez pas m'écrire des choses pareilles, Paul ! Mes joues étaient en feu.

Elle marqua une pause puis reprit d'une voix enrouée :

– Paul, arrêtez de jouer avec moi ! Je sais bien que vous voulez m'embrasser.

Ross ne chercha pas à la détromper. Il était trop curieux de voir jusqu'où elle irait. Elle l'avait déjà fait reculer dans le coin le plus sombre du kiosque.

Les mains de la jeune fille se posèrent sur ses épaules.

– Paul, chuchota-t-elle, et elle leva la tête pour lui offrir ses lèvres.

En France, Tessa avait découvert que les gentilshommes n'étaient pas aussi rigides que leurs homologues anglais, et que les jeunes filles n'étaient en rien pudibondes. Elles ne voyaient aucun mal à autoriser un petit baiser. Après deux années passées dans ce pays, Tessa se considérait comme tout à fait informée sur les hommes.

Cependant, elle savait qu'en entraînant ainsi Paul dans le kiosque, elle outrepassait les limites de ce qui était convenable. Mais Paul était différent des autres. Il lui faisait la cour. Et ce soir, il allait peut-être lui demander sa main. Alors il n'y aurait plus rien de mal dans leurs rendez-vous.

Elle ne fut pas déçue par son baiser. Sa bouche était ferme et chaude, et les délicieuses sensations habituelles l'envahirent. Quand il referma les bras autour d'elle et l'attira contre lui, elle eut un sursaut de surprise, mais ses lèvres si expertes se promenèrent avec insistance pour obtenir une complète reddition. Elle rit quand il embrassa sa gorge mais retint son souffle quand il descendit plus bas, s'arrêtant juste au-dessus de la dentelle de son corsage. Il n'avait jamais été aussi loin auparavant.

Il fallait qu'elle l'arrête. Elle savait qu'il le fallait, mais elle était aussi faible qu'un chaton. Elle articula quelque chose – une protestation ? un appel ? – puis sa bouche couvrit de nouveau la sienne, et tout ce que Tessa savait des hommes fut réduit en cendres dans le feu de son étreinte. Elle tremblait de tous ses membres, son sang semblait s'être enflammé dans ses veines. Elle s'accrochait à lui comme une noyée, lui rendant ses baisers, autorisant ses mains à errer de sa poitrine à ses hanches avec une liberté qu'aucune jeune fille convenable n'aurait tolérée.

Quand il quitta sa bouche et promena ses lèvres sur ses yeux, ses joues, ses oreilles, elle murmura d'une voix tremblante :

– Jamais je n'aurais imaginé cela ! Vous me faites connaître des sensations si nouvelles ! Vous... vous êtes différent ce soir.

Oui, il était différent. Son corps semblait plus dur, ses épaules plus larges, et elle n'avait jamais remarqué qu'il était si grand. Quant à son parfum...

Alors elle sut, elle *sut*, et elle ouvrit les yeux tout grands pour distinguer son visage. Il faisait trop sombre, mais elle n'avait pas besoin de lumière pour savoir. Il ne portait pas d'eau de Cologne comme Paul. Il sentait une odeur de grand air, de savon, de lin fraîchement amidonné.

– Trevenan ! cria-t-elle, et elle bondit littéralement hors de ses bras.

Il ne fit aucun geste pour la retenir.

– Quel dommage ! murmura-t-il, ironique. Juste quand cela commençait à devenir intéressant !

Elle était si en colère qu'elle eut du mal à retrouver sa voix, et c'est sur un ton suraigu qu'elle jeta :

– Vous êtes un... un monstre !

Comme il avançait, elle battit en retraite. Bien qu'elle ressentît une vague de panique, elle était trop fière pour s'enfuir. Lorsqu'il s'immobilisa devant les marches de pierre, elle l'imita tout en prenant soin de garder ses distances.

– Un monstre ? répéta-t-il. Ce n'est pas l'impression que vous m'avez donnée. J'aurais juré que vous y preniez plaisir.

Et il se mit à l'imiter :

– « Jamais je n'aurais imaginé cela. Vous me faites connaître des sensations si nouvelles ! »

– Je vous prenais pour Paul ! cria-t-elle. Comment avez-vous osé agir de cette manière odieuse !

Il haussa un sourcil.

– Ma chère miss Lorimer, si je me souviens bien, c'est vous qui avez « agi ». Je fumais tranquillement un cigare quand vous avez déboulé dans le kiosque et vous êtes jetée sur moi. Puis-je vous donner un conseil ? Vous avez trop d'audace. Les hommes ont le goût de la chasse. Essayez, si vous le pouvez, de leur donner l'impression qu'ils prennent l'initiative.

La pensée que ce débauché – et c'était bien un débauché, ses baisers en étaient la preuve ! – se permette de lui faire la leçon la mettait en rage.

La colère lui fit oublier sa peur et elle fit un pas vers lui.

– Vous croyez peut-être que vos baisers m'intéressent ? Mais vous n'êtes rien d'autre que le laquet de mon grand-père. Vous êtes un vulgaire secrétaire, un simple employé. Si je lui disais ce qui s'est passé ici ce soir, il vous renverrait sur-le-champ !

– Mais voyons, dites-le-lui ! Il ne me tiendra pas rigueur d'avoir agi comme n'importe quel homme l'aurait fait. C'est votre conduite qui le désappointera. Si j'étais chargé de votre éducation, ajouta-t-il d'un ton sévère, je peux vous jurer que vous apprendriez à m'obéir.

– Dieu merci, cela n'arrivera jamais !

Il éclata de rire.

– Des choses plus étonnantes sont déjà arrivées.

La discussion était au point mort. La seule chose à faire maintenant était de se retirer avec le plus de dignité possible. Elle prit une profonde inspiration, essayant de retrouver son calme.

– Je ne serais jamais entrée dans le kiosque si j'avais su que vous y étiez, dit-elle. Je vous ai pris pour Paul Marmont.

Il haussa les épaules.

– Dans ce cas, tout ce que je peux vous dire, c'est que les petites filles qui jouent avec le feu méritent de se brûler.

– Vous avez voulu me donner une leçon ? demanda-t-elle, furieuse.

– Dans un sens, oui.

Elle rejeta la tête en arrière et le fusilla du regard.

– Et jusqu'où étiez-vous prêt à aller dans votre leçon, monsieur Trevenan ? Hein ?

Il tendit la main vers elle et annonça le plus sérieusement du monde :

– Retournez dans le kiosque et je vous montrerai.

Il ne plaisantait pas, et cette attitude lui fit l'effet d'une gifle. Blessée dans son amour-propre, elle pivota et remonta en courant l'escalier jusqu'à la maison.

Ross attendit quelques minutes avant de la suivre

à l'intérieur. Il espérait qu'il lui avait donné une bonne leçon. En tout cas, il avait découvert une chose au sujet de Tessa Lorimer qui lui plaisait énormément.

Elle était toujours innocente.

Un sourire apparut sur ses lèvres quand il se remémora ses paroles : « Jamais je n'aurais imaginé cela ! Vous me faites connaître des sensations si nouvelles... » Tant pis pour Paul Marmont et le jeune valet, songea-t-il en claquant des doigts.

Mais il avait découvert autre chose qui ne lui faisait, cette fois, aucun plaisir. Si elle ne s'était pas échappée de ses bras, il ignorait où cela se serait terminé.

Avec une grimace, il tira sa montre de son gousset. Il était encore temps d'aller rendre une petite visite à Solange.

Quelques minutes plus tard, il grimpait dans un fiacre, en route vers le Palais-Royal...

3

Plusieurs tables étaient regroupées devant le *Café de Foy* pour permettre aux consommateurs de jouir des derniers beaux jours de l'été. Tessa et ses nouveaux amis, Sally et Desmond Turner, s'y étaient assis après avoir exploré les magasins installés dans les galeries de chaque côté des jardins clos du Palais-Royal.

Desmond Turner buvait son vin à petites gorgées en observant les passants. C'était la première fois qu'il se rendait ici dans la journée, et il était soulagé de n'avoir remarqué aucune trace des prostituées qui exerçaient leur métier dès le crépuscule. Il n'y avait pas de bagarres, ni de cris d'ivrognes. Bonaparte avait réquisitionné l'une des ailes du Palais pour y établir son tribunal, et sa police secrète devait certainement surveiller l'endroit. Desmond étudia les promeneurs d'un œil professionnel, essayant de deviner lesquels pouvaient appartenir à cette brigade spéciale.

Tessa et Sally se demandaient qui pouvaient bien être les hommes qui sortaient, à intervalles réguliers, d'une porte sur la droite du café.

– Des joueurs, suggéra Tessa. Les joueurs ne s'arrêtent pas de la nuit. A leurs têtes, on peut facilement deviner s'ils ont gagné ou perdu. Ou alors, poursuivit-elle en baissant la voix avec un clin d'œil à Sally, ils rentrent chez eux après avoir passé la nuit chez leur maîtresse.

Sur ces entrefaites, un serveur arriva avec leur commande et la conversation dévia.

Tessa avait découvert qu'en dépit de son aversion pour Trevenan, elle aimait ses amis, particulièrement Sally. Elle avait beau être anglaise, elle n'était pas du tout guindée. Quand ils étaient passés devant une vitrine qui exposait des estampes grivoises, Sally n'avait pas rougi. Elle avait même essayé avec humour de persuader son frère d'en acheter une.

– Quelle est exactement votre profession, monsieur Turner ? s'enquit Tessa. Je ne crois pas que vous l'ayez déjà mentionnée.

– C'est plus un passe-temps qu'une profession, répondit Sally. Si Desmond voulait, il pourrait être homme de loi. Il a été avocat.

Desmond prenait de toutes petites gorgées du café noir que le serveur venait de poser devant lui. Le trouvant imbuvable, il finit par le repousser.

– J'enquête sur des crimes, annonça-t-il. Je poursuis des voleurs de banque, j'arrête des meurtriers et des criminels, ce genre de choses, vous voyez.

– Vous êtes un agent, alors ? Un fonctionnaire de la police ?

– Non, pas du tout ! Cela ne présenterait aucun intérêt pour moi. Je loue mes services.

Tessa ne put cacher son étonnement. Elle avait du mal à imaginer quelqu'un employant Desmond Turner pour retrouver un voleur ou un meurtrier. Il lui semblait en outre trop jeune pour avoir exercé la profession d'avocat. Et surtout, il n'avait pas le physique de l'emploi : pas de figure patibulaire, ni d'air menaçant.

Sally laissa échapper un rire.

– On ne le croirait pas à le regarder, mais Desmond est célèbre dans certains cercles, expliqua-t-elle.

Et, malgré les protestations de son frère, elle se mit à raconter quelques-unes des affaires qu'il avait résolues.

Tessa en connaissait certaines : la banque de Pall Mall, le vol des tableaux de lord Hawsey dans sa maison d'York et, la dernière mais non la moindre, l'horrible meurtre du jeune lord richissime qu'on avait d'abord attribué à des gitans et dont la coupable, après l'enquête de Desmond, s'était révélée être l'épouse adultère.

En réponse à une question de Tessa, Desmond expliqua comment il s'était investi dans ce passe-temps, en fin de compte très lucratif. Il avait cela dans le sang, précisa-t-il. Deux de ses oncles étaient juges de paix. Adolescent, il les aidait parfois à élucider les cas difficiles. Plus tard, comme avocat, il avait découvert qu'il s'intéressait davantage à poursuivre les criminels qu'à les défendre.

– C'est passionnant, dit Tessa. Parvenez-vous toujours à mener à bien vos enquêtes ?

– Oh, non ! Il y en a une en particulier qui m'a complètement dérouté.

Il tourna la tête vers elle, et son regard brun habituellement si chaleureux devint dur comme l'acier. Sans même s'en rendre compte, Tessa serra son châle autour de ses épaules. Elle étudia de nouveau ses traits et s'aperçut qu'elle s'était trompée sur son compte. Il avait certainement une bonne trentaine d'années et n'était pas aussi inoffensif qu'elle le croyait.

– La victime avait vingt-deux ans. Elle s'appelait Margaret Hemmel, déclara-t-il.

– Vous dites cela comme si je devais la connaître.

– C'est dans les choses possibles. Elle était en classe avec vous.

– J'ai fréquenté tellement d'écoles que j'ai du mal à ne pas les embrouiller toutes.

Sally écrasait les boules de glace dans son assiette avec sa petite cuillère.

– Fleetwood Hall, annonça-t-elle. Mais moi non plus, je ne m'en souviens pas. Nous étions dans les plus jeunes alors qu'elle était en dernière année.

– Fleetwood Hall ? Attendez une minute. Quel était le nom de la directrice ?

– Miss Oliphant, répondit Sally.

Tessa sentit son cœur se serrer. Fleetwood Hall. Maintenant elle se souvenait. L'école était installée dans un manoir néoclassique au milieu d'un magnifique parc. Il y avait des bois et des allées, et un petit lac artificiel où elles ne pouvaient se rendre qu'en compagnie d'un professeur. En dépit du règlement, elle y allait avec Nane, une fois les portes fermées pour la nuit et la maisonnée endormie. Elle n'avait pas pensé à Nane depuis bien longtemps, et elle se demanda ce qu'elle était devenue.

– C'est cela, acquiesça-t-elle avec un signe de tête. Et l'école s'appelait l'Académie de miss Oliphant. Fleetwood était le nom de la maison.

Sally jouait avec sa cuillère.

– Je l'avais oublié, dit-elle. Ce dont je me souviens, en revanche, c'est de cet affreux accident au cours duquel une fille s'est noyée.

– Quel accident ? demanda Desmond.

– Je suis sûre que je t'en ai déjà parlé, répliqua Sally. Juste avant les vacances d'été, quatre des plus grandes n'ont pas respecté le règlement et sont allées se baigner en plein milieu de la nuit. Le problème, c'est qu'aucune ne savait nager. En fait, elles n'étaient pas seules mais... (Elle s'arrêta brusquement.) Mais ce n'est pas à moi de te le raconter. Tessa était là. Elle sait mieux ce qui s'est passé.

Le cœur de Tessa s'emballa dans sa poitrine.

– Je n'étais pas là, protesta-t-elle. Je sais que les filles ont dit cela, mais elles se trompaient. Il faisait nuit. Elles ne m'ont pas vue. Elles ont cru reconnaître ma voix, c'est tout. Mais je n'étais pas là. J'étais au lit avec une forte fièvre. J'ai déliré pendant trois jours.

– Enfin, quoi qu'il en soit, reprit Sally, l'une des filles s'est noyée.

– Becky Fallon, précisa Tessa.

– C'est cela. La pauvre Becky !

– Oui, murmura Tessa, et ses doigts se serrèrent autour de son couvert.

Plusieurs années avaient passé depuis la mort de Becky, et pourtant elle ne pouvait se remémorer cet accident sans se sentir coupable. Elle ne comprenait pas pourquoi. Elle n'avait pas menti à Sally : quand c'était arrivé, elle était au lit. Peut-être se sentait-elle coupable parce qu'elle n'avait jamais aimé Becky Fallon ? Pourtant, lorsqu'elle avait appris l'horrible nouvelle, elle avait été aussi choquée que les autres...

S'apercevant soudain que deux paires d'yeux étaient braquées sur elle, elle reprit :

– Mais vous parliez de Margaret Hemmel. Elle a été assassinée ?

– Cela s'est passé il y a presque trois ans, répondit Desmond. Ça ressemblait à un accident de calèche, mais ses parents n'étaient pas satisfaits du verdict du coroner, et moi non plus. Pourtant, je n'ai rien pu prouver, et ce cas reste pour moi un échec.

– C'est affreux, murmura Tessa.

Il lui adressa un sourire éclatant.

– Je ne me suis pas encore avoué vaincu. J'espère bien attraper un jour le coupable.

Une ombre apparut soudain sur la table. Tessa leva les yeux et reconnut Paul Marmont qui venait de les apercevoir. Secouée par la conversation, elle tendit instinctivement la main vers lui. Paul venait de Rouen où il avait traité une affaire pour son père.

Elle fit les présentations et, comme la conversation bifurquait vers un autre sujet, Tessa sentit son cœur s'apaiser et elle oublia peu à peu les événements de Fleetwood Hall.

– Vous m'avez manqué lors de mon bal, remarqua-t-elle.

– J'ai été retardé pour des raisons indépendantes de ma volonté, répliqua-t-il. Votre femme de chambre m'a dit que je vous trouverais ici.

Paul ne s'excusait jamais, même pour la forme. Et c'était l'une des rares choses chez lui qui agaçaient la jeune fille.

Il appela le serveur et commanda un verre de vin.

– J'imagine que vous cherchez un moyen de sortir du mauvais pas où vous êtes ? dit-il aux deux Anglais quand le serveur fut parti.

– Si vous sous-entendez que nous voulons retourner en Angleterre, déclara Desmond, vous avez raison.

– Je pourrais peut-être vous aider.

Il y eut un instant de silence avant que Desmond ne reprenne la parole :

– C'est très gentil de votre part, monsieur Marmont. Nous pourrions bien le cas échéant nous souvenir de votre offre. Mais pour l'instant, nous avons ce qu'il nous faut.

Paul sourit.

– Ah, cela veut dire que tout est déjà arrangé ! Quand partez-vous ?

Le frère et la sœur échangèrent un long regard.

– Ce n'est pas encore décidé, répondit Desmond.

Le vin de Paul fut servi.

– Alors je vous souhaite à tous les deux un bon voyage, dit-il à mi-voix en levant son verre.

Tessa essaya de cacher sa déception.

– Vous allez me manquer, annonça-t-elle en regardant Sally.

Puis elle s'aperçut du ridicule de sa remarque et

haussa les épaules : sa rencontre avec la jeune Anglaise remontait à la nuit du bal.

– Peut-être nous reverrons-nous en Angleterre ?

– Je ne retournerai jamais en Angleterre ! protesta Tessa.

– Certainement pas, renchérit Paul. L'avenir de Thérèse est ici, avec moi.

Tessa était tout excitée par cette perspective, mais quand elle se tourna vers Paul, il était plongé dans la contemplation de son verre de vin et affichait un air indifférent.

Les Turner prirent bientôt congé. Mais avant de partir, ils décidèrent avec Tessa de se retrouver au musée du Louvre le lendemain après-midi. Paul déclina l'invitation, sans aucune explication, comme à son habitude.

Il les regarda s'éloigner d'un air pensif.

– Cela ne me surprendrait pas que ce soit votre grand-père qui ait arrangé leur retour en Angleterre.

– Mon grand-père les connaît à peine, Paul. Ce sont des amis de Ross Trevenan.

– Alors j'imagine que c'est lui qui les a aidés.

– Pourquoi un Américain courrait-il un tel risque ? On ne peut pas dire qu'ils aiment beaucoup les Anglais.

– Pour le profit, bien sûr. Et je ne suis pas convaincu que M. Trevenan soit américain. Si son but est de rapatrier des gens en Angleterre, il a tout intérêt à se faire passer pour un Américain. Cela lui permet de se déplacer sans problème en France.

– Vous croyez qu'il est anglais, alors ?

– C'est fort possible.

Cette perspective fit réfléchir la jeune fille, mais quand elle releva la tête, Paul la fixait de ses magnifiques yeux noirs et elle oublia complètement Ross Trevenan.

– J'avais une raison bien particulière de vous chercher, annonça-t-il. Je dois retourner immédiatement à Rouen et j'avais peur de vous manquer.

– De quoi s'agit-il ?

Il lui prit la main, la retourna et retraça sa ligne de vie avec son pouce.

– Mon père veut que je reprenne l'affaire de Rouen. Cela signifie que nous ne pourrons plus nous voir aussi souvent que je l'aurais désiré.

– Oh ! souffla-t-elle, la gorge serrée.

Il relâcha sa main.

– Cela n'a aucun sens pour moi de courir entre Paris et Rouen si je dois m'installer définitivement là-bas. Ma famille y possède une maison.

Elle acquiesça d'un signe de tête, osant à peine respirer.

– Par contre, si nous devions nous marier...

Il laissa sa phrase en suspens.

Une boule dans la gorge, Tessa était incapable de parler. Tout ce qu'elle avait toujours désiré était à portée de sa main. Elle aurait un mari et des enfants. Elle serait enracinée quelque part, avec un foyer, quand son grand-père ne serait plus là pour la protéger.

– Avez-vous compris ce que je disais ? s'enquit-il gentiment.

Enfin elle retrouva sa voix.

– Vous me demandez de vous épouser ?

– Pas encore, ma chérie. Je dois d'abord parler à votre grand-père. C'est ainsi que les choses se passent en France. Je pourrai vous demander votre main seulement quand j'aurai sa permission.

– Quand allez-vous voir mon grand-père ?

Il sourit devant l'impatience qui perçait dans sa voix.

– Je crois que je vais attendre une semaine. Cela vous laissera le temps de me préparer la voie.

– Est-ce vraiment nécessaire ? Pourquoi ne pas lui parler aujourd'hui même ?

Il secoua la tête.

– Je ne suis pas certain que votre grand-père accueillerait favorablement ma demande. Mais si vous lui parlez de moi et laissez entendre que vous désirez m'épouser, il sera plus réceptif.

Elle trouvait Paul beaucoup trop prudent, mais une semaine n'était pas le bout du monde. Et, contrairement à lui, elle était sûre que son grand-père serait ravi de ce mariage.

Quelqu'un héla Paul d'une table voisine.

– Oh, Dumont, murmura-t-il. Il s'occupait de la succursale parisienne. Cela ne prendra pas longtemps.

Pendant qu'il discutait avec M. Dumont, Tessa se mit à passer en revue toutes les qualités de Paul qu'elle pourrait faire valoir à son grand-père. Qu'il soit le célibataire le plus recherché de Paris n'impressionnerait pas le vieil homme, elle en était persuadée ! Il serait beaucoup plus intéressé par son caractère, et les chances qu'il avait de la rendre heureuse.

Elle lui dirait alors combien il était merveilleux. Jamais elle n'oublierait le bal où elle l'avait rencontré, quelques mois seulement après son arrivée à Paris... La décevante soirée allait se terminer, et elle observait sur le parquet une araignée miraculeusement indemne, quand deux escarpins d'un noir brillant s'étaient arrêtés devant elle. Elle avait levé lentement les yeux, notant au passage les jambes musclées sous les culottes de satin blanc, la veste noire ajustée sur un gilet gris perle, les larges épaules et, enfin, le visage souriant du jeune homme.

Il l'avait invitée à danser et présentée ensuite à tous ses amis. Elle était persuadée qu'il avait ressenti son désarroi et voulu l'aider. Et ce n'était que le début d'une longue amitié. Paul était devenu en quelque sorte son mentor. Il l'avait conseillée sur le choix de ses vêtements, l'avait persuadée de laisser pousser ses cheveux, dont il aimait tant la couleur. C'était grâce à lui qu'elle avait fait son chemin dans la bonne société...

Son regard se posa par hasard sur la porte qu'elle avait remarquée un peu plus tôt avec Sally. Ross Trevenan venait d'en franchir le seuil, et il n'était pas seul. Une jeune femme auburn, vêtue d'un nuage de mousseline transparente, lui souriait.

Tessa la reconnut aussitôt. C'était Solange Guéry, la plus fameuse courtisane de Paris. Elle avait sa loge à l'Opéra et son propre attelage. Qu'est-ce qui avait bien pu amener le secrétaire de son grand-père dans son appartement ?

Elle eut sa réponse quand la femme se pendit au cou de Ross et plaqua un baiser gourmand sur ses lèvres. Tessa ne pouvait les quitter des yeux. Des images remontaient à sa mémoire, alors qu'une chaleur insidieuse l'envahissait. Puis l'humiliation cuisante qu'il lui avait infligée lui revint à l'esprit. Elle haïssait cet homme.

Quand le baiser fut terminé, la femme se détourna pour rentrer, et Trevenan lui administra une petite claque sur le derrière. Elle éclata de rire.

Comme il s'apprêtait à partir, son regard s'arrêta

sur Tessa, glissa sur elle, puis revint brutalement en arrière. Son sourire disparut immédiatement, et il se fraya un chemin vers elle.

Elle se sentait confuse, comme s'il l'avait surprise en train de commettre un méfait. L'orgueil fut le plus fort, cependant, et elle releva la tête. Persuadée qu'il n'allait pas l'épargner, elle préféra parler la première :

– Vous devriez sourire plus souvent, monsieur Trevenan. Ma parole, mais vous avez l'air presque humain !

– Je souris quand j'en ai l'occasion. Les Turner ne devaient-ils pas vous accompagner, ce matin ?

Elle bouillait intérieurement. Il la croyait sans chaperon et voulait montrer qu'elle était en tort, alors que sa propre conduite était scandaleuse ! Quel mufle !

La colère la rendit téméraire.

– Nous ne sommes pas le matin, mais l'après-midi, monsieur Trevenan. Sans doute avez-vous tellement papoté avec Mlle Guéry que vous n'avez pas vu le temps passer ?

Aucune ombre de sourire n'éclaira son visage, cette fois-ci.

– Ce que je fais avec Mlle Guéry n'est pas votre affaire. Où est votre chaperon, Tessa ?

– Mon chaperon n'est pas votre affaire ! siffla-t-elle.

Ses yeux gris devinrent glacés.

– Nous allons voir cela ! dit-il en s'approchant.

– Paul m'accompagne, jeta-t-elle en s'attendant à sentir à tout instant ses mains puissantes l'attraper par les épaules et la mettre sur ses pieds comme une petite fille capricieuse. Il est là-bas.

Elle lança un coup d'œil par-dessus son épaule et fut soulagée de constater que Paul avait fini sa conversation et se dirigeait vers elle.

– Vous vous souvenez de Paul Marmont, n'est-ce pas ? reprit-elle en retrouvant son aplomb. C'est l'homme que je vais épouser. Je n'ai pas besoin de chaperon, Paul est un gentilhomme, lui.

Après cette attaque, elle se prépara à recevoir une réponse cinglante. Mais il la gratifia d'un regard où elle crut lire la pitié, puis son habituel masque indéchiffrable retomba sur son visage, et il s'éclipsa sans un mot.

A l'intérieur d'un petit établissement discret, non loin du faubourg Saint-Germain, Sally et Desmond Turner prenaient une tasse de thé dans l'un des salons particuliers.

– Excuse-moi pour ma gaffe, tout à l'heure, remarqua Sally. J'aurais dû me rappeler que l'école portait le nom de miss Oliphant.

– Je ne vois pas comment tu aurais pu te le rappeler, alors que tu n'y as jamais été. Et les gens du coin en parlent toujours comme de Fleetwood Hall. En tout cas, je ne crois pas que Tessa soupçonne quoi que ce soit.

– Non. Elle est si confiante que je me sens coupable de la tromper. La pauvre petite !

– La pauvre petite ? Je croyais que tu la trouvais futile et hautaine ?

– Cela a été ma première impression, et uniquement parce que j'avais trop écouté lord Sayle.

– Sally ! lança Desmond d'un ton d'avertissement.

– Ross. Je veux dire « Ross », bien sûr !

– Tu dois faire très attention, jusqu'à ce que nous soyons rentrés en Angleterre. Si les Français découvraient sa véritable identité...

– Je sais, je sais. Ils l'enfermeraient jusqu'à la fin de la guerre. Comme je le disais, si je n'avais pas écouté Ross, je me serais fait une opinion tout à fait différente sur Tessa. Et elle me trouve sympathique, j'en suis sûre. C'est ce qui est le plus pénible !

Desmond se carra dans son siège et étudia sa sœur. Elle l'avait aidé dans plusieurs autres affaires, et elle n'ignorait pas que les subterfuges et la ruse étaient un mal nécessaire pour mener à bien les enquêtes. Mais aucun des deux n'en usait de gaieté de cœur.

Il choisit ses mots avec soin.

– Tu n'es pas obligée de continuer, tu sais. Si tu le désires, tu peux arrêter tout de suite. Demain, nous nous rendrons au Louvre et nous dirons adieu à Tessa. Tu pourras ensuite rentrer à la maison et me laisser me débrouiller avec Ross.

Sally réfléchit un long moment. Puis elle leva les yeux et demanda :

– Ne pourrions-nous pas lui dire la vérité ?

– Pour le moment, nous ignorons encore la vérité.

– Nous pourrions lui dire ce que nous savons.

– Hein ? Lui dire que nous recherchons un fou ? Qu'il a déjà assassiné tous les autres témoins de la noyade de Becky Fallon, et qu'elle est à notre avis la prochaine victime ? Quelle jeune femme pourrait vivre avec une pareille menace ?

– Tu oublies une chose. L'un de ces témoins était Cassie, la femme de Ross.

– C'est juste.

Elle se pencha en avant et demanda :

– Es-tu sûr que Tessa a vu l'accident ?

– Ross le pense. Sa femme le lui a affirmé peu de temps avant sa mort. Et lors de l'enquête, les trois filles de dernière année qui étaient sur place cette nuit-là ont insisté sur la présence de Tessa.

– Mais elles ne l'ont pas vue ?

– Non, il faisait trop noir, et Tessa était de l'autre côté du lac. Mais elles ont reconnu sa voix. Elle appelait à l'aide en pataugeant dans l'eau. Tout le monde a cru que c'était une farce et personne ne s'est inquiété. Elle avait l'habitude de faire ce genre de plaisanteries, et l'eau n'était pas profonde.

– Aussi sont-elles toutes retournées se coucher, sauf Becky Fallon ?

– Manifestement. Puis Cassie s'est aperçue que Becky n'était pas là et elle est revenue la chercher. C'est alors qu'elle a vu Tessa, de l'autre côté du lac.

– Personne ne l'a dit lors de l'enquête ?

– Non. Je suppose que Cassie pensait lui rendre service en se taisant.

Sally poussa un soupir.

– Réfléchis bien, Sally ! De toutes les filles présentes cette nuit-là, Tessa est la seule survivante.

– Mais pourquoi quelqu'un aurait-il attendu toutes ces années pour faire disparaître les témoins d'un tragique accident ?

– Si je connaissais la réponse, je saurais qui est le meurtrier. Et tu oublies quelque chose, Sally. Nous n'étions pas les seuls, Ross et moi, à chercher à localiser Tessa. Quelqu'un d'autre a posé des questions sur elle. Nous avons eu de la chance de la trouver les premiers. Elle est le dernier témoin en vie. Il ne faut pas qu'il lui arrive quelque chose.

Sally regarda son frère d'un air sombre.

– Pauvre Tessa ! murmura-t-elle.

– Eh bien, que décides-tu ? Restes-tu avec moi sur cette affaire, ou non ?

Elle remplit sa tasse et avala plusieurs gorgées de thé avant de répondre :

– Si je continue sur cette affaire, je pourrai veiller sur Tessa. Et tant pis si pour cela, je dois la tromper !

4

Assise devant une petite table sur la terrasse, Tessa attendait patiemment que son grand-père fasse son apparition. C'était l'heure qu'elle préférait, juste avant le dîner, quand ils discutaient, ou lisaient, ou parfois même contemplaient seulement la vue, absorbés chacun dans leurs pensées. Elle posa son livre et alla jusqu'à la balustrade. Le soleil plongeait à l'horizon. Une lueur rouge illuminait le ciel, ensanglantant les toits du Louvre de l'autre côté de la Seine.

C'était tout son univers, maintenant. Elle s'attendait à ressentir la paix qui l'envahissait habituellement devant ce spectacle. Mais au lieu de cela, une sorte de crainte diffuse l'étreignit, et elle se demanda quelle pouvait en être la cause.

Il n'y avait pourtant eu aucun événement notoire ces derniers temps, juste une série de petits faits qui ne valaient pas la peine qu'on s'y arrête. Son grand-père était resté enfermé pendant deux jours d'affilée avec ses avoués. Chaque fois qu'elle mentionnait le nom de Paul, il restait évasif. Elle avait surpris une lueur de tristesse dans les yeux du vieil homme à plusieurs reprises. Ses conversations avec Ross Trevenan s'arrêtaient dès qu'elle était à portée de voix.

Ross Trevenan ! Elle était mal à l'aise depuis qu'il avait fait son apparition dans sa vie. Sans pouvoir se l'expliquer, elle sentait que toutes ses craintes s'envoleraient si seulement il pouvait retourner d'où il était venu...

Oui, on lui cachait quelque chose, et tout cela était lié à Ross Trevenan. Même Sally et Desmond Turner prenaient une attitude réservée quand elle mentionnait son nom. Selon Desmond, ils s'étaient rencontrés par hasard dans une maison de jeu du Palais-Royal et s'étaient liés d'amitié. Cela lui semblait peu crédible. Un employé ne gagnait pas assez d'argent pour le dépenser en jouant. Et aucun secrétaire ne serait en mesure de s'offrir les services de Solange Guéry !

A moins que l'hypothèse de Paul ne soit juste ? Trevenan était anglais et aidait ses compatriotes à regagner leur pays. Peut-être même avec l'aide de son grand-père. Si c'était vrai, cela expliquerait bien des choses...

Elle se détourna de la vue et sursauta en apercevant Ross qui l'observait. Il était habillé simplement, selon les normes de son grand-père. Sa veste de drap bleu marine était négligemment ouverte sur un pantalon gris. Il avait la mine d'un homme qui rentre d'une équipée à cheval. Ses cheveux blonds retombaient en désordre sur son front.

Malgré tous ses efforts, elle n'arrivait pas à l'imaginer en secrétaire. Il était trop athlétique, trop viril, et beaucoup trop sûr de lui-même.

– Je ne voulais pas vous faire peur, s'excusa-t-il. Votre grand-père voudrait vous parler.

– Pourquoi n'est-il pas venu ? Je l'attendais.

– Ce qu'il a à vous dire ne doit pas être surpris par des oreilles indiscrètes. Il est dans son bureau.

Toutes les craintes qu'elle avait repoussées la saisirent de nouveau. Elle suivit Ross Trevenan la mort dans l'âme. Il s'arrêta devant la porte et se tourna vers elle.

– Juste un mot avant que nous entrions. Tâchez de vous rappeler que votre grand-père n'est pas en très bonne santé. Je ne veux pas que vous abusiez de ses forces.

– Gardez vos conseils pour vous, monsieur Trevenan, siffla-t-elle, pleine de ressentiment. Je connais l'état de santé de mon grand-père.

Alexandre Beaupré l'attendait, assis derrière son bureau. Les chandelles étaient allumées, mais il n'y avait pas trace de Marcel. La jeune fille scruta anxieusement son visage. Il était pâle, mais ce n'était pas nouveau. Seule la gravité de son expression éveilla son inquiétude. Il lui fit signe de prendre un siège pendant que Ross restait debout à regarder par la fenêtre, le dos tourné.

– Que se passe-t-il, grand-père ? demanda-t-elle aussitôt assise.

Son visage s'adoucit et il lui sourit.

– Quitte ton air sombre, ma chérie ! L'heure n'est pas aussi grave. J'ai juste quelques nouvelles à t'annoncer, de bonnes et de mauvaises. Je vais commencer par les mauvaises, si tu veux bien.

Il avait posé ses mains jointes sur le bureau, et il les fixa un instant avant de se mettre à parler.

– Je sais depuis un moment que Bonaparte a les yeux braqués sur toi, pas pour lui, bien entendu, mais pour son frère Jérôme. Et je me suis creusé la cervelle pour trouver un moyen de te mettre en sécurité. J'ai de l'influence, c'est vrai, mais devant le pouvoir du Premier consul, je suis sans défense.

Tout cela n'avait aucun sens pour elle.

– Qu'est-ce que Jérôme Bonaparte a à voir avec moi ?

– Tu es ma seule héritière. Si tu épouses Jérôme Bonaparte, tout ce que j'ai passera entre les mains de ton mari. C'est-à-dire entre les mains de Bonaparte.

– L'épouser ! jeta-t-elle avec un rire incrédule. Je ne l'épouserai jamais. Je ne le connais même pas.

– Tu n'aurais pas ton mot à dire en la matière. Ni lui, d'ailleurs. Dans l'esprit du Premier consul, vous n'êtes que des pions sur son échiquier. Ne prends pas cet air, ma chérie, j'ai imaginé un moyen de te mettre hors de ses griffes.

Tessa restait parfaitement immobile. Son grand-père la considérait de l'air indéchiffrable qu'il prenait quand il risquait une grosse mise aux cartes.

Elle ne voulait pas entendre ce qu'il avait à lui dire.

Elle se leva. Le craquement du parquet l'avertit que Trevenan avait daigné se tourner vers elle, mais elle ne lui jeta pas un regard.

– Grand-père, commença-t-elle, et elle attendit un moment que sa voix s'affermisse. Je vais épouser Paul Marmont. Nous pensions vous l'annoncer samedi, quand Paul reviendra de Rouen. Ne voyez-vous pas ce que cela signifie ? Si j'épouse Paul, je ne peux pas épouser Jérôme Bonaparte, ni personne d'autre, et le Premier consul en sera pour ses frais.

– Assieds-toi, Thérèse.

Elle se laissa tomber dans son fauteuil. Sa tirade n'avait servi à rien, et elle se prépara au pire.

– Je ne donnerai jamais mon consentement à ton mariage avec Paul Marmont, et même si je le donnais, cela ne changerait rien. Les choses ne sont plus comme avant. Il est devenu facile de divorcer. Crois-tu que Paul Marmont s'opposerait au Premier consul si celui-ci voulait dissoudre son mariage ? Paul n'est pas assez stupide pour cela. Il sait que Bonaparte peut le ruiner.

Après une longue pause, il poursuivit :

– Maintenant, me permets-tu de t'exposer comment nous allons nous montrer plus malins que le Premier consul ?

Elle fit tout son possible pour rester digne et ne pas s'enfuir de la pièce. A l'évidence, son désir d'épouser Paul n'avait pas surpris son grand-père. Et, bien entendu, ce ne pouvait être que Ross Trevenan qui l'avait averti. Elle se demanda ce qu'il avait bien pu colporter comme autres ragots. Certainement rien de gentil. Mais cela importait peu. Ce qui importait maintenant, c'était de parer le coup.

– Ne gaspillez pas votre salive, grand-père. Rien au monde ne pourra me persuader d'épouser Ross Trevenan.

Il y eut un moment de silence, puis les deux hommes échangèrent un regard et se mirent à rire. La jeune fille eut conscience d'avoir commis une énorme bévue et s'empourpra violemment.

– Ma chère miss Lorimer, déclara Trevenan, soyez assurée que cette idée ne m'a jamais traversé l'esprit. Excusez ma franchise mais nous irions très mal ensemble.

Elle lui jeta un regard de dégoût.

– Je n'ai jamais pensé que c'était moi que vous

espériez, mais mon héritage, monsieur Trevenan. Dois-je...

– Thérèse ! s'exclama son grand-père, couvrant sa voix.

Elle se pencha en avant sur son siège.

– Alors pourquoi est-il ici ? Qu'est-ce que Ross Trevenan a à voir avec vous ou moi, grand-père ?

– Je vais y venir, si tu me laisses le temps de te l'expliquer. Thérèse, ressaisis-toi.

– Si je ne peux pas épouser Paul...

Elle laissa sa phrase en suspens. Elle se comportait comme une petite fille. Pourtant, son cœur était vraiment brisé.

Beaupré poussa un soupir.

– Puis-je continuer, Thérèse ?

Elle resta silencieuse.

– Crois-moi, c'est une perspective réjouissante qui t'attend. Ross a transmis mes messages en Angleterre, et la veuve d'un bon ami est venue à notre secours. Tu vas passer la saison à Londres, Thérèse. Lady Sayle veillera sur toi. Tu seras considérée comme la fille de la maison. Mais cela ne durera pas éternellement. Quand les choses se tasseront, tu pourras revenir ici. Et si tu éprouves toujours les mêmes sentiments à l'égard de Paul, je te promets de ne plus me mettre en travers de ton chemin. Quant à Ross, il t'accompagnera en Angleterre. Il connaît lady Sayle et pourra te parler d'elle.

L'Angleterre. Il la renvoyait là-bas ! Alors qu'elle avait eu tant de mal à le rejoindre ici. Cela lui rappelait son enfance quand, orpheline, on la traînait d'école en école comme un bagage dont personne ne voulait. Mais son grand-père n'était pas comme les

Beasley. Il l'aimait. Il la garderait près de lui quand il saurait ce qu'elle ressentait.

Ses yeux s'embuèrent, et elle se mordit la lèvre pour ne pas pleurer.

– Grand-père, je souhaiterais vous parler seul à seule.

Beaupré et Ross échangèrent un long regard.

– Je serai sur la terrasse au cas où vous auriez besoin de moi, déclara ce dernier en s'éclipsant après un bref signe de tête.

Dès que la porte se fut refermée, la jeune fille quitta son siège pour s'agenouiller auprès de son grand-père, la tête posée sur ses genoux. Il lui souleva le menton afin de voir son visage. Des larmes brillaient dans ses yeux.

– Ne me renvoyez pas, commença-t-elle d'une voix entrecoupée. La France est devenue mon foyer, maintenant. Une saison à Londres ne signifie rien pour moi. Ne comprenez-vous pas ? Si vous me renvoyez, je ne vous reverrai peut-être jamais. La France et l'Angleterre sont en guerre. Personne ne sait ce que l'avenir nous réserve. Et je déteste l'Angleterre. Oui, je déteste ce pays. Je n'y ai jamais été heureuse, Grand-père... (Elle s'arrêta pour chasser une larme.) Permettez-moi de rester – cachez-moi dans un couvent s'il le faut, je ne sais pas, il doit bien y avoir une solution – je suis prête à tout. Mais je ne veux pas vous quitter.

Il lui caressa tendrement les cheveux.

– Je me suis souvent demandé quelle avait été ta vie en Angleterre. Tu m'en as si peu parlé.

Qu'aurait-elle pu lui dire ? Les Beasley ne s'étaient pas montrés délibérément cruels envers elle. Elle leur avait été confiée à l'âge de six ans, et cela avait été pour eux un immense soulagement quand elle avait été assez grande pour qu'ils l'envoient à l'école. Mais là encore, les choses ne s'étaient pas arrangées pour elle.

Les larmes l'empêchaient de parler et elle secoua la tête.

– Crois-tu, ma petite-fille, que je t'enverrais là-bas si j'avais le choix ? Sèche tes larmes, voyons. Ce n'est pas la fin du monde !

Il lui tendit un mouchoir et Tessa s'essuya docilement le visage et se moucha.

– Ecoute-moi, Thérèse, reprit-il, et il y avait dans sa voix une note énergique qui l'obligea à lever les yeux. Je sais que tu ne veux pas retourner là-bas. Je sais que tu as peur, mais j'ai confiance en ta capacité à relever ce défi. Et sais-tu pourquoi ? Parce que le sang des Beaupré coule dans tes veines. Nous autres, les Beaupré, savons tirer le meilleur parti des choses, même quand la vie nous joue de mauvais tours. Tu me ressembles sur ce point.

Il faisait allusion à l'accident qui l'avait cloué sur ce siège, songea-t-elle, mais elle ne voyait pas en quoi cela pouvait la concerner. Elle n'était pas courageuse comme son grand-père. Quand l'adversité la frappait, elle ne faisait jamais front. Elle essayait de biaiser et, si cela ne marchait pas, elle se persuadait qu'après tout, cela n'allait pas si mal.

Elle essaya d'expliquer cela à son grand-père, mais il l'arrêta après seulement quelques mots.

– C'est exactement ce que je veux dire, Thérèse. Nous autres, les Beaupré, surmontons toutes les crises. Et quand cela va mal, nous nous montrons courageux. C'est ce que je te demande, maintenant. Il faut absolument que tu quittes la France. Ne veux-tu pas faire contre mauvaise fortune bon cœur ?

– Oh, grand-père, souffla-t-elle d'une voix brisée.

– Je suis désolée que tu aies pris M. Trevenan en grippe.

– M. Trevenan a toujours quelque chose à me reprocher. Je ne trouve jamais grâce à ses yeux.

Beaupré sourit.

– Oui, j'ai observé vos prises de bec. Cependant, je trouve que tu y attaches trop d'importance... Enfin, ce n'est pas le problème. Ce qui m'importe, c'est qu'il est intègre. Je lui fais confiance, Thérèse, et je veux que tu lui fasses confiance, toi aussi. Ne lui cache rien. Si jamais tu es effrayée ou si tu ne sais plus vers qui te tourner, rappelle-toi mes propos !

Elle s'assit sur ses talons et le scruta un long moment.

– Je ne comprends pas. Qu'est-ce que M. Trevenan a à voir avec moi ? Je croyais que je devais me rendre chez lady Sayle et qu'il devait m'y accompagner, un point c'est tout ?

– C'est exact. Mais il y a certaines questions qu'il faut régler. J'ai prévu des fonds pour toi, et Ross va se charger des détails.

Les questions qui la harcelaient depuis un moment refirent surface.

– A-t-il l'intention de rester en Angleterre ? Et comment un Américain peut-il connaître lady Sayle ? Croyez-vous, grand-père, que ce soit prudent de faire confiance à un homme que vous connaissez seulement depuis trois mois ? J'ai entendu des tas de choses sur lui. Il ne se comporte pas comme un secrétaire. Il a trop d'argent. Il fréquente les maisons de jeu, et...

Elle songea à Solange et se tut brusquement.

– Et ?

– Cela n'a pas d'importance.

– Je crois que cela en a.

Ses joues s'empourprèrent.

– Je ne pense pas que M. Trevenan soit la personne adéquate pour accompagner une femme respectable.

Beaupré haussa les sourcils et émit un petit rire.

– Tu as entendu des commérages, Thérèse. Qu'as-tu appris ?

Elle ne répondit rien.

– Tu es jeune, déclara-t-il après l'avoir regardée un moment en silence, mais pas au point d'ignorer que les hommes ont certains appétits. Et il existe des femmes qui sont prêtes à vendre leur corps. Ross est célibataire. Rien ne l'empêche de s'amuser un peu.

Voilà que son grand-père recommençait à défendre Trevenan. Et, comme d'habitude, il appliquait deux poids deux mesures. Un homme pouvait avoir une brochette de maîtresses, mais une femme qui paraissait en public sans chaperon perdait sa réputation !

– De toute façon, tu ne seras pas seule, reprit Beaupré. Les Turner seront du voyage. Tu les aimes bien, non ?

– Alors, c'est vrai ce que m'a dit Paul au sujet de M. Trevenan ?

– Qu'est-ce qu'il t'a dit ?

– Qu'il faisait secrètement passer des personnes en Angleterre.

– C'est exagéré. Mais oui. De temps en temps, Ross aide des gens à retrouver leur liberté. Des connaissances comme les Turner, par exemple. J'espérais que tu serais heureuse d'apprendre qu'ils t'accompagnaient.

Sur le moment, la perspective de voyager avec ses nouveaux amis la séduisit, et elle acquiesça d'un signe de tête. Pourtant, son plaisir fut de courte durée. Car en dépit des efforts de son grand-père, elle n'était pas prête à abandonner si facilement la partie. Un plan se formait déjà dans son esprit. Si elle devait vraiment quitter la France, elle ne voyait pas pourquoi Paul ne l'accompagnerait pas. Ils se marieraient en Angleterre, pourvu que son grand-père lui donne son autorisation.

Ce n'était pas le moment d'aborder le sujet. Son grand-père avait l'air fatigué. Pourtant, il y avait tant de choses à dire encore. Toute cette affaire avec Jérôme Bonaparte sonnait faux...

L'idée qu'on lui cachait quelque chose traversa de nouveau son esprit. Elle reparlerait au vieil homme demain matin, quand il serait reposé.

– Il n'y a rien qui puisse vous faire changer d'avis, n'est-ce pas, grand-père ?

Beaupré secoua la tête.

– J'aimerais tant qu'il en soit autrement, ma chérie.

Elle se remit sur ses pieds.

– Je vous verrai au dîner. Voulez-vous que je vous envoie Marcel ?

– Non. Demande à Ross de venir. J'ai encore des choses à voir avec lui.

Dès que sa petite-fille eut quitté la pièce, une expression de tristesse voila le visage de Beaupré.

Ross fumait un cigare sur la terrasse, nonchalamment appuyé à la rambarde, quand il aperçut à travers les portes vitrées Tessa sortir du bureau d'Alexandre. L'étoffe légère de sa robe soulignait la douceur de ses courbes et la lumière des chandelles avivait l'or de sa chevelure. C'était une jeune fille à la beauté vibrante qui possédait une extraordinaire sensualité. Et il ne pouvait s'empêcher d'être irrité chaque fois qu'il la regardait.

Il la désirait, et cette idée le hérissait. Elle était entêtée, rebelle, fière à l'excès. Elle ne possédait aucune des qualités qui l'avaient attiré chez Cassie. Et pourtant, elle hantait ses pensées, le tourmentant aux moments les plus imprévus. Il ne comprenait rien à ce qui lui arrivait.

La jeune fille le rejoignit sur la terrasse. Elle marcha vers lui d'un pas décidé, les sourcils froncés et sa lèvre inférieure plissée, dans une moue belliqueuse mais non dénuée de charme.

Elle ne perdit pas de temps en préambules :

– Maudit soyez-vous, Ross Trevenan ! Qu'avez-vous raconté à mon grand-père au sujet de Paul ?

– Rien qu'il ne savait déjà.

Sa voix monta d'un ton.

– Vous l'avez prévenu que nous voulions nous marier !

Il sourit.

– C'était un secret ? Excusez-moi. Vous m'avez donné l'impression que le fait était de notoriété publique.

– Vous... !

Elle ne put trouver les mots adéquats pour exprimer sa pensée et serra les poings.

– Cela ne fera aucune différence. Paul et moi nous nous marierons en dépit de vos manigances !

Son sourire s'effaça et il afficha une expression sévère.

– Oh ? Et quand cet heureux événement aura-t-il lieu, Tessa ?

Elle aurait voulu lui crier qu'il aurait lieu dès que possible, mais elle se retint et changea de sujet.

– C'est vous qui avez donné cette idée à mon grand-père, n'est-ce pas ? C'est à cause de vous qu'il veut me renvoyer en Angleterre ! Quel est votre intérêt là-dedans, Trevenan ? Que se passe-t-il vraiment ? Et comment se fait-il que vous, un simple secrétaire, connaissiez une lady anglaise ?

Tessa ne manquait pas de jugeote, se dit-il. Il aurait intérêt à s'en souvenir à l'avenir.

Comme il ne répondait pas, elle leva les mains au ciel.

– Personne ne veut donc me dire ce qui se passe ? Vous me prenez pour une imbécile si vous imaginez que je vais croire toutes ces stupidités au sujet de Jérôme Bonaparte. Si c'est l'argent de mon grand-père qui intéresse tant le Premier consul, il a tous les moyens de mettre la main dessus.

– Votre grand-père le sait et a déjà transféré une grande partie de sa fortune en Angleterre, répliqua-t-il sèchement. Qu'avez-vous encore imaginé de dramatique, Tessa, en dehors de cette idée idiote que je voulais vous épouser ?

Ses joues s'empourprèrent et elle se détourna.

– Je n'ai jamais songé... Je sais que vous vous souciez aussi peu de moi que moi de vous. Mais certains hommes sont prêts à toutes les bassesses pour de l'argent.

Il jeta le mégot de son cigare dans une plate-bande.

– Ma chère miss Lorimer, laissez-moi vous rassurer. Aucun argent au monde ne pourrait me décider à épouser une petite fille indisciplinée et ergoteuse. Vous avez peut-être remarqué que je préférais la compagnie des femmes ?

Elle dut se retenir de toutes ses forces pour ne pas le gifler.

– Vous n'êtes qu'un débauché, et si jamais je décide de me rendre en Angleterre, ce ne sera certainement pas sous votre protection.

Elle adora la façon dont ses yeux prirent une teinte orageuse. Ravie d'avoir gagné l'escarmouche, elle fit demi-tour et jeta par-dessus son épaule :

– Oh, maintenant cela me revient à l'esprit : mon grand-père vous attend dans son bureau, monsieur Trevenan.

Des mains puissantes se refermèrent sur ses épaules et la firent tourner sur elle-même. Elle poussa un cri.

– Laissez-moi vous éclaircir les idées, petite sotte ! Votre grand-père vous a confiée à moi. Je lui ai donné ma parole de suivre ses instructions à la lettre. Vous viendrez avec moi à Londres, dussé-je vous enchaîner pendant tout le voyage. Et croyez-moi, ce ne sont pas des propos en l'air. Dès que vous aurez quitté cette maison, vous serez sous ma responsabilité. Vous avez grand besoin d'une main ferme et je suis juste la personne qu'il vous faut. Je suis tout à fait sérieux. Vous comprenez ?

Il la relâcha si brutalement qu'elle trébucha en arrière. Les yeux fixés sur lui, elle recula lentement.

– Tessa, murmura-t-il d'une main radoucie en tendant la main vers elle.

– Allez au diable ! siffla-t-elle, et, se retournant, elle courut se réfugier dans sa chambre.

5

Tessa rêvait. Elle courait à travers les bois avec Nane. Celle-ci lui criait :

– Dépêche-toi, Tessa, ou nous allons les manquer !

C'est alors que tout tournait mal. Elle était dans le lac et se noyait. Ross Trevenan la maintenait sous l'eau. Elle essayait de se débattre, mais elle ne pouvait pas bouger ses bras...

– Non ! hurla-t-elle. Non !

– Réveillez-vous, mademoiselle. Réveillez-vous !

Elle s'éveilla en sursaut. La pression sur son épaule se relâcha. Il faisait nuit dehors, et Lucille, sa femme de chambre, était penchée sur elle. On avait allumé une chandelle.

– Qu'y a-t-il ? demanda Tessa. Est-ce mon grand-père ?

– M. Trevenan veut vous parler. Il faut vous habiller et m'accompagner.

La jeune fille jeta un coup d'œil à la pendule et vit qu'il était minuit passé.

– Je ne comprends pas. Que se passe-t-il, Lucille ?

La petite bonne secoua la tête.

– Je vous en prie, mademoiselle ! insista-t-elle, et elle tendit à Tessa la robe de serge bleue qu'on lui avait dit de donner à sa maîtresse et que cette dernière utilisait parfois pour monter à cheval.

Le cœur battant à se rompre, Tessa s'habilla.

Ross Trevenan l'attendait de l'autre côté du couloir, dans le petit salon jaune qui lui servait de boudoir. Elle lui posa les mêmes questions qu'à sa femme de chambre.

– Votre grand-père vous attend en bas, répliqua-t-il. Il n'y a aucune raison de vous inquiéter.

– Dites-moi juste ce qui se passe !

– Nous allons entreprendre la première étape de notre voyage ce soir, annonça-t-il d'une voix neutre. Tout est prêt. Il ne vous reste plus qu'à emballer quelques affaires et à dire au revoir à votre grand-père.

Surprise, elle regarda sa bonne, puis de nouveau Ross.

– Notre voyage ? Quel voyage ?

– Pour l'Angleterre, Tessa, répondit-il patiemment. Il vaut mieux que nous quittions Paris la nuit, à cause des patrouilles. Une fois que nous serons sortis de la ville, tout sera plus facile. D'ici quelques heures, vous serez dans un bon lit à Vernon.

Tessa le fixa avec horreur. Ils partaient ce soir, sans qu'elle ait eu l'opportunité de revoir Paul ! Quelques heures seulement après que son grand-père lui eut fait part de son projet !

– C'est intolérable ! fulmina-t-elle. Je n'irai nulle part avec vous à cette heure de la nuit. Je n'arrive pas à croire que mon grand-père autorise une chose pareille.

Sur un geste de Ross, Lucille sortit. Tessa voulut la suivre, mais il lui barra le chemin et claqua la porte.

Ses yeux avaient pris la teinte du silex.

– Vous allez m'écouter, Tessa Lorimer, et faire exactement ce que je vous dirai. Vous allez prendre quelques vêtements de rechange et descendre parler avec votre grand-père. Pour une fois dans votre vie, vous allez penser à quelqu'un d'autre qu'à vous et éviter de lui faire une scène. Il n'est pas en bonne santé. Il est même terriblement fragile. Ce genre d'éclat ne lui vaudrait rien. Ce voyage aura lieu d'une façon ou d'une autre. Alors mieux vaut en prendre votre parti. Sinon, tout ce que vous obtiendrez sera de quitter votre grand-père sur des regrets... d'amers regrets. Est-ce cela que vous voulez, Tessa ?

Tout s'embrouillait dans son esprit, sauf une chose.

– Qu'avez-vous dit au sujet de mon grand-père ? Le Dr Latour m'a affirmé qu'il avait une forte constitution et qu'il avait encore de nombreuses années devant lui.

– Personne ne peut rien affirmer dans ce domaine.

– Vous essayez seulement de m'effrayer !

– Non. Je cherche à vous faire entendre raison. Vous savez très bien qu'il n'a pas un cœur en très bon état. En prenant certaines précautions, il a toutes les chances de vivre encore longtemps. Je vous demande juste de ne pas le fatiguer.

Il l'observa un long moment, puis, comme s'il était satisfait de ce qu'il avait vu, il se détourna et la quitta.

Quelques instants plus tard, Lucille entrait.

– Venez, mademoiselle, dit-elle en lui tendant la main.

La jeune fille se laissa reconduire dans sa chambre. Pendant que Lucille remplissait un petit sac de cuir avec quelques effets, elle réfléchissait à ce qu'elle venait d'apprendre. Elle ne faisait aucune confiance à Ross Trevenan, mais comment vérifier ses propos ? Que se passerait-il si jamais son grand-père n'était pas aussi bien qu'elle le croyait ? Il lui aurait fallu du temps pour consulter le Dr Latour, mais justement elle n'en avait pas.

La servante enroula un chaud manteau de laine autour de ses épaules et lui tendit ses gants.

– Ce n'est pas si terrible, murmura-t-elle. M. Trevenan est un homme de cœur.

– De cœur ? siffla Tessa, ironique, puis, se rendant compte qu'elle se trompait de cible, elle sourit. Descendez mon sac, Lucille, s'il vous plaît, et dites à M. Trevenan que je le rejoins dans un instant.

Elle passa les minutes suivantes à marcher de long en large dans sa chambre en cherchant un moyen de faire changer son grand-père d'avis. Mais elle ne trouva rien. Elle risquait seulement de provoquer une scène.

Elle descendit l'escalier comme si chacun de ses pas était le dernier. Ross Trevenan et Beaupré l'attendaient dans le vestibule. Ils parlaient à voix basse. Soudain conscients de sa présence, ils se tournèrent vers elle.

La jeune fille scruta son grand-père. C'était certainement la lumière des chandelles qui lui donnait cet air fatigué. Ses yeux paraissaient immenses et plus noirs que jamais dans son visage pâle et amaigri.

C'était un vieil homme, plus vieux qu'elle ne l'aurait voulu. Pourquoi ne s'en était-elle jamais aperçue ?

– Tessa, dit-il, et il lui ouvrit les bras.

Elle descendit les dernières marches en courant, s'agenouilla auprès de sa chaise et prit ses mains qu'elle porta à son visage. Incapable de parler tant elle avait la gorge serrée, elle se contenta de le regarder.

– Ma rose anglaise, murmura-t-il, et il la contempla un long moment comme pour garder ses traits gravés dans sa mémoire. C'est la dernière chose que je désire. Tu le sais, n'est-ce pas ?

– Je le sais, cher grand-père, je...

Sa voix se brisa et elle dut s'interrompre.

– N'oublie pas notre conversation. Et rappelle-toi que tu es une Beaupré.

Elle acquiesça d'un signe de tête.

Il se racla la gorge.

– Embrasse-moi et dis-moi au revoir.

Elle obéit machinalement, puis se releva.

Son grand-père claqua des doigts et Marcel sortit de l'ombre. Ses derniers mots furent pour Ross :

– Nous nous sommes tout dit. Je sais que vous prendrez bien soin d'elle. Maintenant partez, vite, et que Dieu vous protège !

La jeune fille était trop engourdie pour se débattre quand Ross passa un bras autour de ses épaules et la guida vers la porte. Elle se sentait désespérée. Tout arrivait si vite qu'elle n'avait pas le temps de réagir. Mais elle ne pouvait pas quitter son grand-père ainsi.

– Non ! protesta-t-elle en repoussant le bras de Ross et en courant vers le vestibule, vide. Grand-père ! cria-t-elle. Grand-père !

– Tessa !

La voix de Ross Trevenan était sévère, comme s'il réprimandait une enfant capricieuse. Puis son ton s'adoucit :

– Laissez-le à son chagrin, Tessa. Il a besoin d'être seul. Vous vous êtes montrée courageuse. Je suis sûr que votre grand-père a été fier de vous. Je l'ai été, en tout cas. Ne gâchez pas tout maintenant.

Au milieu de toutes les émotions contradictoires qui l'assaillaient, elle gardait une certitude : cet homme était responsable de son malheur. S'il n'était pas venu en France, rien de tout cela ne serait arrivé.

– Franchement, monsieur Trevenan, je me moque éperdument de ce que vous pensez ! lança-t-elle avant de marcher à grands pas vers la porte qui menait aux écuries.

Derrière elle, Ross passa une main dans ses cheveux et jura entre ses dents.

Dehors, deux palefreniers les attendaient avec cinq chevaux. Tessa sauta en selle. Elle entendit Ross donner des ordres et se plaça comme une somnambule derrière lui tandis qu'il se dirigeait vers les imposantes grilles de fer. Les valets suivaient avec le cheval de bât à l'arrière.

Tessa se mit à réfléchir. Ils n'avaient pas encore quitté la France, et cela lui laissait le temps d'échafauder un plan...

Ils traversèrent bois et champs, restant toujours près de la route mais l'empruntant rarement. Bien que l'allure fût confortable, Tessa ne fut pas mécontente quand ils arrivèrent à Vernon. Ils pénétrèrent dans la cour des *Trois-Frères*, une petite hostellerie située dans la partie ouest de la ville.

Ross s'approcha pour l'aider à sauter à terre.

– Je peux me débrouiller toute seule, déclara-t-elle froidement.

– Vous êtes sur le point de tomber de cheval.

– Je peux me débrouiller toute seule ! insista-t-elle d'un ton sans appel.

Haussant les épaules d'un air indifférent, il alla s'occuper de leur installation.

Réunissant ses dernières forces, elle passa la jambe par-dessus la selle. Le mouvement était parfait et elle se félicitait déjà en se laissant glisser vers les pavés, quand elle se sentit soudain vaciller. Elle essaya de se ressaisir mais ne fit qu'empirer les choses, et elle tomba lourdement sur le derrière. L'odeur du crottin la prit à la gorge et elle poussa un grognement.

C'est dans cette position que Ross la trouva en sortant de l'hostellerie.

– C'est ainsi que vous vous débrouillez toute seule ! fit-il d'un ton irrité en s'approchant pour la remettre sur ses pieds.

Puis il huma l'air et éclata soudain d'un rire tonitruant, bientôt imité par les palefreniers. Tessa, rouge de honte, n'attendit pas d'en entendre davantage. Passant devant eux la tête haute, elle entra dans l'auberge. Ross attrapa son sac de voyage sur le cheval de bât et la suivit.

La jeune fille discutait avec l'hôtelier dans l'entrée sans prêter aucune attention au visible désarroi de son interlocuteur devant l'odeur qu'elle répandait. Ross essaya de garder un visage impassible. Il se rappela que les adieux avec son grand-père avaient été éprouvants, et qu'elle venait de parcourir plus de cinquante kilomètres sans la moindre plainte.

Ils n'eurent aucun mal à obtenir une chambre pour la nuit. D'ailleurs, Ross avait prévenu de son arrivée.

Tessa refusa le vin qu'on lui proposa et son compagnon fit de même avec le cognac, mais non sans regret. Il savait qu'il venait de la réserve du patron et qu'il n'avait pas son pareil.

– Merci, monsieur Fécamp, ma femme et moi préférons nous coucher tout de suite, annonça-t-il et, entendant Tessa retenir sa respiration, il lui adressa un regard d'avertissement. Venez, ma chère, ne faisons pas attendre M. Fécamp. Je suis sûr qu'il meurt d'envie de se mettre au lit.

L'hôtelier les précéda dans l'escalier avant de les

introduire dans la petite chambre qu'ils devaient partager. Dès qu'il fut sorti, la jeune fille explosa :

– Comment avez-vous osé prétendre que j'étais votre femme ! Je ne partagerai pas votre chambre, Trevenan, aussi auriez-vous intérêt à prendre d'autres dispositions !

– C'était la seule chambre disponible.

Il mentait, mais il ne voulait pas quitter Tessa des yeux.

– Je croyais que Sally et Desmond Turner nous accompagnaient. Où sont-ils ?

– Ils nous attendent à Rouen. Nous devrions les rejoindre demain soir.

Il observa sa réaction. Il lui donnait pour la première fois des indications sur leur route, et il savait parfaitement que Paul Marmont était à Rouen. Une étincelle passa dans les yeux de Tessa, et il réprima un soupir. C'était trop demander d'espérer qu'elle se rendrait en Angleterre sans faire d'histoires.

Elle se mit à taper du pied.

– Et pourquoi ne partageriez-vous pas la chambre des palefreniers ?

– Ils couchent dans l'étable. Quelqu'un doit rester ici pour vous protéger.

– Que vont-ils penser en découvrant que nous avons passé la nuit ensemble ?

– Ils ne penseront rien du tout. Ils savent que nous jouons un rôle. Vous ne semblez pas vous rendre compte que nous sommes embarqués dans une affaire dangereuse. Comment pourrions-nous voyager autrement en France sans éveiller les soupçons ? Et c'est seulement pour cette nuit.

Elle releva le menton.

– Je n'ai aucune envie de supporter votre présence, même pour une nuit. C'est inconvenant.

Ross posa le sac en cuir sur le siège le plus proche et répondit sèchement :

– Ne soyez pas ridicule, voyons ! Je ne dormirai pas avec vous mais sur le plancher. Et ne me parlez pas des convenances ! Votre grand-père m'a raconté comment vous aviez débarqué en France. Vous étiez la seule femme au milieu d'un équipage d'assassins.

– C'était différent.

– En quoi était-ce différent ?

Elle ébaucha un petit sourire supérieur.

– Ces gens étaient des gentlemen !

A sa grande déception, il ne prit pas la mouche. Après un moment de silence, il se mit à rire à gorge déployée.

– C'est donc cela ? dit-il, une lueur malicieuse dans les yeux. Vous pensez que j'ai des vues sur votre vertu ? De nouveau, je ne peux que m'étonner de votre imagination fertile. Même si je n'étais pas un gentleman, Tessa, vous n'auriez rien à craindre de moi. Contrairement à certains vauriens, je n'ai jamais été attiré par les petites filles. D'autant que votre parfum ne me plaît pas trop, fit-il avant de renifler délicatement. Du crottin, ajouta-t-il comme si elle était idiote et n'avait pas saisi l'allusion.

Le mufle ! songea-t-elle. Jamais elle n'avait pensé qu'il avait des vues sur sa vertu. Elle désirait juste un peu d'intimité.

Elle fit le tour de la chambre du regard et se demanda comment les gens pouvaient supporter d'être mariés. Il n'y avait pas de paravent pour se changer. Un broc et une cuvette étaient posés sur une table dans un angle, et elle était sûre que si elle regardait sous le lit, elle trouverait l'inévitable pot de chambre. Quand elle épouserait Paul, elle insisterait pour qu'ils fassent chambre à part.

Elle glissa un coup d'œil gêné à Ross. Il planta ses yeux gris dans les siens, et elle eut le sentiment désagréable qu'il lisait en elle comme dans un livre ouvert.

– Je vais faire un tour dehors pour vérifier que tout est en ordre, annonça-t-il d'une voix égale. En rentrant, j'espère vous trouver au lit. Laissez vos vêtements devant la porte, je m'arrangerai pour les faire nettoyer.

A peine fut-il sorti qu'elle se précipita sur son sac. Quelques minutes plus tard, elle avait déposé sa robe et son manteau dans le couloir et était au lit, les couvertures remontées sous le menton. Plusieurs minutes passèrent encore avant qu'il ne réapparaisse.

Dès qu'il entra, il se dirigea droit vers la cuvette sans la regarder. A sa totale consternation, il commença à se déshabiller et elle enfouit son visage dans l'oreiller. Elle entendit l'eau gicler, puis plus rien. Elle attendit, encore et encore. Finalement, elle tourna la tête et ouvrit prudemment les yeux.

Il se tenait au pied du lit, torse nu, et se séchait avec une serviette. Echappant à son contrôle, ses yeux s'attardèrent sur ce spectacle. Des poils fauves couraient le long de son torse musclé. Sa taille était mince et son pantalon ajusté révélait des jambes longues et fermes.

Elle se mordit la lèvre. C'était une chose de rivaliser d'esprit avec lui dans un salon, et une autre de le voir dans cette tenue. Elle se sentait horriblement intimidée.

Il ébaucha un pas vers elle, et ses yeux se posèrent

sur son visage. Une lueur d'amusement éclaira son regard.

– Que diable portez-vous sur la tête ? s'enquit-il.

Elle se hérissa.

– Comment cela ? C'est mon bonnet de nuit, bien entendu.

– Votre bonnet de nuit ?

Il s'approcha en riant pour suivre du doigt la coiffe qui s'attachait sous le menton avec des rubans de satin.

– Je n'ai jamais dormi avec une femme qui portait un bonnet de nuit. Je suppose qu'il y a un début à tout. Ne le prenez pas mal. Vraiment, c'est adorable. Vous ressemblez à une petite poupée.

Furieuse, elle repoussa sa main. Non seulement son bonnet de nuit ne le concernait pas – et c'était le plus joli qu'elle possédait – mais elle se fichait éperdument de sa remarque grossière.

– Bonne nuit ! siffla-t-elle, et, donnant des coups de poing dans son oreiller, elle lui tourna le dos et se prépara à dormir.

Je n'ai jamais dormi avec une femme qui portait un bonnet de nuit. Elle grimaça en se rappelant cette phrase. Avec combien de femmes exactement Ross Trevenan avait-il dormi ? Un bon nombre, elle était prête à le parier. Elle ne comprenait pas comment elles avaient pu le supporter. Il était tout en poils et en muscles. Autant dormir avec un gorille.

Vous ressemblez à une petite poupée. Il l'assommait avec ses continuelles allusions à sa jeunesse : « adolescente », « petite fille » et maintenant « petite poupée ». Elle n'était pas si jeune que cela. C'était lui qui était vieux. Il avait à peu près dix ans de plus qu'elle, d'après ses calculs.

Par bonheur, Paul ne ressemblait en rien à cet homme. Il avait d'excellentes manières et la traitait avec respect. Il ne la prenait pas pour une petite fille, lui ! Et il était incroyablement beau, avec ses traits de dieu grec. Peut-être exagérait-elle, mais si peu. Il était bien plus beau, en tout cas, que Ross Trevenan, et c'était cela qui comptait.

La lumière s'éteignit soudain et elle l'entendit aller et venir à pas feutrés. La porte du placard s'ouvrit et se referma. Elle comprit qu'il avait pris une couverture pour se couvrir.

– Un bonnet de nuit ! dit-il tout bas. Dieu du ciel...

Elle imaginait son sourire narquois et aurait donné cher pour pouvoir l'effacer. Ce mufle ne perdait rien pour attendre !

Pendant le long trajet jusqu'à Vernon, elle avait eu tout le loisir de mettre de l'ordre dans ses pensées, et il lui était apparu que son grand-père, affolé par Ross Trevenan, s'était laissé convaincre de l'envoyer en Angleterre. Cette histoire au sujet de Jérôme Bonaparte... c'était très certainement de la blague.

Si on lui en avait laissé le temps, elle aurait consulté Paul et ils auraient décidé ensemble de la conduite à tenir. Malheureusement, Trevenan s'était servi de ses craintes sur la santé de son grand-père pour la décider à partir sur-le-champ et sans protester.

Mais la nouvelle que leur route passait par Rouen avait ravivé ses espoirs. Rien n'était perdu !

– Tessa, vous dormez ?

– Oui, répondit-elle.

Il rit.

– J'étais en train de réfléchir à l'histoire que vous avez racontée à votre grand-père. Dites-moi la vérité.

Avez-vous vraiment traversé la Manche avec une bande de contrebandiers ?

– Je n'arrive pas à croire que mon grand-père vous ait parlé des contrebandiers. Il ne voulait pas qu'on le sache.

– Il me l'a dit d'une manière strictement confidentielle. Et vous pouvez me faire confiance pour ne pas l'ébruiter. Alors, est-ce vrai ?

– Et alors, si c'était vrai ?

– Ne pouvez-vous pas répondre à une seule question sans argumenter ?

– D'accord, j'ai traversé la Manche avec une bande de contrebandiers. Pourquoi me le demandez-vous ?

– Vous n'étiez pas inquiète ?

Elle songea à Ben, Harry et Lou. Ils travaillaient la terre autour du village d'Arden sur la côte sud de l'Angleterre, et arrondissaient leurs maigres revenus en faisant de la contrebande avec la France. C'étaient des contrebandiers, certes ! Mais aussi doux que des agneaux, du moins avec elle.

– J'étais terrifiée, mentit-elle.

Et elle l'avait été, mais pas à cause de ses amis contrebandiers. C'était la traversée de la Manche qui s'était révélée terriblement éprouvante, de même que les semaines passées sur la route, toute seule, couchant dans le foin ou sous les haies, avec à peine assez d'argent pour ne pas mourir de faim. Mais cela en avait valu la peine !

Un long silence s'ensuivit, un silence que Tessa trouva gênant. Elle l'entendait remuer sur le sol et respirer régulièrement. Elle prenait peu à peu conscience de nouveaux éléments : qu'il avait fumé un de ces petits cigares qu'il affectionnait, par exemple, quand il était sorti faire un tour.

Elle inspira de nouveau et sourit. Il avait aussi accepté l'offre du patron au sujet du cognac. Le tabac et le cognac lui rappelaient toujours son grand-père.

– Tessa ?

– Qu'y a-t-il encore ? demanda-t-elle avec irritation.

– Qu'est-il arrivé à votre jeune et beau valet ?

– Quel valet ?

– Celui avec lequel vous vous êtes enfuie ?

– Comment savez-vous cela ?

Elle n'en avait jamais parlé à son grand-père.

– J'ai mes sources.

Il bâilla.

– Je comprends très bien que vous ne vouliez pas en parler, ajouta-t-il.

Elle ne voulait pas en parler, en effet.

– Tessa ?

– Robbie avait une maîtresse qu'il n'aurait pas abandonnée pour moi, aussi nous sommes-nous séparés à Brighton.

Il grogna, comme s'il n'était pas entièrement satisfait de sa réponse.

Peu à peu, sa respiration devint plus régulière et elle sut qu'il dormait.

Elle sentit ses paupières s'alourdir, et bientôt elles se fermèrent. Cela faisait longtemps qu'elle n'avait pas pensé à Robbie. Il était valet chez son grand-oncle Lorimer dans le Norfolk, non loin de la dernière pension qu'elle avait fréquentée et dont le nom lui échappait pour le moment. Elle se trouvait une nouvelle fois en disgrâce et devait être renvoyée chez ses tuteurs à Bath. Ils avaient décidé de la marier à un horrible cousin qui avait déjà enterré deux femmes. Robbie l'avait sauvée d'un sort plus cruel que la mort.

Quand elle avait appris qu'il avait donné son congé et allait s'embarquer à Porthmouth, pour partir à l'aventure sur les mers, elle lui avait demandé de l'emmener au moins jusqu'à Brighton. Arden était à quelques kilomètres de Brighton et le cottage de ses parents, le sien maintenant, se dressait toujours sur les falaises face à la mer.

Elle était restée là-bas juste quelques semaines, le temps de renouer avec de vieilles connaissances et d'organiser sa fuite. Elle savait qu'on ne la rechercherait pas, car elle avait laissé un mot à son oncle Lorimer lui annonçant qu'elle s'enfuyait en Ecosse avec Robbie.

Elle ne regrettait rien. Si elle avait écouté ses tuteurs, elle n'aurait jamais connu son grand-père et serait à l'heure actuelle mariée à l'un de ses sinistres cousins Beasley qui n'en voulaient qu'à son argent. Les Beasley étaient persuadés qu'aucun homme n'aurait voulu d'elle sans cela.

Ils ne connaissaient pas Paul.

Un soupir de fatigue lui échappa. C'était la plus longue nuit de sa vie.

Elle jeta un coup d'œil à la fenêtre. L'aube jetait ses premiers feux à l'horizon. Sa dernière pensée avant de sombrer dans le sommeil fut qu'il serait bientôt temps de se lever.

6

Ils voyagèrent par petites étapes. Ils partaient au crépuscule et s'arrêtaient avant le lever du jour. Tessa surveillait sa langue afin de faire croire à Trevenan qu'elle s'était résignée à son sort. Elle avait un plan, qui exigeait justement de le prendre au dépourvu.

Elle en avait eu l'idée en trouvant la pochette de velours rouge que la bonne avait glissée dans son sac. A l'intérieur, enveloppée dans du satin blanc, il y avait quelques bijoux, dont la broche ornée d'un rubis que son grand-père lui avait donnée pour son anniversaire.

– Ma rose anglaise, avait-il murmuré en ouvrant l'écrin à la table du petit déjeuner.

Ross Trevenan avait été témoin de la scène et c'était là l'important ! Il serait persuadé qu'en aucun cas elle ne voudrait se séparer de ce bijou.

Elle la portait depuis deux jours, épinglée sous le revers de son manteau. Régulièrement, elle en suivait le contour du doigt, comme pour se rappeler le vieil homme, en vérifiant que Trevenan remarquait son geste...

Les sabots des chevaux résonnèrent sur les pavés tandis qu'ils se dirigeaient vers l'auberge où les attendaient Sally et Desmond Turner. Tessa jeta discrètement un coup d'œil alentour. Elle n'avait jamais été à Rouen la nuit, mais il était quasiment impossible de se perdre une fois qu'on avait repéré la cathédrale. Ses hautes tours dominaient la ville comme des sentinelles. Pour le moment, elle n'apercevait que les maisons à colombages qui bordaient la rue, et la lumière des bateaux amarrés aux quais. L'un de ceux-ci devait les emmener jusqu'à la mer.

A moins qu'elle n'arrive à s'échapper entre-temps.

Malgré l'heure tardive, de nombreux clients se pressaient dans les tavernes. Tessa repéra bientôt l'indication de la route d'Amiens. Un peu plus loin se dressait la cathédrale. C'était comme si on lui avait tendu une carte. Maintenant, elle savait exactement où elle était.

Décidément la chance lui souriait. Une querelle éclata près d'une taverne, attirant l'attention de ses compagnons, et elle en profita pour jeter la broche qu'elle tenait dans la main – pas celle de son grand-père, bien entendu – aussi loin que possible. Le bijou rebondit sur les pavés avec un bruit caractéristique.

– Ma broche ! s'écria-t-elle en tirant sur les rênes de sa monture. J'ai perdu ma broche. Il faut faire demi-tour.

Ross et les valets s'étaient arrêtés eux aussi. Tessa était derrière eux. Elle se retourna.

– Je crois que je l'aperçois là-bas.

Elle fit pivoter sa jument et rebroussa chemin. Elle sentait le regard de Ross peser sur elle, mais se força à garder son calme. Sautant à terre, elle marcha sans lâcher les rênes vers la rue qui débouchait à cet endroit. Sa broche n'était nulle part en vue, mais peu lui importait. Elle se pencha comme si elle ramassait quelque chose.

– Je l'ai trouvée ! cria-t-elle en remontant en selle.

Ross opina de la tête et pivota.

C'était l'instant rêvé. Tessa piqua des deux vers la rue et, en quelques bonds, elle fut hors de vue de Ross. Elle l'entendit rugir et comprit qu'il allait se lancer à sa poursuite. Elle n'avait que quelques secondes d'avance et aucune chance de le prendre de vitesse. Il ne lui restait qu'une ressource : se montrer plus astucieuse que lui !

Immédiatement, elle arrêta son cheval et se laissa glisser à terre. Puis, d'une claque sur l'arrière-train, elle le fit repartir au galop. Elle eut à peine le temps de se réfugier dans une rue adjacente et de se plaquer contre le mur que Ross et les deux valets passaient comme un ouragan.

Ramassant ses jupes, elle se mit à courir, s'attendant à chaque instant à entendre un roulement de sabots derrière elle. Son cœur battait la chamade contre ses côtes, et l'air s'engouffrait dans ses poumons tel un vent glacé. Au premier croisement, elle prit sur la droite, puis un peu plus loin l'embranchement sur la gauche. Ensuite elle descendit comme une flèche une ruelle qui longeait la rue du Gros-Horloge. Personne ne chercha à l'arrêter. C'était un quartier résidentiel, et les bonnes gens dormaient sur leurs deux oreilles.

Elle déboucha sur la place du marché. A sa gauche, non loin des ruines de l'église Saint-Sauveur, se trouvait la maison de Paul. La place était éclairée par des lanternes suspendues devant chaque porte. Elle allait traverser quand elle aperçut des hommes qui patrouillaient à cheval. Elle battit en retraite dans une venelle qui la conduisit directement à la maison de Paul par l'arrière.

La grille qui fermait la minuscule cour était verrouillée.

Elle poussa un gémissement de frustration et chercha du regard un moyen d'escalader le mur...

Paul Marmont se détacha de la femme qui dormait dans son lit et souleva la tête pour écouter. Quelqu'un frappait à la porte de derrière, et personne n'allait ouvrir. Maudissant ses domestiques qui dormaient, il attrapa sa robe de chambre.

– Paul ? murmura la femme en s'agitant. Qu'est-ce que c'est ?

Il lui donna un rapide baiser.

– Sans doute mon ami Robert. Il a dû oublier sa clé.

Il suivit du doigt l'arrondi de sa poitrine, et le désir s'empara à nouveau de lui. Les coups redoublèrent. En soupirant, il s'enveloppa dans sa robe de chambre, attrapa une chandelle sur la commode et partit voir ce qu'il en était.

Quand il ouvrit la porte, la surprise le fit sursauter.

– Thé-Thérèse, bégaya-t-il.

– Vite ! Fermez la porte !

Comme il ne bougeait pas, Tessa poussa rapidement le verrou.

– Je crois que je l'ai semé, dit-elle.

– Qui ça ?

Elle éclata de rire.

– Mon Dieu, on dirait que vous venez de voir un fantôme ! Montons donc au salon et je vous raconterai tout.

Elle enfila devant lui le long couloir étroit vers l'escalier en colimaçon.

Se réveillant de sa léthargie, il se précipita à sa suite.

– Thérèse, vous ne devez pas monter !

La main sur la rampe, elle se retourna vers lui. Elle avait du mal à retrouver son souffle, après cette course folle. Elle attendit quelques secondes avant de lui répondre :

– Ce n'est pas le moment de vous inquiéter des convenances.

Il paraissait presque effrayé, et elle songea qu'elle devait avoir l'air d'une possédée. Sans compter qu'elle le tirait du lit au milieu de la nuit. Il devait penser qu'elle venait pour le moins d'assassiner quelqu'un !

Revenant sur ses pas, elle se jeta dans ses bras.

– Vous aviez raison au sujet de Ross Trevenan. Nous devions partir en Angleterre cette nuit. Il fallait que je vous voie, vous comprenez ?

Des larmes lui brûlaient les yeux. C'était un tel soulagement de pouvoir compter sur Paul.

– Serrez-moi, juste un instant. Oh, Paul, si seulement vous aviez été là, rien de tout cela ne serait arrivé !

Il commençait à retrouver ses esprits.

– Ma pauvre chérie, vous semblez sur le point de vous évanouir, murmura-t-il en la prenant par le coude pour la conduire vers le petit bureau sur le devant de la maison. Je vais vous servir un peu de vin et pendant que vous le boirez, j'irai m'habiller. Ensuite, vous pourrez tout me raconter.

Elle tourna la tête vers lui et sourit.

C'est alors qu'elle aperçut la silhouette, dans l'escalier en colimaçon. Une femme rousse vêtue d'une simple chemise d'homme était penchée par-dessus la rampe.

– Paul ? C'était Robert ? interrogea-t-elle, et, voyant soudain Tessa, elle recula dans l'ombre.

Surprise, Tessa écarquilla les yeux.

– Retourne au lit, Catherine ! ordonna sèchement Paul.

Sans un mot, la femme fit volte-face et remonta les marches.

Tessa s'écarta vivement de lui.

Il la regarda d'un air gêné.

– Cela ne veut rien dire. Elle ne représente rien

pour moi. C'est juste une distraction. Vous êtes la seule femme qui compte...

La jeune fille avait l'impression qu'on venait de lui broyer le cœur. Elle s'appuya sur le chambranle pour ne pas s'effondrer et ravala les larmes qui lui montaient aux yeux. L'important, maintenant, c'était de ne pas perdre sa dignité.

Il posa une main sur son épaule.

– Thérèse, vous savez que je vous aime, que je n'aime que vous. Je me sentais seul. Catherine... commença-t-il, puis il haussa négligemment les épaules. Notre relation se serait terminée dès que vous auriez été ma femme.

La colère échauffait Tessa.

– Mais enfin, vous n'éprouvez aucune honte ? Cet endroit devait être notre foyer. Vous deviez m'y conduire comme votre épouse !

– Vous n'êtes plus vous-même, dit-il calmement. Quand vous prendrez le temps de réfléchir, vous verrez que cela n'a rien à voir avec nous. Laissez-moi vous apporter ce verre de vin. Cela vous calmera les nerfs.

C'était bien le même Paul dont elle se souvenait, élégant, beau parleur, l'amabilité même, et il lui proposait du vin pour la calmer ! Voilà donc la façade dont elle était tombée amoureuse ! Mon Dieu, mais ce n'était qu'un imposteur !

Quand il lui offrit le fameux verre de vin, elle se mit à glousser.

– Croyez-vous donc qu'après ce verre, je me sentirai mieux ? Mais je ne veux pas me sentir mieux, voyons ! Je ressens un tel mépris pour vous ! Et pour moi aussi. Buvez donc ce vin, et puissiez-vous vous étrangler avec !

Elle tourna les talons et se dirigea vers la porte d'entrée. Paul se précipita à sa suite. Elle avait repoussé le verrou quand il l'appela. Elle lui fit face. L'honneur était tout ce qui lui restait. Elle ne lui laisserait pas voir à quel point il l'avait blessée.

– Qu'y a-t-il ?

– Pour l'amour du ciel, calmez-vous ! Vous n'allez pas sortir toute seule à cette heure de la nuit. Sans compter que vous ne m'avez pas encore expliqué les raisons de votre venue.

Elle n'était qu'une pauvre imbécile, voilà pourquoi elle était venue. Mais elle n'allait pas s'apitoyer sur elle-même devant cet homme.

– Je vais en Angleterre avec Ross Trevenan, annonça-t-elle froidement. Mon grand-père a demandé à son amie lady Sayle de me chaperonner dans la bonne société. Je suis venue vous dire au revoir. Je voulais vous demander de m'attendre mais, étant donné les circonstances, cela me semble désormais inutile.

– Trevenan est ici, à Rouen ? s'enquit Paul d'une voix dure.

– Je n'ai rien à ajouter, Paul.

Elle tremblait en ouvrant la porte. Passant devant elle, il repoussa le battant qui claqua avec un bruit sec. Elle se retourna vers lui. Il avait les yeux plissés, et la colère avait empourpré ses joues.

– Vous n'irez nulle part avec Trevenan. J'ai investi trop de mon temps pour renoncer maintenant.

Sa voix s'adoucit en la voyant reculer.

– Thérèse, notre mariage signifie davantage que vous ne le pensez. Nous avons tant de choses en commun. Ne comprenez-vous pas ? Beaupré et Marmont. Nos capitaux feront de nous la plus puissante institution de France. Réfléchissez-y ! Nous serons des gens importants. Que représente cette malheureuse incartade face à cela ? Réfléchissez à l'héritage que nous transmettrons à nos enfants.

Elle parvenait à garder une expression sereine, malgré son dégoût.

– Je suis en train d'y réfléchir, Paul, et sincèrement, cette perspective ne me séduit pas.

– Vous changerez d'avis quand vous regarderez les choses plus calmement.

Son visage avait pris une expression sensuelle, et elle comprit qu'il allait l'attirer dans ses bras pour essayer de la persuader avec d'autres arguments. Poussant un cri de désespoir, elle le frappa au menton avec son poing refermé, et profita de ce qu'il chancelait en arrière pour ouvrir la porte et s'enfuir.

Elle passa en courant devant plusieurs maisons avant de s'arrêter. Son cœur était brisé, les articulations de ses doigts lui faisaient mal, et elle n'avait aucune idée de la marche à suivre maintenant. Tous ses espoirs reposaient sur Paul. Elle pressa ses paumes sur ses yeux pour retenir ses larmes.

Une voix qu'elle reconnut immédiatement lui fit tourner la tête :

– Vous en avez mis, du temps ! J'étais pourtant certain que la délicieuse Catherine vous ferait filer comme une flèche.

Ross Trevenan se tenait dans l'ombre d'une maison, légèrement penché en avant sur sa selle. Dans une main, il serrait les rênes de sa monture à elle.

Elle parcourut les quelques pas qui les séparaient et leva la tête pour le regarder.

– Comment avez-vous deviné que je serais ici ?

– Où pouviez-vous donc aller ?

– Et vous saviez ce que je trouverais ? demanda-t-elle en haussant le ton. Mais enfin, comment pouviez-vous le savoir ?

– Disons que je me suis renseigné.

– Vous auriez pu m'avertir ! explosa-t-elle. Vous auriez pu m'empêcher de venir !

Elle surprit alors une étrange lueur dans ses yeux, comme si quelque chose le troublait profondément. L'instant d'après, il avait retrouvé sa morgue habituelle.

Il sourit.

– Vous n'écoutez jamais personne, Tessa, et moi encore moins qu'un autre. Quant à vous empêcher de venir, croyez-moi, j'ai essayé. Cela ne fait pas partie de...

Il s'interrompit en voyant Marmont sortir de chez lui, vêtu d'un pantalon et d'une chemise blanche, et baissa les yeux vers la jeune fille.

– Alors, lequel de nous deux choisissez-vous ? Restez-vous avec Marmont ou venez-vous avec moi ?

Le regard de Tessa passa de l'un à l'autre, et elle se demanda lequel elle détestait le plus. Finalement, elle sauta en selle.

– Arrêtez ! cria Paul. Thérèse, rentrez à la maison !

Ross se plaça entre Tessa et Marmont, les yeux rivés au pistolet que ce dernier tenait à la main.

– Ne soyez pas stupide, Marmont. Vous les avez perdues, elle et sa fortune. Elle ne vous épousera jamais.

Paul était livide de fureur.

– Vous avez tout arrangé, n'est-ce pas ?

– Non, vous n'avez eu besoin de personne pour cela !

Il releva brutalement son pistolet et Ross hurla :

– Tessa, fuyez !

Comme la jument de la jeune fille bondissait en avant, le coup partit et la balle, manquant de peu la tête de Ross, s'enfonça dans une solive. Furieux, Ross se précipita sur son adversaire, l'obligeant à s'enfuir en courant. Mais quand il s'aperçut que Tessa avait changé de direction et traversait la place dans la direction opposée aux quais, il s'arrêta dans son élan. Se maudissant pour sa négligence et maudissant la jeune fille de les mettre en danger, il se rua à sa poursuite.

Alors qu'il traversait la place au galop, quelques fenêtres s'ouvrirent. Deux cavaliers, attirés par le coup de feu, apparurent. Ross reconnut l'uniforme de la police. Il entendit Paul Marmont crier quelque chose au sujet d'un enlèvement, et les hommes foncèrent sur lui avec leurs pistolets. A mesure qu'ils approchaient, il remarqua qu'ils étaient très jeunes et paraissaient mortellement terrifiés.

– Tout cela est grotesque ! marmonna-t-il en attrapant son propre pistolet.

Avec une exclamation qui ressemblait à un cri de guerre, il tira un coup d'avertissement au-dessus de leurs têtes. Ce fut suffisant pour les effrayer.

Quelques instants plus tard, il galopait le long de la ruelle que Tessa venait d'emprunter pour sortir de la ville.

Elle avait pris la direction d'Amiens. Il étouffa un juron. Voilà que cette gamine hystérique essayait de lui échapper ! C'était bien la dernière chose qu'il aurait supposée, surtout après la découverte des infidélités de son fiancé. Vraiment, jamais il n'aurait imaginé cela. Maintenant qu'elle avait démasqué

Marmont, elle n'avait plus aucune alternative. Qu'est-ce qui avait bien pu lui passer par la tête ?

Il l'aperçut alors, tache mouvante sur la route devant lui. Un nuage voila la lune et des gouttes de pluie se mirent à tomber. Il avait envoyé les valets porter leurs sacs au bateau. Mais si cette affaire n'était pas réglée rapidement, ses amis seraient obligés de partir sans lui. Le prochain rendez-vous était à Honfleur. Etant donné la tournure que prenaient les événements, ils ne seraient jamais de retour à temps. Cela signifiait qu'ils devraient parcourir la prochaine étape à cheval, au lieu d'être confortablement installés au chaud dans une couchette. Et tout cela à cause d'une impossible enfant gâtée !

Le déluge qui tombait à présent l'empêchait de la voir, mais il continuait à entendre le martèlement des sabots. Il gagnait du terrain...

La pluie battante fouettait Tessa, plaquant ses cheveux sur son visage. Le mince croissant de lune avait disparu derrière les nuages, et elle ne distinguait plus rien en galopant, sinon de vagues ombres le long de la route.

Elle mit un moment à s'apercevoir qu'elle était suivie. Cela ne pouvait être que Ross Trevenan. Elle n'arriverait donc jamais à se débarrasser de cet homme !

La route descendait dans une vallée, et elle se coucha sur l'encolure de son cheval. La petite jument était rapide et avait le pied sûr, mais elle avait déjà beaucoup galopé cette nuit et elle commença à ralentir. Trevenan se rapprochait inexorablement.

Il arriva bientôt à sa hauteur et lui arracha les

rênes des mains. Quelques instants plus tard, il quittait la route et l'entraînait avec lui dans le sous-bois. Il s'arrêta derrière un taillis.

Quand il la souleva de sa selle, toute la fureur qu'elle avait ravalée se déversa en un flot de paroles. Tout était sa faute. Sans lui, rien ne serait arrivé. Elle le détestait, et elle continuerait à le détester jusqu'à la fin de ses jours !

Ross l'écouta d'abord sans desserrer les dents. Puis, comme elle ne faisait pas mine de s'arrêter, il la prit par les épaules et la secoua violemment.

– Allez-vous vous taire, à la fin ? Nous ne sommes pas encore tirés d'affaire. Ces policiers peuvent fort bien m'avoir suivi. J'ai tiré sur eux. S'ils m'attrapent, ils commenceront par me trouer la peau avant de me poser des questions.

Elle l'écouta à peine. Elle n'était plus en état de comprendre quoi que ce soit. Seul la tenaillait l'irrépressible désir de se débarrasser de lui.

Avec la force du désespoir, elle se débattit. Il resserra son étreinte. Elle résista avec acharnement et il dut la plaquer par terre. Quand elle voulut crier, il lui bâillonna la bouche de sa main et roula sur elle.

– Ecoutez ! lui souffla-t-il à l'oreille. Ecoutez !

Elle entendit le bruit d'une cavalcade et essaya de se libérer de plus belle. Elle n'avait rien fait de mal. Si elle arrivait à lui fausser compagnie, la police la renverrait auprès de son grand-père.

Mais plus elle luttait, plus il la serrait. Elle ne pouvait plus respirer. Elle sentit son cœur défaillir. S'il ne la relâchait pas immédiatement, elle allait mourir.

Quand elle cessa de se débattre, il relâcha graduellement la pression de ses bras. Au-dessus d'elle, son visage formait une tache blanche indistincte. Le martèlement des sabots ralentit, puis cessa juste derrière la haie, et deux voix retentirent. Elle n'entendait pas ce qu'ils disaient, mais lorsque les deux cavaliers firent volte-face et reprirent la direction de Rouen, elle comprit qu'ils avaient abandonné les recherches.

Elle resta étendue sur l'herbe humide, les yeux clos, inerte. Plus rien ne comptait. Tout ce qu'elle aimait lui avait été arraché : son grand-père, la France, Paul...

La main de Ross Trevenan quitta sa bouche et il roula sur le côté. Elle demeura immobile, ne sachant si elle aurait la force de se lever. Il l'attrapa alors par les revers de son manteau et la remit sur ses pieds. Elle ne l'avait jamais vu aussi en colère. Il était livide, et ses yeux étincelaient.

– Vous êtes une garce ! jeta-t-il d'un ton féroce. Vous vouliez qu'ils me trouvent. Vous vouliez qu'ils me tuent !

Il la lâcha si brutalement qu'elle s'effondra par terre. Ebahie par sa brutalité, elle resta au sol, tremblante.

– Debout ! ordonna-t-il.

Comme elle se levait trop lentement à son goût, de nouveau, il la mit sans ménagement sur ses pieds.

Elle retint un cri. Ce n'était pas le Ross Trevenan qu'elle connaissait. Cet homme était à peine civilisé. Une image remonta à sa mémoire : Trevenan torse nu, avec ses épaules puissantes et musclées. Elle avait eu raison de le craindre. C'était un sauvage.

– Avancez ! commanda-t-il, et elle avança.

Elle ignorait où menait le sentier, mais elle le suivit en aveugle. Bien qu'elle l'entendît derrière elle, ainsi que les sabots des chevaux, elle n'osa pas se retourner.

Comme ils émergeaient du sous-bois, une petite construction basse se dessina dans la pénombre. La porte était béante et les mauvaises herbes avaient envahi le jardin.

Il lui fit passer le seuil d'une poussée sur l'épaule et elle s'enfonça prudemment dans l'ombre, laissant le plus de distance possible entre elle et son ravisseur.

7

De longues minutes s'écoulèrent avant qu'elle n'entende ses pas, et lorsque sa silhouette se dessina sur le seuil, elle se mit à transpirer à grosses gouttes malgré le froid. Bien qu'elle le vît à peine, elle était consciente de chacun de ses mouvements. Il se déplaçait dans le noir avec l'aisance d'un prédateur.

Le bruit de deux pierres qu'on entrechoque résonna, puis Ross jura et au bout d'un long moment une flamme apparut.

Elle jeta un coup d'œil autour d'elle. La maison était délabrée. Sans doute avait-elle été convertie en grange avant d'être abandonnée. Une auge en bois fendue gisait renversée à côté de la cheminée, et des pierres s'entassaient dans un coin derrière un tabouret. Le pilier central qui supportait le plafond était muni d'anneaux. Il y restait encore quelques lanières, sans doute destinées à attacher des animaux. Une échelle branlante menait au grenier. La pluie qui traversait le toit et dégouttait sur le sol de terre battue ajoutait encore à l'aspect lugubre de l'endroit.

Son regard se reporta sur Ross. Il avait allumé une

lanterne. Accroupi devant le foyer, il s'occupait du feu. Son manteau et un sac ouvert reposaient à ses pieds.

A le voir ainsi occupé à des tâches simples, elle sentit sa peur diminuer et se laissa aller contre le pilier muni d'anneaux.

Quand le feu eut enfin pris, il se tourna vers elle. Il serrait les lèvres comme s'il faisait un effort pour rester calme. Il avait la mâchoire dure et les yeux plissés. Elle frissonna.

– Venez ici, dit-il.

– Je suis tout à fait...

– J'ai dit : venez ici !

Avec une assurance qu'elle était loin de ressentir, elle ébaucha quelques pas dans sa direction.

– Retirez ces vêtements mouillés et mettez-les à sécher devant le feu.

Elle n'avait aucune envie de se défaire de son manteau, mais comme elle était trempée jusqu'à la moelle, elle obéit.

– Votre robe, maintenant.

Une lueur d'inquiétude passa dans ses yeux et elle secoua la tête.

– Epargnez-moi votre pudeur, siffla-t-il. C'est bien votre faute, Tessa Lorimer, s'il ne nous reste plus rien pour nous changer. Vous avez peut-être envie de tomber malade, mais cela n'entre pas dans mes projets. Alors, faites ce que je vous dis, si vous ne voulez pas que je m'en charge moi-même !

Elle laissa son regard dériver vers la porte.

Il l'attrapa en poussant un juron et, lui retirant sa robe, il la jeta devant le feu. Honteuse de sa quasi-nudité, elle le fixa d'un air haineux. Jamais un homme ne l'avait traitée ainsi.

Il la toisa avec mépris.

– A votre guise, Tessa, jouez votre petit numéro. Je n'éprouverais aucun désir pour vous en tant que femme même si vous me provoquiez. Quand cesserez-vous d'agir comme si tous les hommes étaient sous votre charme ? Vous vous croyez irrésistible ?

Quand il la souleva dans ses bras et l'emporta vers le pilier central, une vague de panique la submergea. Elle se démena comme un beau diable. Il la posa brutalement sur ses pieds et, lui prenant les poignets, il les attacha à un anneau avec l'un des liens en cuir.

Maintenant qu'il ne la touchait plus, elle cessa de se débattre. Ils respiraient tous les deux difficilement et ils échangèrent un regard de défi.

Lorsqu'il reprit la parole, son ton lui parut d'autant plus menaçant qu'il restait calme :

– J'ai fait une promesse à votre grand-père et j'ai l'intention de la tenir. J'ai été trop faible avec vous jusqu'à présent, mais tout cela est du passé. Vous avez perdu tout droit à ma compassion depuis le sale tour que vous venez de me jouer.

– Maintenant, voilà que vous parlez par énigmes ! explosa-t-elle.

– Vous savez parfaitement de quoi je parle. Vous avez essayé d'attirer l'attention des policiers français ! Si vous aviez réussi, je serais dans un fossé avec une balle dans la tête, à l'heure qu'il est.

– Vous mentez ! Je voulais m'échapper, c'est vrai ! Mais je n'ai jamais pensé... cela ne m'est pas venu à l'esprit...

– Vous ne réfléchissez pas, voilà le problème ! Quand vous êtes en colère, rien ne vous arrête. Enfin, qu'est-ce qui vous a pris ? Que comptiez-vous faire ?

La trahison de Paul l'avait affectée au-delà de toute

imagination et elle avait agi sous l'impulsion du moment. Elle secoua la tête et posa la joue contre la poutre rugueuse.

– Je n'en sais rien, dit-elle d'une voix blanche. Tout m'était égal. Je voulais juste être seule.

– Ne commencez pas à vous apitoyer sur vous-même. Avec vos enfantillages, nous avons un long voyage devant nous et je ne suis pas d'humeur à discuter. A partir de maintenant, vous allez faire exactement ce que je vous dis. Vous comprenez, Tessa ?

Quelques instants plus tôt, elle éprouvait un certain remords de sa conduite. Mais à présent, piquée au vif par son mépris, elle releva la tête.

– Oh, je comprends, murmura-t-elle d'un ton cinglant. Je n'ai jamais douté de votre propension à la violence.

– Parfait ! Eh bien, tâchez de ne pas l'oublier !

Il la fixa un long moment, puis ajouta d'une voix radoucie :

– Tout pourrait être différent, Tessa. Promettez-moi que vous ne chercherez pas à vous échapper et je vous détacherai.

L'orgueil seul lui dicta sa réponse :

– Je n'ai jamais fait de promesses sous la contrainte.

– Très bien. Alors, vous en supporterez les conséquences.

Elle détourna la tête. Elle l'entendit fouiller dans son sac, puis sursauta quand il posa quelque chose de doux autour de ses épaules. C'était un manteau d'homme.

D'instinct, elle eut envie de le rejeter. Elle ne voulait aucune faveur de sa part. Mais la raison l'emporta. Le vêtement était sec et il couvrait son corps à peine vêtu. On ne pouvait pas dire que cela l'avait beaucoup troublé, d'ailleurs. Il ne lui avait pas adressé un regard.

Il attendait qu'elle dise quelque chose. Bien que cela la rendît malade, elle murmura un laconique « merci » sans le regarder. Il émit un de ces sons incompréhensibles qui lui étaient habituels et s'éloigna.

Elle ressentit une certaine inquiétude lorsqu'il sortit, la laissant attachée à son pilier comme un animal, mais il revint sans tarder avec un fagot de petit bois. Quand il eut nourri le feu, il monta au grenier. Quelques instants plus tard, une balle de foin dégringolait par la trappe du plafond, suivie d'une autre.

En l'espace de quelques minutes, il avait transformé la sinistre masure en un refuge chaleureux. Un feu brûlait joyeusement dans l'âtre, leurs vêtements séchaient sur l'échelle devant les flammes, et il avait disposé le foin par terre pour faire un lit.

Elle le regarda d'un air sombre : allait-il la laisser attachée pendant qu'il dormirait confortablement installé sur le foin ? Une autre question l'inquiétait encore, mais elle essaya de ne pas y penser.

Il surprit son regard et s'approcha. A son grand étonnement, il libéra ses mains.

– Il y a des cabinets derrière l'appentis où j'ai attaché les chevaux, mais je ne vous conseille pas de les utiliser. Venez, je vais vous montrer un meilleur endroit.

Stupéfaite de la manière dont il déchiffrait ses pensées, elle répondit d'un ton acerbe :

– Je n'ai pas besoin de vos conseils. Je peux me débrouiller toute seule.

– Alors, promettez-moi que vous ne chercherez pas à vous échapper.

Comme elle avait commencé à le défier, elle se sentit obligée de continuer :

– Je vous l'ai déjà dit : on ne m'arrache pas de promesses sous la contrainte.

– A votre guise. Alors, ne traînons pas. Allons-y !

Elle se dirigea vers la porte après lui avoir décoché un regard de souverain mépris.

Il la conduisit jusqu'à des buissons et, s'il ne s'éloigna pas, il eut au moins la délicatesse de se retourner. Elle regagna la cabane, rouge comme une pivoine, mais en apprenant qu'ils allaient partager le lit de paille, leurs poignets liés ensemble, toute couleur disparut de son visage.

Son expression la persuada que ce n'était pas la peine d'argumenter. Alors, elle tendit son poignet. Lorsqu'il l'eut fixé au sien, il lui retira son manteau et lui fit signe de s'étendre. Elle rampa maladroitement sur la paille, ressentant une secousse quand il la suivit. Ensuite, il les couvrit tous les deux de sa veste, puis de son manteau. Elle se blottit aussi loin de lui que possible, mais cela ne servait pas à grand-chose. Le bras entravé de Ross encerclait ses épaules et elle pouvait sentir son corps musclé contre ses pantalons trop légers.

C'était intolérable. Elle ne fermerait pas l'œil de la nuit dans cette position. Mais si elle se plaignait, il allait encore se moquer de son imagination malsaine. C'est vrai que pour lui elle n'était qu'une petite fille. Pourquoi ne réussissait-elle pas à être aussi indifférente ?

Le temps passa et ses paupières s'alourdirent. D'autres pensées se mirent à tourbillonner dans sa tête : Paul, son grand-père, lady Sayle. Elle était vraiment trop fatiguée pour réfléchir...

Ross serra les mâchoires et essaya d'ignorer la crampe de son bras qui entourait Tessa. Il avait passé une nuit d'enfer, et ce n'était pas fini. Elle dormait comme un bébé et il souffrait comme un damné. Il n'avait jamais eu une femme aussi ravissante dans son lit, alors qu'il était condamné par les circonstances et l'honneur à garder ses distances.

Cela aurait été plus facile s'il ne lui avait pas fait ôter sa robe. Bien qu'il ait partagé sa chambre la veille, il n'avait aucune idée de ce qu'elle portait en dessous. Il s'était dit qu'elle devait avoir toute une collection de jupons comme les jeunes filles anglaises. Malheureusement, elle avait adopté la coutume française des petits pantalons de soie, quasi transparents. Et sa chemise ne valait guère mieux. Rien que de penser à ce spectacle, une vague de désir montait en lui, et il était atterré par sa réaction.

Il poussa un soupir. Si sa grand-mère découvrait un jour comment il avait malmené cette gamine, elle serait épouvantée. Ce n'était pas le Ross qu'elle connaissait. Celui qui aimait les femmes et les respectait. Jamais il n'aurait porté la main sur un membre de l'autre sexe. Mais jamais non plus il n'avait rencontré de femme qui le haïssait au point de désirer sa mort...

Soudain, elle se tourna vers lui et il se raidit. Elle passa sa main libre autour de sa taille et se blottit plus près de lui.

– Ross ? murmura-t-elle doucement.

C'était la première fois qu'elle prononçait son prénom, et il la regarda comme si elle avait perdu la tête.

N'obtenant pas de réponse, elle battit des cils.

– Dites-moi que c'était un mauvais rêve, chuchota-t-elle d'une voix saccadée.

Touché, il ne put s'empêcher de déposer un chaste baiser sur son front.

– C'était un mauvais rêve, souffla-t-il. Je suis là. Tout va bien.

Sa réponse l'apaisa et elle se détendit. Mais Ross, lui, était tout sauf détendu ! Sa douceur, son parfum étaient une véritable torture. Il aurait voulu la serrer contre lui et la posséder toute la nuit, s'enivrer du miel de sa passion...

Epouvanté par cette idée, il coupa les liens qui les entravaient. Puis il se glissa hors de leur couverture de fortune et se leva. Il respirait péniblement. Se détournant avec une grimace, il s'appuya d'une main contre le linteau de la cheminée et observa les flammes en essayant de fixer son attention sur n'importe quoi sauf Tessa.

Ce fut presque un soulagement de penser à Cassie. Sa femme était exactement l'opposé de Tessa. Il ne l'avait jamais entendue se mettre en colère. Elle était douce et ne l'avait jamais agacé de sa vie. Ce n'était pas parce qu'elle manquait d'esprit, mais simplement parce qu'elle cherchait toujours à faire plaisir aux autres.

Il songea un long moment à elle, et soudain la douleur qu'il avait appris à dominer se réveilla, comme si ce cauchemar datait seulement de la veille...

Il avait vingt-sept ans quand il l'avait épousée, non par amour mais par devoir. Un homme dans sa position se devait d'avoir un héritier. Cassie était de sept ans sa cadette. Elle apparaissait comme l'épouse idéale. Issue d'une bonne famille et dotée d'un caractère égal, c'était aussi une jeune fille ravissante avec ses cheveux noirs et ses yeux de la couleur des bleuets. Et elle lui avait apporté bien davantage qu'il ne l'avait escompté. Avec elle, il avait découvert l'amour.

Il aimait Cassie et elle l'aimait. Il était comblé par la vie. Cela faisait un an qu'ils étaient mariés quand Desmond Turner était venu le trouver.

Il avait entendu parler de lui et de ses occupations, et sa curiosité était aiguisée. Desmond commença par évoquer une étrange coïncidence. Durant l'été 1795, alors qu'il était clerc chez son oncle, juge de paix dans le comté d'Esher, il avait participé à l'enquête sur la noyade d'une jeune fille à Fleetwood Hall. Cet événement avait eu trois témoins, peut-être quatre, toutes pensionnaires à l'école. Parmi elles figurait sa femme, Cassie Mortimer.

Le temps avait passé, et Desmond avait oublié cette affaire. C'est alors que, trois mois plus tôt, il avait participé à une autre enquête. La victime s'appelait Margaret Hemmel et avait aussi été témoin de la noyade de Fleetwood Hall.

En fait, expliqua Desmond, des trois témoins de l'accident, seule Cassie était encore en vie. Les deux autres étaient morts l'année précédente dans des circonstances suspectes. C'est pour cette raison qu'il s'était décidé à venir trouver Ross. Il y avait une autre fille, Tessa Lorimer, dont on ne savait pas exactement si elle avait vu quelque chose ou non, mais qu'il avait été incapable de localiser.

Ross se montra sceptique. Cela lui paraissait n'avoir aucun sens. Pourquoi quelqu'un aurait-il attendu quatre ans pour éliminer les témoins d'un accident que tout le monde avait oublié ? Il posa quelques questions à Cassie sur la noyade, mais sans mentionner Desmond ni le décès de ses amies pour ne pas l'impressionner. Plus il y réfléchissait, plus il était convaincu que Desmond faisait fausse route...

Deux mois plus tard, il repêchait le corps de Cassie dans le lac.

C'était le jour de son anniversaire. Et comme il lui préparait une surprise, il l'avait priée de s'esquiver pendant une heure ou deux. Il se rappelait encore cet instant. Elle avait ri, sachant très bien ce qu'il avait derrière la tête, et il avait négligemment déposé un baiser sur sa joue, sans savoir qu'il ne la reverrait plus vivante. Deux heures plus tard, ne la voyant pas revenir, il était parti à sa recherche.

Il ne se souvenait plus bien des jours qui avaient suivi, sinon qu'il était comme dément. Il ne voulut jamais accepter la thèse de l'accident, même si c'était l'avis général. Tout laissait supposer que Cassie avait pris une des petites embarcations qui s'était retournée. Connaissant sa phobie de l'eau, il savait bien qu'elle n'aurait jamais fait une chose pareille...

Alors il se rappela les propos de Desmond Turner. Son scepticisme avait causé la mort de Cassie. Et aussi la mort de l'enfant qu'elle portait, car il avait appris juste avant l'enterrement qu'elle était enceinte.

Pendant des semaines, il s'enferma dans la bibliothèque, buvant plus que de raison pour essayer d'oublier. Jamais il ne put se libérer du poids de la culpabilité.

Quand enfin il émergea de la bibliothèque, il était devenu un autre homme, animé par une seule pensée : trouver le monstre qui avait tué Cassie et le faire jeter en prison. Desmond Turner accepta de l'aider. Leur seule piste était Tessa Lorimer, et elle semblait avoir disparu de la surface de la terre. Ils s'appliquèrent donc à retrouver sa trace et, ce faisant, ils s'aperçurent que quelqu'un d'autre était à sa recherche et avait une longueur d'avance. Si Tessa ne s'était pas enfuie en France, elle aurait sans doute subi le même sort que Cassie.

Tessa possédait la clé de l'énigme. Cassie était sûre qu'elle était présente cette nuit-là, quand Becky s'était noyée. Elle n'avait pas seulement reconnu sa voix, mais elle l'avait aussi vue un peu plus tard. Il ne comprenait pas pourquoi Tessa s'entêtait à le nier...

Il fixa le feu sans le voir, repassant dans son esprit les événements de Fleetwood Hall tels que les avaient décrits Cassie et Desmond. On était à la fin du trimestre, et la tradition voulait que les filles de dernière année aillent se baigner dans le lac.

Quatre élèves étaient sorties cette nuit-là. Pendant qu'elles se baignaient, elles s'étaient aperçues que quelqu'un les espionnait. Elles avaient entendu des bruits d'eau de l'autre côté du lac, puis une fille avait appelé au secours. Elles n'avaient pas vu Tessa – il faisait trop sombre – mais elles avaient reconnu sa voix et supposé qu'elle cherchait à leur faire une farce. Elle jouait souvent la comédie, et de toute façon, l'eau n'était pas profonde. Aussi étaient-elles toutes rentrées, sauf Becky Fallon. S'apercevant de son absence, Cassie était retournée la chercher. C'est alors qu'elle avait croisé Tessa qui arrivait de l'autre côté du lac.

Qu'est-ce que Tessa avait bien pu voir pour nier aussi farouchement avoir été là ? Il se doutait qu'il n'obtiendrait rien d'elle, mais peut-être que Sally Turner aurait plus de chance.

Après la mort de Cassie, il avait traversé l'enfer. Il s'était juré que jamais plus il n'aimerait personne ainsi. Il y avait eu beaucoup de femmes dans sa vie depuis, mais aucune n'avait touché son cœur. Et si jamais cela se produisait, il fuirait à l'autre bout du monde. Il savait qu'il lui faudrait se remarier afin d'avoir un héritier. Mais cette fois-ci, il se garderait bien de tomber amoureux...

Tessa gémit dans son sommeil. Il s'approcha d'elle. Les couvertures avaient glissé, et elle reposait comme une déesse dans son indécente lingerie française. Friponne ! songea-t-il, et il se demanda pourquoi il souriait.

Après l'avoir recouverte, il plaça l'échelle de telle façon qu'il puisse lui attacher un poignet, mais sans trop serrer. Si elle se réveillait avant lui, il la croyait parfaitement capable de partir avec les deux chevaux en l'abandonnant à son triste sort. Ce serait déjà plus difficile en traînant une échelle...

Puis il s'étendit devant le feu et poussa un long soupir. D'une certaine façon, ils étaient partis sur le mauvais pied. La première fois qu'il l'avait vue, elle l'avait profondément émue. Mais aussitôt, il avait éprouvé une terrible amertume en songeant qu'elle était en vie alors que Cassie gisait dans sa tombe. C'était un odieux sentiment qu'il avait immédiatement réprimé, mais peut-être l'avait-elle senti ? En tout cas, elle s'était montrée très vite hostile à son égard.

Il se redressa sur un coude et la regarda. Dans son sommeil, la jeune fille ressemblait à un ange. Dommage que cela ne puisse durer...

Se blottissant sous son manteau, il ferma les yeux.

8

Ils mirent trois jours à atteindre Honfleur, trois jours à galoper et à coucher à la dure. Ross n'avait que quelques sous dans ses poches et il s'en servait pour acheter un peu de nourriture dans des fermes isolées. Il ignorait ce que Paul Marmont avait bien pu raconter aux autorités, aussi se tenait-il à l'écart des villes et des bourgades, de peur qu'on ne le cherche. Et, pour couronner le tout, il ne pouvait faire confiance à Tessa.

Elle restait silencieuse, sans proférer aucune plainte. Au début ce fut un soulagement pour lui, mais il commença bientôt à s'inquiéter de ce changement. Elle le regardait à peine et, quand ils s'arrêtaient le soir, il devait la forcer à se nourrir. Elle semblait détachée de tout, comme si elle s'était réfugiée dans un autre monde, où personne ne pouvait l'atteindre.

Ils arrivèrent à Honfleur à la nuit tombée. Il se rendit droit à l'écurie de louage sur la place du marché, pour laisser les chevaux. Après avoir donné ses dernières pièces au palefrenier, il entraîna Tessa vers la porte. Bientôt, ils rejoindraient ses amis et allaient enfin pouvoir prendre un bain, enfiler des vêtements propres et avaler quelque chose de chaud. Ensuite, ils pourraient filer vers l'Angleterre.

Empruntant un entrelacs de ruelles, ils gagnèrent une petite taverne sur les quais. La salle bondée était enfumée. Ross la traversa, Tessa dans son sillage. A peine avait-il frappé à la porte du fond que celle-ci s'ouvrit toute grande. Trois personnes les accueillirent dans un petit salon, vétuste mais confortable, avec un feu qui brûlait dans l'âtre.

Bien que Tessa s'attendît à retrouver Sally et Desmond Turner, elle faillit fondre en larmes. Les émotions des derniers jours refirent surface quand les bras de son amie se refermèrent autour d'elle. Puis cette dernière lui fit remarquer qu'elle avait vu des épouvantails mieux habillés qu'elle, et Tessa éclata de rire.

Tandis que Sally l'installait dans un fauteuil près de la cheminée et lui mettait un verre entre les mains, elle observa avec curiosité le troisième occupant de la pièce. Elle l'avait pris tout d'abord pour un de ces contrebandiers français qui faisaient la navette entre l'Angleterre et le continent. De taille moyenne, avec des cheveux bruns, il portait un justaucorps ordinaire et un pantalon de serge un peu fripé. Mais elle comprit tout de suite qu'elle s'était trompée. Son anglais était impeccable et il riait avec Trevenan en évoquant des amis communs.

Paul avait raison, songea-t-elle soudain, Ross Trevenan n'était pas américain...

Puis ce dernier salua Desmond, presque aussi chaleureusement que l'homme nommé Julian. D'une certaine manière, elle n'avait jamais pu l'imaginer proche de quelqu'un, et il lui apparut soudain plus humain.

Quand tout le monde se fut salué, Ross expliqua qu'ils avaient manqué le rendez-vous de Rouen à cause du cheval de Tessa qui s'était emballé, et qu'ensuite ils étaient tombés sur une patrouille.

Ross présenta alors son ami à Tessa. Il s'appelait Julian Percy. C'était avec son aide qu'il avait organisé leur retour en Angleterre. Et ce n'était pas la première fois qu'ils organisaient ensemble un voyage de ce genre.

– Mais jamais je n'ai eu le plaisir de côtoyer d'aussi jolies personnes, remarqua Julian.

Il prit alors la main de Tessa et la porta à ses lèvres. Elle ne put s'empêcher de lui sourire. Il n'était pas beau, avec son nez trop grand et sa bouche très fine, mais au fond de ses yeux d'un bleu magnifique brillait une lueur de malice qui le rendait éminemment sympathique.

Il relâcha sa main.

– Ross, dit-il, tu m'as menti en affirmant que ta pupille était encore une enfant.

Le sourire de Tessa devint encore plus chaleureux. Voilà au moins un gentleman qui savait se conduire avec les femmes ! Et comment Trevenan avait-il osé la reléguer dans le rôle peu flatteur de pupille ?

Elle ne corrigea pas Julian, mais jeta un regard noir à Ross. Celui-ci ne la regardait pas. Il fixait son ami et son expression n'était plus aussi amicale.

Avant qu'elle ne puisse s'interroger là-dessus, Trevenan prit la situation en main et distribua ses consignes. Elle était priée d'accompagner Sally et, quand elle se serait baignée et changée, ils pourraient tous se retrouver ici pour dîner. Desmond devait commander le bain et prévenir les palefreniers de l'endroit où se trouvaient leurs chevaux. Les valets retourneraient à Paris dès le lendemain matin.

Ensuite, Julian conduisit Ross dans une petite chambre de l'autre côté du vestibule. Aussitôt que la porte se fut refermée, ce dernier se débarrassa de ses vêtements.

– Son cheval ne s'est pas emballé, dit-il. Elle a tenté de s'enfuir. Cependant, il est exact que nous sommes tombés sur une patrouille qui nous a coupé la route. Le voyage a été abominable ! ajouta-t-il, et il lui conta dans le détail l'épisode avec Paul Marmont, ainsi que tous les désagréments que cette fille exaspérante lui avait causés.

Il s'interrompit quand son bain arriva, et poussa un juron en découvrant qu'il restait seulement une bouilloire d'eau tiède. La jeune demoiselle avait utilisé tout le reste. Il remplit la cuvette et commença à se savonner avec un gant.

Julian était paresseusement allongé sur le lit et étudiait son ami avec curiosité. Depuis la mort tragique de Cassie, jamais aucune femme n'avait retenu l'attention de Ross, pas même celles qu'il accueillait dans son lit. Cependant, après l'avoir observé avec Tessa Lorimer, il était à la fois amusé et stupéfait par l'effet que « cette fille exaspérante » produisait sur lui. Et il avait aussi remarqué le regard jaloux que Ross lui avait décoché quand il avait badiné avec Tessa.

– J'ai rencontré Amanda Chalmers juste avant de partir pour la France, déclara-t-il, désinvolte. Elle s'étonne de ton absence. En fait, je dirais plutôt que la ravissante Amanda va jusqu'à nourrir des soupçons.

– Des soupçons ?

Julian sourit.

– Elle pense que tu as rencontré une autre femme.

– C'est faux ! Et de toute façon, cela ne concerne en rien Amanda. Notre liaison est terminée depuis longtemps.

– J'en suis surpris.

– Pourquoi donc ?

– Elle ne semble pas voir les choses ainsi. Tu ferais mieux d'être plus clair avec elle. Mais je te conseille néanmoins d'être prudent. On gagne toujours à se montrer galant.

Ce fut au tour de Ross de sourire.

– Je suis toujours galant.

– Je suis heureux de te l'entendre dire, car Amanda Chalmers, elle, est une vraie vipère, d'après ce que j'ai pu observer. Et elle a des amis haut placés. Si elle le désire, elle pourrait te rendre la vie difficile.

Ross s'était lavé le visage et tenait son rasoir à la main. Il se tourna vers Julian.

– Je suis parfaitement capable de me débrouiller tout seul.

– Je pensais surtout à Tessa. Si Amanda soupçonnait que tu es amoureux de cette fille...

– Amoureux ? De Tessa Lorimer ? s'écria Ross en éclatant de rire. Qu'est-ce qui te prend ? Tu déraillles complètement !

Il se retourna vers la glace et commença à se raser.

– Est-ce que ce Paul Marmont risque de poser des problèmes ? demanda Julian au bout d'un moment.

Ross s'entailla la joue. En poussant un juron, il épongea le sang avec la serviette avant de répondre :

– Comment pourrait-il être un problème puisqu'il reste ici et qu'elle va en Angleterre ?

– Il peut venir la chercher en Angleterre. Cela ne lui serait pas difficile, avec tous les réfugiés français qui ont afflué chez nous.

– S'il montre le bout de son nez là-bas, je le ferai mettre dehors.

Julian s'arracha du lit.

– Tu t'es de nouveau écorché. Laisse-moi faire avant de transformer ton visage en bifteck.

Ross s'assit sur le lit et son ami se mit à le raser avec la sûreté d'un barbier.

– Sais-tu, Ross, que tu as l'air d'un amant jaloux ? Allons, ne bouge pas ainsi ! J'ai failli te couper le nez.

Ross attrapa le poignet de Julian, l'empêchant de poursuivre sa tâche.

– Mettons bien les choses au clair, Julian. Tessa Lorimer est sous ma responsabilité, et je vais veiller sur elle comme si ma vie en dépendait. C'est ce que j'ai promis à son grand-père.

Julian haussa les sourcils.

– Et c'est là ton seul souci à son égard ?

– Oh, pour l'amour du ciel ! s'emporta Ross en se levant brutalement. Tessa Lorimer ne signifie rien pour moi. Combien de fois devrai-je te le répéter ? C'est un vrai fardeau ! Mais je me sens responsable d'elle. Ce n'est pas la peine de chercher autre chose !

Marchant jusqu'au miroir au-dessus de la cuvette, il examina ses coupures.

– Bifteck ! marmonna-t-il, puis il se tourna vers son ami. Tessa Lorimer est...

– Oui, oui, je sais ! coupa Julian avec un sourire, et après avoir repris sa place sur le lit, il se mit à singer Ross : Elle est pourrie gâtée et se croit très intelligente. Je n'ai rien oublié, j'espère ?

Ross ouvrit la bouche mais, après réflexion, il préféra se taire. Durant les trois jours qu'ils avaient passés sur la route, elle ne s'était pas plainte une seule fois, partageant ses maigres rations et galopant avec lui. S'était-elle conduite comme une enfant gâtée ? Non. Mais à vrai dire, si elle ne s'était pas plainte, c'est qu'elle le prenait pour une brute.

Il soupira, se demandant si elle changerait jamais d'avis sur son compte.

– Ce que je pense d'elle n'a rien à voir avec la

question. Elle est sous ma responsabilité, c'est cela qui compte.

– Que lui as-tu dit ?

– Uniquement ce que nous avions décidé : que je l'accompagne chez lady Sayle pour une saison à Londres. (Il attrapa les vêtements de rechange posés sur une chaise et s'habilla.) Je rentrerai dans les détails quand nous serons arrivés.

– Pourquoi ne pas tout lui dire maintenant ?

Ross imagina la colère de Tessa et il réprima un frisson.

– Parce que cela l'inciterait à m'échapper de nouveau. Les choses seront différentes en Angleterre. Elle ne pourra pas regagner la France sur un coup de tête.

Julian sauta du lit et passa un bras autour de ses épaules.

– A ta guise... Et si nous allions rejoindre ces dames, à présent ?

Ils prirent un solide dîner composé d'un potage de légumes et d'un ragoût de mouton, arrosé d'une bouteille qui provenait de la réserve du patron.

Le regard de Ross s'arrêtait régulièrement sur Tessa. Il remarqua qu'elle se contentait de picorer et espéra que son apathie était seulement due à la fatigue.

Cette apathie la quitta plus vite que prévu. Quand ils se levèrent de table et que Julian annonça qu'il était temps de partir, elle roula des yeux effrayés.

– Partir ? Où ? demanda-t-elle d'une voix défaillante.

– Au canot qui doit nous conduire à mon voilier,

répondit Julian qui vérifiait son pistolet. Mettez votre manteau le plus chaud, mesdames. Il peut faire très froid la nuit sur l'eau.

Tessa s'appuya des deux mains sur la table pour ne pas chanceler.

– Nous prenons un bateau cette nuit ? Ne serait-il pas plus sage d'attendre demain matin ?

L'accent de panique qui perçait dans sa voix attira tous les regards sur elle.

Sally fut la première à réagir. Elle prit le bras de la jeune fille avec un sourire rassurant.

– Nous sommes toutes les deux pareilles, souligna-t-elle gentiment. Moi aussi, je supporte mal les voyages en bateau. Mais vraiment, il n'y a rien à craindre et nous serons ensemble.

– Mais oui, Tessa, vous n'avez rien à craindre, renchérit Julian. Et mon voilier a tout le confort d'une maison.

Elle le regarda à peine. Elle fixait Ross avec de grands yeux.

– Pourquoi ne nous précédez-vous pas ? proposa alors ce dernier. Je vous rejoindrai avec Tessa plus tard. Nous nous retrouverons sur la jetée. Cela ne prendra pas longtemps.

Il y eut un moment de gêne. Sally commença par protester mais, sur un coup d'œil de son frère, elle se tut et suivit les hommes hors de la pièce.

– Que se passe-t-il, Tessa ? demanda doucement Ross une fois la porte refermée. De quoi avez-vous peur ? Vous avez déjà traversé la Manche pour venir en France, n'est-ce pas ?

Elle passa la langue sur ses lèvres sèches.

– C'était différent, il faisait jour.

– Comme c'est curieux. Il me semblait que les

contrebandiers profitaient de la nuit pour passer inaperçus.

Elle pressa sa main sur ses yeux.

– Je ne sais pas... Nous étions supposés être un bateau de pêche français. Nous avons lancé nos filets et pris du poisson. Puis nous sommes rentrés dans le port avec les autres.

– Voilà un habile stratagème, mais nous ne pouvons pas en faire autant. Le voilier de Julian nous attend au large des côtes. Si nous ne le prenons pas, il partira sans nous et nous devrons attendre trois jours un autre rendez-vous. Vous voyez bien que nous devons partir ce soir.

– Vous ne comprenez pas ! cria-t-elle. Même le jour, je suis terrifiée par l'eau. Mais la nuit... (Elle s'interrompit en secouant la tête.) Je ne peux pas, Ross. Je vous en prie, ne me forcez pas !

– Pourquoi ? s'enquit-il du même ton doux et obstiné. Pourquoi avez-vous peur de l'eau, Tessa ?

– Je ne sais pas. Il n'y a aucune raison.

Il garda le silence et elle vit qu'il ne la croyait pas. Elle hésita. Elle ne s'était jamais confiée à qui que ce soit, et il était le dernier à qui elle désirât parler.

Il commença à se diriger vers la porte.

– Nous n'avons pas le temps de...

– Attendez !

Il se retourna, le regard interrogatif. Alors elle prit une profonde inspiration avant de se lancer :

– Une fille s'est noyée autrefois, à l'école, en nageant la nuit, débita-t-elle d'une traite. Elle s'appelait Becky Fallon. Depuis, je fais tout le temps des cauchemars. Je suis avec elle dans l'eau et, soudain, je ne peux plus la trouver. Alors je me mets à appeler à l'aide. Il y a d'autres personnes qui s'en vont en riant. Mes poumons vont éclater, je continue malgré tout à plonger pour essayer de la trouver. Je ne la vois nulle part. Il fait si noir. Puis je coule, et c'est moi qui me noie. Mais personne ne m'aide...

Ross attendit et, comme elle restait silencieuse, il murmura :

– Qui sont ces gens qui refusent de vous aider ?

Elle secoua la tête.

– Des gens que j'ai rencontrés dans la journée. Cela peut être n'importe qui. Sally et Desmond. N'importe qui !

– Et alors, que se passe-t-il ?

– Alors je me réveille.

– Etes-vous sûre que c'est un rêve, Tessa ?

– Je n'étais pas là quand Becky s'est noyée ! s'écria-t-elle. Je jure que je n'étais pas là ! Pourquoi est-ce que personne ne veut me croire ?

Comprenant qu'elle haussait le ton, elle émit un petit rire tremblant.

– Je vous demande pardon. Cela ne peut rien signifier pour vous. Mais vous devez comprendre que je suis incapable de vous accompagner.

Navré, il secoua la tête.

– Si j'avais connu vos craintes, j'aurais arrangé les choses différemment. Mais maintenant, nous n'avons pas le choix. Venez, Tessa ! Les autres nous attendent.

A son expression, elle comprit que rien ne le ferait changer d'avis. Elle rumina quelques instants l'idée de le défier. Elle pourrait appeler à l'aide et demander la protection de l'aubergiste. Mais elle chassa cette pensée. Sa dernière tentative s'était révélée un fiasco total. Elle avait seulement mis la vie de Ross en danger, et ce n'était pas ce qu'elle désirait.

– Venez ! insista-t-il en ouvrant la porte.

L'un des valets attendait dans le couloir. Il tendit à Ross le manteau de la jeune fille. Elle ne protesta pas quand il le drapa autour de ses épaules et l'attacha sous son menton.

– Vous êtes une fille bien, dit-il, et il sourit.

Redressant les épaules, elle descendit l'escalier à la suite du valet.

Les autres étaient déjà installés dans le canot devant la jetée. Tessa serra les dents pour les empêcher de claquer. Ross l'aida à embarquer et monta rapidement à sa suite. Il la fit asseoir sur le banc à l'avant et prit place à côté d'elle.

Les rames fendirent silencieusement la surface de l'eau, et l'embarcation se glissa dans le courant. La jeune fille regardait droit devant elle, mobilisant toute sa volonté pour ne pas céder à la panique. Déjà, elle transpirait à grosses gouttes, et ses poumons semblaient sur le point d'exploser.

Ross passa un bras autour de ses épaules et elle trembla convulsivement.

– Cela ira mieux quand nous atteindrons le bateau, chuchota-t-il. Je suis là, Tessa. Rien ne peut vous arriver.

Elle aurait voulu répondre, mais elle n'avait plus assez de souffle. Le cauchemar se refermait sur elle. Elle pouvait sentir la vase au fond du lac, entendre Becky se débattre en criant son nom. Ses oreilles bourdonnaient et une brume voilait ses yeux.

Ross ne protesta pas quand elle enfonça ses ongles dans sa main. Il resserra son étreinte autour de ses épaules, l'enfermant dans sa chaleur. La nuit était si profonde qu'il ne pouvait distinguer son visage, mais il percevait sa tension. Il se maudissait de l'avoir entraînée dans cette aventure.

Lorsqu'ils atteignirent le bateau, Julian agrippa rapidement l'échelle, puis se pencha pour prendre la jeune fille des bras de Ross. Bien que personne n'ait rien dit durant le trajet, il était évident pour tous les passagers que Tessa vivait des moments difficiles. Dès que Ross fut sur le pont, il la reprit dans ses bras et l'emmena directement en bas.

Elle n'avait pas perdu connaissance, mais semblait sous le choc. Il la déposa doucement sur la couchette et attrapa un verre et la bouteille de cognac dans le dernier tiroir du bureau de Julian. Quelques instants plus tard, il lui tenait la tête relevée et la forçait à boire.

Le liquide lui brûla la gorge. Ses yeux lui picotèrent et elle essaya de repousser le verre.

– Non ! protesta-t-elle.

– Buvez un petit peu, ordonna-t-il. Juste un tout petit peu, et vous vous sentirez mieux.

Elle dut lui obéir malgré la boule qui lui serrait la gorge et vida le contenu du verre en suffoquant à moitié. Alors seulement, Ross la relâcha.

Elle resta un long moment étendue sans bouger, les yeux fermés, la tête appuyée contre les oreillers. Peu à peu, sa respiration se calma et ses paupières s'ouvrirent. Ross était penché sur elle. Il était blanc comme un linge.

Il lui sourit en désignant la pièce.

– Vous voyez, c'est exactement comme si vous étiez dans votre chambre. Vous avez tout le confort d'une maison.

– Ne me laissez pas seule, murmura la jeune fille d'une voix tendue.

Il lui prit la main.

– Ne vous inquiétez pas. Je reste là.

Avec un petit soupir, elle se tourna face au mur. Ross s'assit sur le bord de la couchette et la fixa. De temps à autre, il repoussait une mèche dorée qui retombait sur sa joue...

C'est ainsi que Julian les trouva quand il pénétra dans la cabine un peu plus tard. Ross posa un doigt sur ses lèvres et le repoussa dans la coursive en laissant la porte ouverte.

– Nous avons appareillé, annonça Julian. Comment va-t-elle ?

– Elle dort.

– Qu'est-ce qui a provoqué cela ?

– Elle est terrifiée par l'eau.

Julian la regarda dormir par-dessus l'épaule de Ross.

– Comme Cassie, chuchota-t-il. Alors, apparemment, elle était là la nuit où Becky Fallon s'est noyée ?

– J'en suis presque sûr. Mais elle croit sincèrement qu'elle n'y était pas. Elle fait des cauchemars à ce sujet.

Julian esquissa une grimace.

– Alors, elle ne nous apprendra rien que nous ne sachions déjà ?

– On ne sait jamais. La mémoire risque de lui revenir et...

Un mouvement dans le lit l'interrompit.

– Ross ? appela Tessa.

– Je suis là.

Lentement, il ferma la porte au nez de son ami, lui interdisant sa propre cabine. Il s'approcha de la couchette. Tessa s'agitait, mais elle ne s'était pas réveillée. Quand il posa sa main sur son front, elle se calma.

Constatant qu'elle s'agitait chaque fois qu'il s'écartait d'elle, il s'étendit à son côté.

Il se mit à somnoler. Lorsqu'il se réveilla, elle était blottie contre lui. Ses lèvres étaient si proches des siennes qu'il ne put résister à l'envie de l'embrasser.

Au contact de sa bouche, elle entrouvrit les lèvres et il fut tenté d'intensifier son baiser. Mais le bon sens l'emporta. S'il ne restait pas sur ses gardes, il se retrouverait en train de lui faire l'amour pour de bon et serait obligé de l'épouser. C'était la dernière chose qu'il désirait. Tessa exigerait son amour... et il n'en avait plus à donner.

En jurant à mi-voix, il s'extirpa doucement de son étreinte et se glissa hors de la couchette. Sans doute était-elle en train de s'imaginer dans les bras de Paul Marmont.

Elle soupira et chuchota un nom, *le sien*.

Emu, il remonta les couvertures sous son menton et, s'enveloppant dans son manteau, il s'étendit sur le parquet.

Tessa s'éveilla en criant. Elle était en sueur et son cœur battait à se rompre. Elle venait de refaire le même cauchemar. Le rêve avait pourtant commencé sur une note joyeuse, alors qu'elle quittait la chapelle avec Nane pour une de leurs escapades nocturnes. Mais il s'était terminé au bord du lac, comme toujours.

Nane Roberts était sa meilleure amie chez miss Oliphant.

En soupirant, elle se tourna sur le côté. Le soleil pénétrait à flots par le hublot. Pendant un moment, elle se demanda où elle était. Puis une pensée l'assaillit. Ross Trevenan l'avait embrassée et elle ne l'avait pas repoussé. Pire, elle avait désiré ce baiser.

Ecœurant !

Alors, tout lui revint d'un coup. Elle se souleva sur ses coudes. Quand elle s'aperçut qu'elle était seule dans la cabine, elle poussa un soupir de soulagement. Elle avait le vague souvenir de l'avoir imploré de rester, et elle espérait avoir seulement rêvé...

Lorsqu'elle monta sur le pont, un peu plus tard, les autres étaient tous tournés vers la proue et fixaient l'horizon. Ross l'aperçut le premier. Il vint à sa rencontre.

– Comment vous sentez-vous ? demanda-t-il.

Elle regarda les flots mouvants et attendit le premier malaise, mais rien ne se produisit. Alors elle emplit ses poumons d'air marin. Le bateau tanguait sous ses pieds et les mouettes lançaient leurs cris rauques au-dessus de sa tête, mais curieusement, elle n'éprouvait aucune peur.

Il lui souriait. Elle lui rendit son sourire, avant de se rappeler qu'il était son ennemi mortel.

– Comment voulez-vous que je me sente ? maugréa-t-elle. J'ai mal à la tête à cause du cognac que vous m'avez forcée à boire. Je ne vois rien de drôle là-dedans.

– Non, certes, répliqua-t-il, mais son sourire ne s'évanouit pas pour autant.

Rejetant la tête en arrière, elle s'éloigna et alla rejoindre Sally devant le bastingage.

– Regardez ! lança celle-ci, le doigt tendu. Nous sommes de retour chez nous.

Les falaises blanches de Douvres se dressaient majestueusement devant elles.

– L'Angleterre, murmura Tessa d'un ton lugubre.

9

La marquise douairière de Sayle n'était pas d'humeur aussi joyeuse que d'habitude, bien qu'elle le cachât soigneusement à ses invités. Elle était inquiète. Elle était venue à Londres ouvrir la maison pour son petit-fils, Ross, qui aurait dû être de retour de son voyage en France depuis trois jours. Sa voiture l'avait attendu toute la semaine à Douvres, mais il n'avait pas donné signe de vie. Aussi avait-elle demandé à son vieil ami George Naseby de descendre là-bas pour glaner quelques informations. Ross n'approuverait sans doute pas qu'elle ait mis George dans la confidence. Mais elle le connaissait depuis cinquante ans et lui faisait une entière confiance.

Pour autant qu'elle l'avait pu, elle s'était conformée aux instructions de son petit-fils, qui lui avait recommandé de se faire le plus discrète possible. Personne ne devait savoir qu'il était en France. Il y avait beaucoup trop d'espions autour d'eux. Quand on l'interrogeait, elle prétendait qu'il était parti dans l'ouest du pays pour ramener sa pupille...

Son premier visiteur de l'après-midi avait été le vicomte Pelham. En tant que demi-frère de Cassie, et donc beau-frère de Ross, Larry faisait partie de la famille. C'était un garçon attachant, qu'elle aimait sincèrement. En revanche, il faisait souvent perdre patience à Ross qui était son tuteur : il accumulait les dettes et comptait toujours sur lui pour les régler.

Amanda Chalmers et son cousin, Bertram Gibbon, étaient aussi venus la voir cet après-midi, mais elle les avait reçus seulement parce qu'ils étaient arrivés sur les talons du vicomte et qu'elle ne pouvait faire autrement sans les offenser.

A présent, lady Sayle buvait son thé à petites gorgées en observant Larry flirtant avec Amanda. Il n'y avait pas grand espoir que cela aboutisse ; Amanda avait fixé son choix sur Ross.

Lady Sayle n'appréciait guère cette jeune femme. Les raisons ne lui manquaient pas, et l'étude de sa physionomie aurait fini de la convaincre s'il en avait été besoin. La douairière se targuait de déchiffrer la personnalité de chacun d'après les traits de son visage. Bien que Ross se moquât d'elle, elle affirmait que sa méthode était quasi scientifique, et qu'elle se trompait rarement.

Or le visage d'Amanda lui déplaisait souverainement. Si les magnifiques yeux verts étaient lumineux, elle y avait souvent surpris une lueur calculatrice. Jamais une tache de rousseur ou la moindre imperfection ne déparait son teint lisse, et sa coiffure était toujours impeccable, même en plein vent. Mais l'ossature du visage présentait une mauvaise configuration, et ce signe ne trompait pas. On y lisait une ambition farouche.

Amanda Chalmers avait poussé son défunt mari à se lancer dans la carrière politique. Le pauvre Freddy aurait été bien plus heureux à la campagne avec ses chevaux et ses chiens, mais Amanda voyait les choses autrement. Elle voulait être au centre de la bonne société, et elle avait réussi. Elle comptait même le prince de Galles parmi ses amis. Mais comme ce dernier ne pouvait en aucun cas être un prétendant pour elle, elle avait fixé son intérêt sur Ross...

Il y eut un arrêt dans la conversation, et les yeux

d'Amanda s'étrécirent comme ceux d'une panthère en se posant sur son hôtesse.

– J'ai entendu dire que vous attendiez votre filleule ces jours-ci. Je ne crois pas avoir eu le plaisir de la rencontrer.

L'arrivée de Tessa n'était pas un secret. Sur les conseils de Ross, sa grand-mère l'avait mentionnée devant ses amis.

– Pour autant que je le sache, Tessa Lorimer n'est encore jamais venue à Londres, aussi ne pouvez-vous pas la connaître. D'autre part, ce n'est pas ma filleule. Il s'agit de la pupille de Ross.

– Tessa Lorimer ?

Bertram Gibbon, le cousin d'Amanda, essuyait son lorgnon avec un mouchoir d'un blanc neigeux. Il avait une trentaine d'années, des cheveux châtain clair qui se clairsemaient sur les tempes, et un physique musclé qu'un homme plus jeune aurait pu lui envier. Lady Sayle ne l'aimait pas davantage qu'Amanda. Elle avait entendu dire qu'il maltraitait sa femme.

– Lorimer ? répéta-t-il. S'agirait-il des Lorimer du Norfolk ?

– Non, de ceux du Sussex, répondit la douairière.

– Ah. Je ne crois pas que je les connaisse...

Lady Sayle n'avait aucune intention de l'éclairer à ce sujet. Ross ne désirait pas que l'on fouille dans le passé de miss Lorimer.

– Son père était officier de marine, je crois, dit-elle en restant dans le vague. Et son grand-père est banquier.

– Dois-je comprendre que c'est une héritière, tante Emily ?

La douairière se tourna vers le vicomte et ne put s'empêcher de sourire.

– Si c'était le cas, vous seriez la dernière personne à laquelle je le dirais, rétorqua-t-elle.

Aucune note de reproche ne perçait dans sa voix. Larry ne prenait rien au sérieux. C'était un chasseur de dot invétéré et il n'en faisait pas mystère ; mais, en raison de sa jeunesse, personne ne lui en tenait rigueur.

Il alla jusqu'au buffet et, comme s'il était chez lui, prit la carafe de xérès, offrit un verre à Bertram, et s'en versa un autre.

– Cela n'a pas grande importance, de toute façon, se lamenta-t-il. Aucune héritière ne s'intéressera à un simple vicomte.

– Qu'est-il arrivé à miss Fairchild ? demanda la douairière, faisant allusion à une héritière que Larry avait effrontément poursuivie de ses assiduités.

Il haussa les épaules.

– Son père a trouvé un meilleur parti. Elle doit épouser le vieux Doncaster avant la fin de l'année.

– Et Doncaster est comte ?

– Exactement.

– Allons, Larry, intervint Bertram avec un sourire, ce n'est un secret pour personne que depuis que miss Fairchild t'a abandonné, tu fais la cour à miss Simpson. J'ai entendu dire que tu avais fait une grosse impression sur elle.

– Je n'ai aucun problème avec les jeunes filles, répliqua-t-il d'un air las. Si je produisais la même impression sur leurs pères, tout irait bien.

Il fit une grimace et tout le monde rit.

Amanda, qui en attendait l'occasion depuis un moment, changea de sujet :

– Et Ross, où est-il ? Il y a des tas de rumeurs qui circulent à son propos. Un jour, on le prétend en Irlande, un autre en Cornouailles. La seule chose qui est certaine, c'est qu'il a abandonné tous ses amis depuis le bal de lady Brewster, et il y a trois mois de cela. Que faut-il en penser, lady Sayle ?

La vieille dame avait sa réponse toute prête – du moins celle que lui avait donnée Ross. Mais avant qu'elle ne puisse répondre, le vicomte se leva pour prendre congé. La douairière s'excusa et le suivit.

– Je suis désolée pour miss Fairchild, lui dit-elle en se dirigeant vers l'escalier.

Une lueur pétilla dans les yeux du vicomte.

– Cela ne m'étonne pas. Si je m'en souviens bien, vous vous étiez prise d'affection pour son nez.

– C'était l'ossature de son nez qui me plaisait, vilain garçon, comme vous le savez fort bien. Vous pouvez bien vous moquer de moi. J'ai étudié une foule de visages et habituellement, je ne me trompe pas.

Il sourit.

– Mon Dieu ! Je n'ose pas vous demander ce que vous voyez sur le mien.

Elle ne put s'empêcher de rire.

– Je n'ose pas vous le dire ! jeta-t-elle, et elle posa une main sur sa manche. Larry...

Il rougit.

– Si c'est au sujet de l'argent que je vous dois, tante Emily, j'ai peur d'être obligé de vous demander un sursis. Je cherche toujours un acheteur pour mon attelage d'alezans et...

– Je ne supporte pas les gens qui finissent mes phrases à ma place ! déclara-t-elle sur un ton vif. Je voulais vous dire que si vous aviez des problèmes, je serais heureuse de vous aider.

Il lui prit la main et l'embrassa.

– Vous êtes un amour, tante Emily. Merci pour votre offre, mais les choses ne vont pas si mal. Non, vraiment, je ne suis pas venu vous emprunter de l'argent. J'étais venu voir Ross. Quand doit-il rentrer ?

– Il devrait être là depuis trois jours, répondit-elle sans arriver à chasser l'inquiétude de sa voix. Il a dû être retardé.

Après le départ du vicomte, elle resta quelques instants au sommet de l'escalier à réfléchir. Certaines rumeurs prétendaient que Larry avait été follement amoureux de Cassie et qu'il ne pouvait surmonter son chagrin. Et que c'était la raison pour laquelle il ne se mariait pas. L'évocation de Cassie ramena ses pensées vers Ross, et elle se demanda où il pouvait bien être.

En fait, Ross se trouvait avec Tessa dans sa voiture à seulement cinq minutes de là. Il venait de déposer les Turner dans leur modeste maison de Wigmore Street. Son ami Julian était descendu avec eux.

Tessa boudait depuis qu'elle avait découvert que lady Sayle était la grand-mère de Ross. C'était le colonel Naseby qui avait vendu la mèche à l'auberge de Douvres.

– Sayle ! s'était-il écrié à sa manière chaleureuse. Votre grand-mère se meurt d'inquiétude. Lady Sayle vous attendait beaucoup plus tôt.

Ross aurait dû prévoir quelque chose de ce genre. Sa grand-mère et George Naseby étaient si intimes qu'il se demandait parfois s'ils n'avaient pas été amants. Naseby n'avait pourtant pas le physique de l'emploi – chauve comme une bille, et gros comme un cochon !

Il avait bien entendu invité le colonel à partager leur petit déjeuner, procurant ainsi à Tessa l'opportunité qu'elle guettait. Elle avait interrogé Naseby jusqu'à ce qu'elle n'ignore plus rien de la vie de Ross.

Ils avaient pris congé du colonel devant l'auberge, mais aussitôt qu'ils s'étaient installés dans la voiture, la jeune fille s'était transformée en glaçon. Julian avait bien tenté d'expliquer pourquoi ils avaient tenu leurs identités secrètes, mais elle avait gardé un silence hautain, murmurant à peine deux mots en cinq heures de voyage.

Ross décida de rompre le silence :

– Tessa, je ne pouvais pas vous dire qui j'étais avant que nous soyons en Angleterre. C'était trop risqué. Si les autorités avaient eu vent que deux aristocrates anglais aidaient leurs compatriotes à regagner secrètement leur pays, ils auraient passé la région au peigne fin pour nous retrouver. Je vous l'aurais expliqué dès notre arrivée à l'auberge, si ce moulin à paroles ne s'en était chargé.

– J'ai trouvé que le colonel Naseby était un homme absolument charmant.

– C'est le cas, bien sûr, mais... Oh, et flûte !

Elle lui jeta un coup d'œil, puis se détourna. Elle lui en voulait non seulement de l'avoir trompée, mais aussi parce qu'elle croyait être enfin débarrassée de lui, une fois chez lady Sayle. Or cela semblait maintenant peu probable puisqu'il était son petit-fils.

– Tessa...

– Sally et Desmond étaient-ils au courant ? le coupa-t-elle sans ménagement.

– Oui. Ne blâmez pas Sally de ne vous avoir rien dit. Elle voulait le faire et je le lui ai interdit.

– Et cela ne vous est pas venu à l'esprit que si vous m'aviez fait jurer le secret, je n'aurais rien dit ?

Ses yeux brillèrent de malice, et il répondit :

– Franchement, Tessa, non !

Elle fit une grimace et se détourna. Il n'avait vraiment pas une haute d'opinion d'elle, songea-t-elle, mais cela n'était guère surprenant.

– Il y a un point qui doit être clair entre nous, reprit-il après une pause.

Quelque chose dans sa voix lui fit tendre l'oreille.

– Je vous écoute ?

– Maintenant que nous sommes en Angleterre, Tessa, vous devez accepter que je remplace votre grand-père.

– Ce qui signifie ?

Il la dévisagea un moment.

– Ce qui signifie que vous aurez à répondre devant moi si vous vous conduisez avec légèreté. Vous comprenez ?

– Non ! siffla-t-elle. Je ne comprends pas. Vous n'êtes rien pour moi.

– Alors, laissez-moi vous expliquer. Pour tout le monde, je serai votre tuteur et vous serez ma pupille.

– Votre pupille ? répéta-t-elle en le fixant d'un air atterré. Mais mon grand-père ne m'a jamais dit cela !

– Il me l'a dit à moi.

– Je n'ai pas besoin de tuteur. Et si c'était le cas, vous seriez la dernière personne que je choisirais.

– Votre opinion n'entre pas en ligne de compte, déclara-t-il, et sa voix avait pris une inflexion dure.

Comme elle se taisait, il poursuivit sur un ton radouci :

– Allons, Tessa, je suis un homme raisonnable. Si vous savez vous conduire, il n'y aura aucun problème.

La jeune fille ne se faisait aucune illusion sur ce qui l'attendait. A Paris, cet homme ne s'était-il pas plaint qu'elle riait trop fort, que ses robes étaient trop chères et ses manières intolérables ? Si elle le laissait faire, il rendrait sa vie insupportable.

– J'intenterai une action en justice contre vous.

– Vous ne ferez que vous rendre ridicule, et cela ne vous apportera rien. J'ai des lettres de votre grand-père qui me confient votre garde.

Elle fut stupéfaite par cette nouvelle. Pourquoi son grand-père ne lui avait-il rien dit ? A coup sûr, on l'avait trompé...

– Je voudrais savoir quel jeu vous jouez ! s'écria-t-elle en haussant le ton.

– Voudriez-vous m'expliquer cette remarque ?

– Vous nous avez trompés, vous avez menti à mon grand-père en vous faisant passer pour un autre !

Un éclat dur brilla dans ses yeux d'acier.

– Votre grand-père et moi n'avions pas de secret l'un pour l'autre. J'avais sa confiance et il avait la mienne.

– Vous mentez ! cria-t-elle. Mon grand-père me l'aurait dit ! Il sait que je n'aurais jamais accepté de venir en Angleterre comme votre pupille.

– Alexandre vous comprenait mieux que vous ne le pensez. Il vous a donné ses raisons, mais vous ne l'avez pas écouté. Il ne pouvait pas être entièrement sûr de vous. Vous savez bien que je dis la vérité.

Détournant la tête, elle fixa la ville à travers la

fenêtre. Malgré sa colère, elle devait reconnaître qu'il y avait du vrai dans ses propos. Elle avait toujours eu le sentiment que son grand-père lui cachait quelque chose, quelque chose au sujet de Trevenan, et maintenant elle savait ce que c'était et pourquoi. Et cela lui faisait mal.

Des larmes lui brûlèrent les yeux et elle fronça les paupières pour les chasser. Ross lui prit les mains.

– Tessa, votre grand-père tient à vous comme à la prunelle de ses yeux. Il voulait être sûr qu'il ne vous arriverait rien. C'est pour cela qu'il vous a confiée à moi. Nous vous en avons dit autant que nous avons pu. Lady Sayle, ma grand-mère, vous accompagnera dans le monde. Cela risque même d'être très amusant pour vous.

Elle regarda les grandes mains masculines qui serraient ses poignets.

– Vous me faites mal, articula-t-elle, et sa voix se brisa sur le dernier mot.

– Tessa, regardez-moi !

Quand elle plongea son regard dans le sien, il oublia ce qu'il voulait dire. Ses yeux étaient noyés de larmes, et elle se mordait la lèvre pour l'empêcher de trembler. Il ne pouvait pas supporter de la voir souffrir ainsi.

– Tessa, murmura-t-il, profondément ému. Tessa...

– Je vous en prie ! Vous me faites mal ! lança-t-elle en détournant les yeux.

Il lâcha prise et se rejeta en arrière comme s'il venait d'échapper à un précipice. Et c'était bien le cas.

La jeune fille cacha ses mains sous la couverture posée sur ses genoux, afin qu'il ne voie pas qu'elles tremblaient. Elle avait cru un instant qu'il allait l'embrasser, mais tout cela n'était que dans son imagination. Il se souciait d'elle comme d'une guigne.

Le silence retomba entre eux.

– Ah, nous voici arrivés, annonça Ross quelques minutes plus tard.

Elle avait eu vaguement conscience qu'ils traversaient Hyde Park et qu'ils prenaient la route de Kensington. Au moment où elle se penchait à la fenêtre, la voiture s'engagea dans un parc et elle aperçut la maison. C'était un manoir de brique rouge à l'ancienne mode, avec deux ailes de styles différents.

– Sayle House, annonça Ross. C'est notre résidence londonienne. Elle est entrée dans la famille au XVIIe siècle. Greenways, la maison que j'habite dans l'Oxfordshire, ne ressemble pas du tout à celle-là. Nous y passerons Noël.

Lorsque la voiture s'immobilisa devant la porte d'entrée, Ross descendit le premier, puis aida sa compagne à en faire autant. Il y avait un autre attelage arrêté juste devant eux. Ross reconnut l'équipage et esquissa une grimace. Prenant Tessa par le coude, il la poussa vers l'escalier de pierre. Un valet en livrée répondit à son coup de heurtoir et les introduisit dans un hall lambrissé et sombre. Aux murs pendaient des portraits d'ancêtres à la mine sinistre.

Tessa avait la gorge sèche et le cœur battant.

– Grand-mère ? cria Ross.

Une dame accompagnée d'un gentleman apparut sous la voûte qui abritait l'escalier.

– Amanda ! Bertram ! les salua-t-il. J'avais bien cru reconnaître votre voiture.

Tessa se figea, paralysée par le regard que lui lançait la femme. Un regard froid de maquignon. L'examen dura le temps d'un éclair, mais il suffit à retirer à la jeune fille toute confiance en elle.

– Ross ! jeta Amanda en passant devant Tess, cette fois-ci sans un regard. Nous venons de rendre visite à votre grand-mère.

Il se pencha pour baiser sa main.

– Qu'est-ce qui vous amène à Londres ? Je croyais que vous deviez rester à Henley jusqu'à Noël.

– Et moi, je croyais que vous deviez nous rejoindre pour participer à cette chasse, répliqua malicieusement Amanda.

Tessa lui trouva un air de ressemblance avec Solange Guéry. Cette femme était certainement plus cultivée et raffinée que la courtisane du Palais-Royal, mais elle semblait jouer le même petit jeu de la séduction avec Ross.

– C'est ce que j'aurais fait si je n'avais pas dû ramener ma pupille en ville, expliqua-t-il avant de se tourner vers Tessa avec un regard d'avertissement. Tessa, venez que je vous présente à Mme Chalmers et à son cousin, M. Gibbon.

La jeune fille se raidit. La prenait-il pour une gamine, pour lui dicter ainsi sa conduite en société ?

Plaquant un sourire sur son visage, elle s'avança et fit une révérence.

– Quelle charmante enfant, murmura Amanda sans quitter Ross des yeux. Mais nous n'allons pas vous retenir. Vous devez être fatigué après ce voyage. Où vous cachiez-vous donc ?

– En France, répondit Ross, car cela n'avait plus d'importance à présent qu'on l'apprenne. Miss Lorimer est la petite-fille d'un ami très cher. Il désire qu'elle reste en Angleterre jusqu'à ce que les choses s'arrangent là-bas.

Tessa resta debout à fulminer, en se demandant si elle ne serait pas par hasard devenue invisible.

M. Gibbon l'étudiait à travers son lorgnon. Comme il était la seule personne à se rappeler sa présence, elle le gratifia d'un sourire reconnaissant.

– Tessa !

Elle releva la tête. Ross la regardait d'un air sévère.

– Venez, Tessa. Ma grand-mère nous attend en haut.

Après avoir salué Amanda et son cousin, Ross poussa la jeune fille vers l'escalier.

– Je ne tolérerai pas que vous flirtiez, murmura-t-il quelques instants plus tard d'une voix tendue. Et certainement pas sous mon toit.

– Dites-le donc à Mme Chalmers, rétorqua-t-elle en levant le menton.

Il serra les mâchoires, et Tessa n'insista pas. D'ici quelques instants, elle se retrouverait en face de sa grand-mère et, sans trop savoir pourquoi, elle voulait lui faire bonne impression.

– Grand-mère ? appela Ross quand ils pénétrèrent dans le salon.

La femme qui s'avança ressemblait étonnamment à son petit-fils, et Tessa en fut déprimée. Elle avait espéré trouver une alliée dans la maison.

Pour la seconde fois depuis son arrivée, elle fut l'objet d'un examen attentif, mais celui-ci fut long et minutieux.

– Grand-mère ! lança Ross avec lassitude.

La douairière le fit taire d'un geste de la main et poursuivit son inspection. Tessa sentait que rien n'échappait à son regard, et elle se fit toute petite.

Puis la vieille dame sourit, et sa tension se relâcha.

– Un visage fort, observa alors lady Sayle. Et loyal. Mais avant tout, un cœur tendre. Je suis sûre qu'enfant, vous avez recueilli toute une ménagerie d'animaux perdus ou blessés. Est-ce que je me trompe, Tessa ?

– Comment l'avez-vous deviné ? s'enquit la jeune fille, étonnée.

– Disons que ma grand-mère est une sorte de... euh... magicienne, répondit Ross à sa place, et il se précipita vers la vieille dame pour la serrer sur son cœur.

Lady Sayle l'embrassa à son tour, puis lui demanda de les laisser bavarder entre femmes. Elle passa son bras sous celui de Tessa et la conduisit vers les bergères devant le feu, afin qu'elles puissent avoir une petite conversation.

Tessa chercha frénétiquement Ross du regard. Il avait les bras croisés sur sa poitrine et les observait toutes les deux avec un sourire énigmatique...

– Soho Square ! jeta Bertram Gibbon au cocher avant de suivre sa cousine à l'intérieur de la voiture.

– Pourquoi Soho Square ? s'enquit Amanda une fois qu'ils furent assis.

– C'est une chose que tu ne désires pas savoir, fit-il avec un petit sourire ironique.

Elle lui lança un coup d'œil en fronçant les sourcils. Le seul projet dont ils ne parlaient pas ouvertement était le goût de Bertram pour les maisons de tolérance qui proliféraient en bordure de Mayfair. Amanda ne comprenait pas le plaisir que les hommes pouvaient trouver dans l'acte sexuel. Ce genre de chose lui semblait parfaitement répugnant, et elle ne s'y était jamais adonnée sans un but bien précis. C'est grâce à ses amants qu'elle avait fait avancer la carrière de son mari et maintenant, c'était à la sienne qu'elle pensait.

– Comment la trouves-tu ? demanda-t-elle tout à trac.

Bertram se tourna pour l'observer.

– Elle est ravissante, et elle risque de te donner du fil à retordre.

Amanda prit une bruyante inspiration.

– Tu crois que c'est une rivale ?

– Enfin, tu n'avais pas les yeux en face des trous ?

– Mais Ross l'a à peine regardée.

– Peut-être, mais il y avait quelque chose de différent en lui, une sorte de tension.

La jeune femme serra les poings.

– Et alors, qu'en déduis-tu ?

– C'est évident, non ? Ou il la veut pour lui, ou il prend très au sérieux son nouveau rôle de tuteur. (Puis il secoua la tête.) Il y a autre chose, mais je n'arrive pas à mettre le doigt dessus...

– C'est le sentiment que j'ai eu en interrogeant cette pauvre imbécile de grand-mère sur miss Lorimer. Que savons-nous exactement à son sujet ?

Il ferma les yeux tout en réfléchissant.

– Qu'elle vient du Sussex, mais plus récemment de France, que son père était officier de marine, et que son grand-père est apparemment son tuteur légal. En dehors de cela, nous ne savons pratiquement rien.

Une ride plissait le front d'Amanda, et Bertram n'eut aucun mal à lire dans ses pensées. Ils étaient cousins germains et, même s'ils ne se ressemblaient pas, ils avaient toujours été très proches.

Elle voulait qu'il mène une enquête, qu'il découvre un moyen de détruire cette fille, si nécessaire. A la place d'Amanda, il aurait agi exactement de la même façon. Ils étaient aussi impitoyables l'un que l'autre dans la poursuite de leurs ambitions. Il avait cru voir les siennes s'effondrer lamentablement quand, après son mariage avec une riche héritière, il s'était aperçu que son beau-père s'était arrangé pour qu'il ne touche pas un sou. Sir Thomas avait pourtant fait une erreur en le sous-estimant, et il était prêt maintenant à verser une grosse somme pour délivrer sa fille bien-aimée d'un mariage qui était devenu un véritable calvaire...

– Penses-tu que nous pourrions provoquer sa perte, si besoin était ?

– C'est possible. Tout le monde a quelque chose à cacher.

Il savait de quoi il parlait. Il avait été amoureux d'Amanda des années durant, mais il s'était bien gardé de le lui avouer. Elle aurait pris plaisir à le tourmenter.

Il y eut un moment de silence, puis la jeune femme déclara :

– Je veux tout savoir sur Tessa Lorimer. Peux-tu t'en charger ?

– Cela risque de prendre beaucoup de temps, ma chère.

– Je te récompenserai de ta peine.

Il sourit à nouveau.

– Dans ce cas, je vais y consacrer tous mes efforts.

10

Ross était en train de dicter une lettre à son secrétaire, quand il s'arrêta au milieu d'une phrase et regarda le plafond. Le lustre de cristal de la bibliothèque se balançait dangereusement et on entendait des éclats de rire en provenance du salon de Tessa, juste au-dessus de leurs têtes. Le marteau de la porte résonna alors, avec assez de violence pour lui arracher une grimace. Il était deux heures et sa pupille, comme c'était devenu son habitude, recevait des amis.

Il entendit la porte s'ouvrir, puis une voix qu'il reconnut aussitôt. Son beau-frère, Larry, s'était inscrit parmi les visiteurs réguliers de Sayle House. La dernière fois qu'il l'avait vu, il s'était disputé avec lui au sujet d'un tableau qu'il avait vendu sans son autorisation pour régler ses dettes. En temps normal, Larry l'aurait évité comme la peste après une scène de ce genre. Mais avec Tessa ici, Tessa et sa fortune, les choses étaient différentes...

– Ah, Mannings ! lança Larry d'une voix théâtrale. Conduisez-moi à l'héritière !

La réponse du domestique parvint moins distinctement jusqu'à la bibliothèque :

– Vous et vos plaisanteries, sir !

– Ne me dites pas qu'elle s'est laissé enlever par quelque joli cœur !

Ross leva la tête en entendant des pas rapides gravir les marches.

Son secrétaire laissa échapper un petit rire.

– Ah, les jeunes gens ! s'exclama-t-il. C'est difficile de nous rappeler que nous avons eu cet âge nous aussi, n'est-ce pas ?

– Effectivement, répondit Ross en lançant un coup d'œil à Miles Jessop.

Il avait été le secrétaire de son père et était devenu le sien huit ans plus tôt, après la mort de ce dernier. Il avait bien deux fois l'âge de Ross.

Lui-même n'était pas si vieux que cela : seulement huit ans de plus que Larry. Mais ce n'était pas les années qui le séparaient de son beau-frère, c'était plutôt une disposition d'esprit. Ross avait des responsabilités. Larry se comportait en éternel adolescent.

Prenant soudain conscience qu'il parcourait sans les voir les différents papiers disposés devant lui, il les écarta et sourit d'un air penaud.

– Je ne retrouve plus le fil de mes idées, dit-il. Où en étais-je ?

Il finit de dicter sa lettre et, une fois que Miles Jessop eut regagné son propre bureau, il prit sa plume. Mais avant qu'il ne puisse la plonger dans l'encre, il fut de nouveau distrait par des éclats de rire venant d'en haut.

Depuis l'arrivée de Tessa, son existence paisible était sans cesse troublée. Il ne savait jamais qui il allait croiser dans l'escalier, qui il risquait de retrouver à sa table et qui pouvait bien frapper à sa porte à toute heure de la journée.

Ce n'était pas entièrement la faute de Tessa. Sa grand-mère avait pris la jeune fille sous son aile, comme il l'espérait, mais avec une ardeur qui l'avait surpris. La douairière avait rameuté toutes ses vieilles amies, et ainsi, Tessa s'était vite constitué toute une cour avec leurs enfants et petits-enfants, sans même quitter la maison.

Il continuait à exercer à son insu une surveillance discrète. Il fallait qu'elle ne quitte jamais la maison sans être accompagnée, qu'elle ne monte jamais à cheval sans valets, qu'elle ne reçoive jamais de visiteurs sans être convenablement chaperonnée.

Quant à garder un œil sur ses amis, il s'en était assuré grâce à une petite ruse.

Sally Turner était venue s'installer chez eux, pendant que Desmond enquêtait dans le Yorkshire. Ce stratagème était sournois, mais nécessaire. Il ne pouvait être partout à la fois et Sally avait un sang-froid à toute épreuve. A la moindre alerte, elle saurait comment agir...

Quand le marteau de la porte d'entrée résonna de nouveau, il jura tout bas. Il se leva et quitta la bibliothèque pour traverser le vestibule.

Julian Percy venait d'entrer, élégant comme un prince.

– Bonjour, Mannings, lança-t-il. Comment va votre goutte ?

– Pas trop mal, milord, pas trop mal !

– Je suis heureux de l'entendre. Ah, Ross ! Juste l'homme que je voulais voir. Que penses-tu de ma nouvelle veste ?

Julian se plaça devant la glace vénitienne qui ornait un panneau près de l'escalier et admira son reflet.

Ross sourit. Voilà que son ami jouait maintenant au dandy ! Il étudia la tenue de Julian : une jaquette bordeaux cintrée avec des boutons d'argent, un pantalon couleur fauve ajusté et des bottes agrémentées d'un petit talon.

– Ce que je pense, c'est qu'avec un peu de poudre et de peinture, on pourrait te prendre pour un muscadin !

Julian fit claquer sa langue et se tourna vers son ami.

– Regarde-toi donc, avec ta veste noire et ton pantalon beige. Tu as vraiment besoin d'un bon tailleur.

Ross entraîna Julian vers la bibliothèque.

– Que reproches-tu à mon tailleur ?

– Disons seulement que ta veste ne te va pas comme un gant.

– Bien entendu, puisque c'est une veste et non un gant ! Et puis, si je laisse tomber quelque chose, je ne veux pas craindre que ma veste ne se déchire dans le dos en me baissant.

– C'est une manœuvre délicate, reconnut Julian, mais possible. Et si tu te décides à acheter une veste comme la mienne, je serai heureux de te montrer comment s'y prendre... Maintenant, dis-moi comment cela se passe.

Ils choisirent deux bergères devant le feu.

– Desmond est parti pour le Yorkshire, à la recherche d'une certaine Nane Roberts. Tessa a raconté à Sally qu'elles étaient ensemble à Fleetwood.

– Miss Roberts a-t-elle été témoin du drame ?

Ross haussa les épaules.

– Pas que je sache. Nous cherchons juste à explorer toutes les pistes.

– Je vois.

Julian marqua une pause avant de reprendre :

– Tu as l'air beaucoup plus calme et serein que la... euh... dernière fois que je t'ai vu.

– Tu fais allusion à la fois où tu m'as abandonné lâchement dans la voiture, en face d'une Tessa pétrifiée de rage ?

Julian sourit.

– J'ai seulement pensé que je risquais de vous gêner. Comment cela se passe-t-il entre vous, maintenant ?

– Elle a reçu une lettre de son grand-père. Et les choses se sont un peu améliorées entre nous. Nous ne nous disputons plus aussi souvent qu'auparavant.

– Je suis heureux de l'entendre.

Un éclat de rire masculin venant d'en haut les interrompit.

– Dieu du ciel ! s'exclama Julian. Qu'est-ce que c'est que cela ?

– Cela, c'est ce à quoi je suis confronté journellement depuis notre arrivée. Tessa s'est approprié le salon jaune qui, malheureusement, est juste au-dessus de la bibliothèque où je travaille.

Son ami éclata de rire.

– Que dirais-tu d'aller nous joindre aux réjouissances ?

Ross jeta un coup d'œil à la pile de lettres qui l'attendaient sur sa table.

– Pourquoi pas ? acquiesça-t-il en se levant.

Quand ils pénétrèrent dans le salon de Tessa, Ross découvrit que c'était sa grand-mère qui était à l'origine de tout ce chahut. Avec le malheureux colonel Naseby, rouge comme une écrevisse, elle montrait les pas d'une danse de sa jeunesse.

– Ah, Ross ! s'exclama lady Sayle. Juste la personne que je cherchais. Le pauvre colonel Naseby est éreinté. Tu te souviens de la gavotte, n'est-ce pas ? Je suis sûre que je t'ai appris à la danser autrefois.

– Vous confondez avec Julian, dit-il. J'ai toujours dansé comme un pied, grand-mère.

Il se détourna avec un sourire et alla s'asseoir auprès de Sally Turner.

Tout en protestant, Julian suivit la vieille dame au centre de la pièce.

Ross s'aperçut soudain que Tessa n'était pas là, et il interrogea Sally.

– Oh, elle est allée chercher l'éventail de lady Sayle, répondit-elle. Mais je me demande ce qui la retient ainsi.

Ross nota que Larry était assis sur un canapé à côté de la petite-fille de George Naseby. Elle, au moins, ne risquait pas d'être la proie de son beau-frère, car elle était pauvre comme Job.

Le vicomte évitait de le regarder. Il devait encore remâcher l'humiliation d'avoir dû racheter le tableau...

– Peut-être ferais-je mieux d'aller voir ce qui est arrivé à Tessa, déclara Sally.

– Non, j'y vais, répliqua Ross qui, de toute façon, ne se sentait pas à son aise dans cette assemblée.

Il n'était pas parti depuis deux minutes que Julian poussa une plainte, se frotta les reins, puis, après un court conciliabule avec la douairière, clopina jusqu'à Sally et s'effondra sur le canapé à côté d'elle.

Levant son lorgnon, il la dévisagea de la tête aux pieds.

– Diable ! jeta-t-il d'une voix traînante. Je devrais peut-être vous donner le nom de mon tailleur, à vous aussi !

Sans se départir de son sourire et sur le même ton que lui, elle glissa :

– Ecoutez-moi, espèce de grand dadais de dandy ! Encore une réflexion de ce genre...

– Grand dadais de dandy ! Mais ce n'est pas mal du tout, ça ! Il faut que je m'en souvienne.

Sous le regard stupéfait de Sally, il mit la main dans sa poche et en sortit une petite boîte laquée avec un crayon doré. Il en retira une carte et se mit à écrire.

– Que faites-vous ? s'enquit la jeune femme.

– Je note votre mot d'esprit, pour m'en servir à l'occasion et méduser mon auditoire. N'ayez donc pas l'air si choquée ! C'est une habitude courante chez les personnes qui veulent briller en société. Vous n'imaginiez tout de même pas que nous trouvions ces bons mots sous l'inspiration du moment !

– Mais c'est malhonnête !

– Oui, n'est-ce pas ? Où en étions-nous ? Ah, oui ! Vous disiez que si je continuais à vous harceler, vous... ?

– Si vous continuez à me harceler, je vais faire un pli à votre ridicule veste.

– Non, pas ma veste ! protesta-t-il en s'écartant. Vous savez vraiment blesser quelqu'un, quand vous le voulez. Vous ne m'aimez donc pas ?

Elle tourna vers lui son regard brun qui brillait d'intelligence.

– Je vous déteste, plaisanta-t-elle.

Julian lâcha son lorgnon qui était attaché à un ruban noir. Ils n'avaient pas cessé de se disputer depuis qu'ils s'étaient rencontrés, juste avant qu'il ne les emmène en France avec son frère. Elle l'avait regardé de haut et, piqué au vif, il s'était moqué d'elle. Et depuis, cela continuait. Ce n'était qu'une manière agréable de passer le temps, très certainement, et rien d'autre...

Tessa commençait à connaître tous les recoins de la vaste maison, aussi prit-elle un raccourci en utilisant l'escalier de service pour gagner l'aile qui abritait les chambres. Quand elle déboucha sur le long corridor, elle s'arrêta pour se repérer. Elle reconnut la porte qui ouvrait sur l'appartement de lady Sayle mais n'aperçut pas le trumeau qui, pourtant, devait se trouver juste en face. Elle haussa les épaules, pensant que sa mémoire lui jouait un tour, et ouvrit la porte. Les stores étaient à moitié baissés et des housses couvraient le mobilier. Manifestement, elle s'était trompée de chambre.

Elle essaya la suivante, mais fut confrontée au même spectacle. Elle alla à la fenêtre et remonta légèrement le store pour regarder dehors. Des pelouses plantées d'arbres s'étendaient à perte de vue. Elle comprit alors son erreur. Elle avait pris le mauvais escalier et se trouvait dans l'aile ouest, qui était inutilisée en ce moment.

Se reprochant sa bêtise, elle retourna dans le corridor. Des rangées de portes identiques semblaient se moquer d'elle. Elle n'avait plus aucune idée de celle qui menait à l'escalier de service.

Juste à ce moment, une porte s'ouvrit un peu plus loin et une bonne apparut. Elle tenait un balai et un chiffon à la main. Tessa la héla en se dirigeant vers elle.

– Vous êtes Jenny, n'est-ce pas ? demanda-t-elle.

– Oui, miss. C'est drôle que vous vous souveniez de mon nom ! fit la jeune fille avec un grand sourire.

– J'ignorais qu'on utilisait cette partie de la maison.

La porte était entrouverte, et Tessa ne put résister à l'envie de la pousser.

– On ne l'utilise pas, miss.

Le sourire de Jenny s'était évanoui, et elle semblait inquiète. Tessa haussa les sourcils, attendant une explication. La jeune bonne se troubla encore plus et bégaya :

– Personne n'a l'autorisation d'entrer dans cet appartement. M. le marquis l'a défendu.

– Vraiment ?

C'était juste le défi dont Tessa avait besoin pour pénétrer dans cette pièce.

– Mais c'est ravissant ! s'exclama-t-elle.

Le petit salon, dans des tonalités de blanc et de rose, n'avait rien d'une bonbonnière insipide. Entre deux hautes fenêtres, une collection d'éventails anciens ornait une vitrine, et un vase de violettes réchauffait la cheminée de marbre blanc. Chaque siège était recouvert d'une tapisserie au petit point. Une chambre s'ouvrait au fond du salon.

– A qui est cet appartement, Jenny ?

La bonne lança un coup d'œil gêné vers la porte avant de regarder Tessa.

– C'est l'appartement de lady Sayle, répondit-elle.

Tessa fronça les sourcils.

– L'appartement de la marquise douairière ?

Jenny secoua la tête.

– De la femme du marquis.

– La femme du marquis ? répéta Tessa, qui n'était pas sûre d'avoir bien compris. Vous voulez dire de lord Sayle, l'actuel marquis ?

– Oui, miss. C'est l'appartement de sa femme.

La jeune fille eut l'impression d'avoir reçu un coup. Le souffle lui manqua et elle dut se retenir au dossier d'une chaise pour ne pas tomber.

La bonne la regarda d'un air intrigué, et elle fit un effort pour se reprendre.

– J'ignorais que lord Sayle était marié, dit-elle. Où est lady Sayle ?

– Elle est morte il y a quelques années.

Tessa mit un moment à assimiler la nouvelle.

– De quoi est-elle morte ?

– C'était un accident. C'est tout ce que je sais. S'il vous plaît, miss, il faut que je ferme. Mme Garvey doit se demander ce qui m'est arrivé.

– Humm ? Mais partez donc. Je m'arrangerai avec l'intendante.

La petite bonne faillit protester, puis elle plongea dans une révérence et quitta la pièce.

Tessa resta immobile, à demi appuyée sur le siège en fixant le mobilier devant elle. Sans vraiment s'en rendre compte, elle se mit à errer dans la pièce, touchant un objet puis un autre. Quand elle entra dans la chambre, elle ne put s'empêcher d'observer un long moment le lit. Elle se tourna ensuite vers l'armoire d'acajou. Des vêtements de toutes les matières et de toutes les couleurs s'entassaient à l'intérieur. Elle laissa ses doigts courir le long des pelisses et des robes de soie.

Un peu plus loin, des rayonnages contenaient tout un arsenal de chaussures, de bas de soie brodés et de gants. Elle saisit un long gant de chevreau blanc, qui visiblement était destiné à agrémenter une tenue de bal. Quand elle le frotta contre sa joue, il paraissait aussi doux que du satin. Avec infiniment de soin, elle l'enfila et le remonta jusqu'au coude. Il lui allait parfaitement...

– Enfin, bon sang ! Qu'est-ce que vous faites ici ?

La voix furibonde de Ross la figea. Elle était consternée d'être surprise ainsi en flagrant délit.

Comme le silence se prolongeait, elle se retourna lentement. La femme de chambre se tenait derrière son maître, avec un air absolument désespéré.

L'expression menaçante de Ross lui donna envie de prendre ses jambes à son cou, mais elle lui devait des excuses.

– Je s... suis dé... désolée. Je ne sais pas ce qui m'a pris, murmura-t-elle avec un geste de la main. Cet appartement est ravissant. Votre femme avait beaucoup de goût.

Un muscle tressauta sur sa joue.

– Ce que vous pensez de ma femme ne m'intéresse en rien ! Qui est-ce qui vous a permis de fouiller dans la garde-robe de Cassie ?

C'est à ce moment qu'il aperçut le gant. Sa bouche se tordit et, l'attrapant par le poignet, il le lui arracha.

La femme de chambre poussa un petit cri.

– Laissez-nous ! ordonna Ross.

Tessa ne remarqua même pas la mimique d'excuse que lui adressa Jenny en sortant.

Quand ils furent seuls, Ross insista :

– Je vous ai posé une question. Que faites-vous ici ?

La jeune fille savait qu'elle avait tort, mais elle s'était déjà excusée. Elle redressa le menton.

– Je vous demande pardon, dit-elle. J'ignorais totalement que l'appartement de votre femme était un tel sanctuaire. Comment l'aurais-je pu ? Vous ne m'avez jamais parlé d'elle et vraiment, à Paris...

Elle s'interrompit, consciente d'être allée trop loin. Se défendre était une chose, l'attaquer en était une autre.

– Oui, à Paris ?

Bien qu'elle tremblât, sa voix restait ferme.

– Je vous ai vu de mes propres yeux avec Solange Guéry, et je sais qu'il y en avait d'autres. Cela laissait difficilement penser que vous...

– Que je ? insista-t-il d'une voix égale quand elle hésita.

Elle avala sa salive.

– Que vous révériez la mémoire de votre femme.

– Cela vous est facile de faire votre petite sainte ! Que savez-vous de la vie ? Etes-vous jamais restée éveillée dans le noir, nuit après nuit, à souffrir de la perte d'un être cher ? Vous n'avez même pas versé une larme sur Paul Marmont.

– Ce n'est pas vrai !

Il fit un mouvement brusque de la main.

– Ne mentez pas ! Je vous ai observée. Vous avez complètement oublié Paul Marmont, maintenant que vous avez de nouveaux admirateurs pour vous flatter et vous distraire. C'est vrai, j'ai connu des femmes depuis la mort de Cassie, beaucoup de femmes. Où est le problème ? Il n'y aurait pas eu d'autres femmes si elle avait été encore vivante. Cassie restera toujours dans mon cœur.

Tessa chancelait sous ses attaques, étourdie par toutes les images qui se bousculaient dans sa tête. Elle ne supportait pas de l'entendre parler de ses maîtresses, de devoir reconnaître qu'il avait raison au sujet de Paul. Si elle n'avait pas versé une larme pour lui, c'est qu'elle avait pleuré tout son soûl les semaines précédentes. Qui était-il donc pour la juger ?

– Allez au diable ! jeta-t-elle avec virulence.

Il posa brutalement les mains sur ses épaules et les serra jusqu'à lui faire mal. Ils n'entendirent ni l'un ni l'autre la porte s'ouvrir.

– Monsieur le marquis !

Ross leva la tête en reconnaissant la voix de l'intendante. Mme Garvey se tenait sur le seuil et, derrière elle, la petite bonne jetait un coup d'œil craintif par-dessus son épaule.

Quand il relâcha Tessa, elle s'écarta vivement de lui.

– Est-ce que tout va bien, monsieur le marquis ? demanda l'intendante dont le regard intrigué passait de l'un à l'autre.

Tessa se baissa pour ramasser le gant qu'elle avait essayé et le tendit à Ross. Il le prit. Elle était consciente qu'elle aurait dû faire ne serait-ce qu'un geste pour atténuer la gêne que leur querelle avait causée chez les serviteurs, mais elle était trop choquée pour s'en soucier. Elle s'esquiva sans regarder personne.

Ross demeura un long moment immobile.

– Veillez à ce que cette porte reste toujours fermée, dit-il à l'intendante.

Et, jetant le gant sur le lit, lui aussi quitta la pièce.

Tessa ne descendit pas dîner ce soir-là, invoquant une migraine pour rester dans sa chambre où on lui apporta un plateau. Elle était incapable d'avaler quoi que ce soit et se contenta de prendre quelques gorgées du verre de vin qui accompagnait son repas.

Elle allait et venait dans sa chambre en se remémorant chaque instant de son humiliante confrontation avec Ross dans l'appartement de sa femme. Elle ne savait pas comment elle pourrait à nouveau le regarder dans les yeux, ni comment expliquer sa conduite. Il n'y avait aucune explication. Ce qui était à l'origine une simple curiosité avait soudain échappé à son contrôle, comme si une force inéluctable l'avait poussée à agir.

Elle avait perdu le sens de la décence. Comment avait-elle pu faire une chose pareille ?

Et quant à la dispute qui avait suivi, si seulement elle avait pu tenir sa langue et ne pas le provoquer !

Cassie restera toujours dans mon cœur.

Il avait raison. Elle ne connaissait rien à rien, et surtout rien aux hommes. S'il trouvait du réconfort dans les bras d'autres femmes, c'était son affaire. Cela ne la regardait pas.

Elle ne s'était jamais sentie si angoissée et hésitante. Mon Dieu, mais que lui arrivait-il donc ?

On frappa à la porte, et elle s'immobilisa.

– Tessa ?

La voix de Ross. Son cœur bondit dans sa poitrine.

– Tessa, je voudrais vous parler. Je sais que vous êtes là...

La poignée grinça et elle retint sa respiration.

– Tessa ! répéta-t-il d'une voix impatiente. Ouvrez-moi !

Elle ébaucha un pas vers la porte, puis s'arrêta. Elle n'était pas en état de lui faire face.

Les secondes s'écoulèrent tandis qu'elle continuait à fixer la porte. Son attitude était ridicule. Elle se décida enfin à aller l'ouvrir. Il n'y avait personne, mais elle put entendre des pas décroître dans le couloir.

11

Le spectacle de Julian apprenant à monter à cheval à Sally était désopilant. Ils étaient tous les deux aussi entêtés l'un que l'autre, et ne cessaient de se chamailler.

Tessa flatta l'encolure de sa monture et se détourna avec un sourire, puis agita la main en direction du vicomte Pelham qui traversait la pelouse à sa rencontre. Larry se joignait volontiers à eux lors de leurs promenades matinales à Hyde Park.

Le soleil filtrait à travers les branches d'un marronnier, et elle offrit son visage à la caresse de ses rayons. C'était une splendide matinée au froid revigorant, et elle était impatiente de piquer un bon galop. Elle planta ses éperons dans le flanc de son alezan qui bondit en avant.

Le vicomte fut étonné de la voir passer comme une flèche devant lui. Serrant la bride à son cheval, il lui fit exécuter une demi-volte et la suivit au galop.

La chaleur du soleil, le vent qui fouettait ses habits, la maniabilité de sa jument qui répondait à la moindre sollicitation donnaient des ailes à Tessa.

Encolure contre encolure, se moquant l'un de l'autre, la jeune fille et Larry firent la course autour du parc.

Au dernier moment, tout près de l'arrivée, il la devança et fit décrire un arc à son cheval. Tessa l'imita. Quelques minutes plus tard, ils s'immobilisaient tous les deux. Larry sauta à terre et vint l'aider à descendre.

– Bravo ! s'exclama-t-il. Ce n'est pas mal pour une fille.

Tessa sourit chaleureusement.

– Si je ne montais pas en amazone, je vous aurais battu.

– Sans aucun doute ! Pourquoi croyez-vous que les hommes ont inventé les selles d'amazone ?

En riant, ils rebroussèrent chemin. Quand les

valets eurent repris leur place quelques mètres derrière eux, Larry gloussa.

– Qu'y a-t-il de drôle ? demanda Tessa.

Il la regarda avec une petite grimace.

– Notre tuteur veille à ce que je ne m'enfuie pas avec vous. Avez-vous remarqué comme vous êtes bien gardée ? Julian et miss Turner ne vous quittent pas, sans parler des valets qui vous suivent comme votre ombre.

– C'est pour cela que vous vous joignez à mes promenades matinales... pour ennuyer lord Sayle ? s'enquit-elle malicieusement.

– L'idée ne m'est jamais venue à l'esprit !

Il remarqua qu'elle fronçait les sourcils et partit d'un éclat de rire.

– Peut-être au début ! Mais maintenant que je vous connais, je n'accorde plus une seule pensée à mon vilain tuteur.

Tessa l'observa un instant. Il était à peine plus vieux qu'elle, mais il semblait plus jeune. C'était un bel homme avec des cheveux châtain clair. Quand il souriait, des fossettes creusaient ses joues. Sa voix avait toujours des inflexions taquines et ses yeux une lueur espiègle, sauf quand il s'adressait à Ross. Il attendait avec impatience d'avoir vingt-cinq ans pour ne plus être sous sa coupe. Et elle comprenait fort bien ce qu'il ressentait.

– Je n'ai pas réussi à saisir quel était votre lien de parenté avec lord Sayle, déclara-t-elle. La marquise douairière parle de vous comme de son neveu, mais d'après Julian, vous êtes le beau-frère de lord Sayle.

– En fait, je ne suis ni l'un ni l'autre. J'étais le demi-frère de Cassie. Mon père a épousé sa mère alors que nous étions encore tous les deux en pension. Mais je n'ai jamais songé à elle comme à une sœur.

– Comment était-elle ?

Il relâcha lentement sa respiration.

– Ravissante, à sa manière. Jamais elle ne s'opposait à Ross, ni ne discutait avec lui.

Il tourna vers elle un sourire sarcastique.

– J'ai sans doute l'air amer. J'étais moi-même amoureux d'elle, mais cela n'aurait rien donné.

– Est-ce pour cela que vous semblez éprouver autant d'aversion pour lui ?

– Pas du tout. En fait, autrefois, je l'idolâtrais, mais c'était avant qu'il ne devienne mon tuteur et ne change à mon égard.

– Qu'il ne change ? De quelle manière ?

Larry haussa les épaules.

– Il critique tout ce que je fais. Il n'aime pas mes amis ni... (Il s'interrompit pour lui décocher un sourire.) Ni mes goûts de luxe, si on peut appeler cela ainsi ! Vous devez être la première à me comprendre.

– Pourquoi cela ?

– Je vois bien comment vous vous raidissez chaque fois qu'il s'approche de vous.

– Je ne voulais pas quitter la France, avoua-t-elle avec un haussement d'épaules impuissant. Mon grand-père est la seule famille qui me reste.

Plus elle serait discrète sur les raisons de son départ, mieux cela vaudrait, l'avait prévenue Ross.

– Alors, pourquoi êtes-vous partie ?

– A cause de certaines circonstances, répondit-elle évasivement. La guerre... vous voyez ce que je veux dire. Mon grand-père a pensé que l'Angleterre serait un endroit plus sûr pour moi.

Il fixa sur elle un regard perspicace et attentif.

– Peut-être avais-je tort après tout, remarqua-t-il. Peut-être n'est-ce pas pour m'évincer que Ross vous fait surveiller. Peut-être a-t-il peur que vous ne preniez la fuite et retourniez en France ?

Elle fronça les sourcils.

– Vous vous laissez emporter par votre imagination !

– C'est possible, reconnut-il en riant. Je ne me suis pas encore fait d'opinion sur vous, Tessa Lorimer.

Ne désirant pas se laisser entraîner sur ce terrain, elle dit brusquement :

– Nous parlions de la femme de lord Sayle. Que lui est-il arrivé ? Comment est-elle morte ?

Il lui lança un coup d'œil ironique.

– Pourquoi ne le demandez-vous pas à Ross ?

Depuis qu'il l'avait trouvée dans la chambre de sa femme, ils n'avaient eu qu'une seule conversation – si l'on pouvait appeler cela une conversation. Il s'était excusé de son accès de colère et elle de sa conduite indécente. Un point c'est tout. Depuis, elle s'efforçait de ne pas croiser son chemin et il paraissait faire de même.

Se méprenant sur son silence, il s'exclama :

– Alors, c'est bien cela ! Vous lui avez demandé et il s'est mis en colère. Il se comporte encore comme un homme fou de chagrin, alors qu'il accumule les conquêtes depuis la disparition de Cassie !

Tessa secoua la tête.

– Vous vous trompez, Larry. Je ne me serais jamais permis de lui demander quoi que ce soit sur sa femme. Et certainement pas comment elle est morte. Ce serait trop cruel de ma part.

– C'était un accident, expliqua-t-il. Cassie canotait

sur le lac. L'embarcation s'est retournée et elle s'est noyée.

Tessa s'immobilisa et frissonna.

– Elle s'est noyée ! Ô mon Dieu, c'est atroce !

Soudain, Larry fixa un point par-dessus l'épaule de la jeune fille.

– Tiens, tiens ! Quand on parle du loup ! Et regardez qui l'accompagne... Je croyais pourtant que leur liaison était terminée.

Tessa tourna la tête. Deux cavaliers venaient d'entrer dans le parc. Elle les reconnut immédiatement : Ross et Amanda Chalmers.

Elle lança un regard interrogateur à Larry qui esquissa un sourire narquois.

– J'en ai déjà trop dit. Si nous prenions le large ?

Une fois qu'ils furent en selle, elle ne put s'empêcher de jeter un coup d'œil derrière elle. Ross et Amanda Chalmers n'avaient pas bougé. Elle donna un petit coup de cravache à sa monture qui partit au galop. Larry la suivit...

Les deux autres cavaliers les regardèrent traverser la pelouse à vive allure.

– N'est-ce pas votre pupille accompagnée de votre beau-frère ? demanda Amanda.

– Il n'y a aucun doute là-dessus, acquiesça-t-il.

– On m'a dit qu'ils se retrouvaient ici chaque matin.

Elle marqua une pause et comme Ross restait silencieux, elle ajouta comme en passant :

– Vous ne semblez pas surpris.

Il aurait difficilement pu être surpris : Sally et Julian lui rapportaient chaque jour les moindres faits et gestes de Tessa. En revanche, il était contrarié. Si Amanda avait organisé les choses de telle façon qu'il surprenne Tessa et Larry ensemble, c'était pour le mettre à l'épreuve. Elle considérait donc la jeune fille comme une rivale. Etait-ce si évident ?

Amanda reporta son attention sur les cavaliers qui gravissaient maintenant une petite côte.

– J'imagine qu'elle conviendrait tout à fait à Larry, murmura t-elle comme si elle pensait tout haut.

Elle glissa un coup d'œil vers Ross.

– Est-ce dans ce but que votre grand-mère l'a prise sous son aile ? Lady Sayle jouerait-elle les marieuses ?

– Ma grand-mère a trop de bon sens pour agir ainsi. D'ailleurs, Larry n'est pas assez mûr pour se marier.

– Je pensais que vous approuveriez. Vous êtes son tuteur, après tout.

– Je suis aussi le tuteur de Tessa et j'ai le devoir de protéger ses intérêts.

– Alors ce qu'on prétend est vrai ? C'est une héritière ?

Ross la regarda sans ciller.

– Qu'elle soit une héritière ou non n'a aucun rapport avec la question. Elle n'est pas candidate au mariage !

– Et pourquoi donc ne le serait-elle pas ?

– Parce que je ne le désire pas.

Elle lui lança un regard incertain, puis se força à sourire. Elle était bien trop fine pour le pousser dans ses retranchements. Et l'ennuyer alors qu'elle était si près de toucher au but était la dernière chose qu'elle désirât.

Ils se dirigèrent au petit trot vers Rotten Row. Amanda avait conscience d'avoir essuyé une rebuffade, aussi s'efforça-t-elle de regagner le terrain perdu. Elle aborda uniquement les questions qui intéressaient Ross : le débat à la Chambre, la guerre en France. Elle eut beau faire, il ne lui répondit que par monosyllabes et elle finit par renoncer...

De son côté, Ross commençait à regretter d'avoir renoué avec la jeune femme. Il s'était décidé à reprendre leur liaison quand il s'était retrouvé sur le pas de sa porte, après sa dispute avec Tessa. Il avait passé la nuit à faire la bombe avec Julian, tentant d'effacer l'image de Tessa, et, comme cela n'avait pas marché, il avait décidé de la remplacer par une autre femme. A sa vive déception, cela n'avait pas marché non plus. Il en avait été incapable. Amanda s'était montrée compréhensive, et il avait passé le reste de la nuit à son club de St. James.

Après avoir sonné à sa porte, il pouvait difficilement fuir Amanda comme la peste. Peu à peu, par divers stratagèmes et allusions, elle essayait de l'habituer à l'idée d'un mariage entre eux.

Un mariage avec Amanda. Il retournait cette idée dans sa tête. Il l'aimait bien. C'était une femme intéressante. Au lit, son savoir-faire compensait son manque de passion, et cela lui convenait parfaitement. Il ne cherchait rien d'autre. Son cœur n'était pas impliqué et, s'il avait bien compris, celui d'Amanda non plus. Il y avait cependant un obstacle majeur à ce qu'il s'engage vis-à-vis d'une femme : c'était ce qu'il ressentait pour Tessa.

Il n'aimait pas Tessa. Il en était tout à fait sûr et certain. Ce qu'il ressentait pour elle n'avait rien à voir avec les sentiments profonds qui l'avaient lié à Cassie. C'était une réaction purement physique, quelque chose qu'il n'avait jamais éprouvé pour aucune autre femme et qu'il espérait ne jamais éprouver de nouveau.

Tessa Lorimer était près de se transformer en obsession pour lui. Il pouvait difficilement la regarder sans ressentir les affres du désir. Juste une fois, il voulait voir la reddition dans son regard et le plaisir adoucir ses traits.

Et flûte ! Ce qu'il voulait n'avait aucune importance. Il était le tuteur de Tessa. Il avait juré à Alexandre de veiller sur elle.

L'expression de la jeune fille quand il lui avait arraché le gant de Cassie lui revint en mémoire. Il avait été agressif parce qu'il se sentait coupable. Même s'il ne l'aimait pas, il la désirait davantage qu'il n'avait jamais désiré Cassie, et cela le mettait hors de lui.

C'était dans l'appartement de Cassie que la vérité l'avait frappé comme la foudre. Chaque fois qu'il pénétrait dans ces pièces, il était toujours fortement conscient de la présence de son épouse. Il lui avait donné l'autorisation de remeubler toute la maison, mais elle avait eu uniquement le temps de refaire son appartement avant de lui être brutalement arrachée. Ces pièces étaient à l'image de Cassie. L'ambiance en était sobre et paisible.

Quand il avait croisé la bonne dans les escaliers et qu'elle lui avait appris où était Tessa, il avait été furieux. En entrant chez Cassie, il s'était pétrifié, subjugué. La beauté vibrante de Tessa emplissait la pièce. Même ici, dans la chambre de Cassie, il continuait à la désirer. Et les traits de son épouse semblaient s'effacer, tel un lointain souvenir. C'est alors qu'il avait remarqué le gant que la jeune fille avait enfilé. C'était la goutte d'eau qui avait fait déborder le vase...

– Vous avez la mine aussi sombre que si vous complotiez quelque meurtre, remarqua Amanda.

Il tourna lentement la tête vers elle, comme s'il cherchait à se rappeler qui elle était.

– Je vous ennuie, Ross ?

Il sourit poliment.

– Je ne m'ennuie jamais en compagnie d'une jolie femme. Que diriez-vous de faire faire un peu d'exercice à nos chevaux ?

Une heure plus tard, Amanda entra comme un ouragan dans sa maison de Hill Street et écarta brutalement le valet qui s'avançait pour prendre son manteau. Elle se dirigea droit vers l'escalier et monta vers sa chambre. Elle avait toujours sa cravache à la main et, tout en gravissant les marches, elle en fouettait régulièrement la rampe.

Comme elle approchait de sa chambre, une porte s'ouvrit à l'autre bout du couloir pour livrer passage à une petite bonne. Elle était jeune et jolie, et pleurait abondamment en essayant de mettre de l'ordre dans sa tenue. Amanda allait l'interpeller quand la porte s'ouvrit de nouveau. C'était Bertram, qui boutonnait son pantalon. Ils reconnurent tous les deux Amanda en même temps. La femme de chambre blêmit et plongea dans une révérence avant de s'enfuir. Bertram se contenta de hausser les sourcils.

La jeune femme entra en coup de vent dans sa chambre et claqua la porte derrière elle. Elle jeta son manteau sur son lit et s'assit devant sa coiffeuse pour se brosser les cheveux.

Quelques instants plus tard, la porte s'ouvrit et Bertram apparut.

– Faut-il vraiment que tu débauches mes servantes ? lança-t-elle avec amertume. Il y a assez de bordels à Londres pour satisfaire tes appétits voraces !

Il haussa les épaules avec nonchalance et s'appuya contre le pilier du lit. Leurs yeux se rencontrèrent dans le miroir.

– C'était tout à fait bien ici, merci !

– La fille était consentante au moins ?

– Suffisamment. Cela a-t-il de l'importance ?

Elle pivota pour lui faire face.

– Pour un homme qui espère obtenir une rente suffisante pour accepter de se séparer de sa femme, tu prends beaucoup de risques inutiles, Bertram.

– C'est là où tu te trompes, ma chère. La famille de Hetty est très collet monté. Pire sera ma réputation, plus ils seront déterminés à en finir à n'importe quel prix.

– Je ne comprends pas comment ils ont autorisé leur fille à t'épouser !

Il eut un rire aigu.

– Pour la même raison, j'imagine, que celle pour laquelle l'honorable Frederick Chalmers t'a épousée. Je me suis donné beaucoup de mal pour passer pour un candidat adéquat, apprenant par cœur des passages de la Bible, assistant même aux offices. Diable, quelle corvée !

Elle haussa les sourcils, puis partit d'un éclat de rire.

– Pauvre Bertram !

– Oui, pauvre Bertram. Je ne me suis pas seulement retrouvé marié à une femme ennuyeuse à périr, mais l'argent n'est jamais venu... Ah, cela t'amuse ! Je suis heureux de voir que ton moral remonte. Qu'y a-t-il, Amanda ? Que s'est-il passé ?

– Ross Trevenan, dit-elle simplement, et elle serra les lèvres.

– C'est bien ce que je pensais.

– Tu avais raison, Bertram. J'ai une rivale. Une rivale sérieuse.

Il l'étudia en fermant à demi les yeux.

– Il n'est pas unique au monde, tu sais. Je doute que ce soient ses atouts physiques qui t'aient séduite. Serait-ce le titre ?

Elle inclina la tête.

– Je serais la marquise de Sayle, et ce n'est pas à dédaigner. Mais il y a davantage. Tout le monde sait qu'il m'a fait la cour. S'il en épouse une autre...

– Je vois. Ce qui t'importe, c'est ton orgueil. Tu ne peux pas supporter l'idée de devenir la risée des gens.

– Comme tu me comprends bien ! fit-elle avec un sourire. Je ne suis pas disposée à laisser une pauvre godiche me le souffler sous le nez.

– Une godiche ! répéta-t-il en se laissant tomber sur le lit. Tu parles de miss Tessa Lorimer ?

– De qui veux-tu que je parle ?

– Alors, je te conseille de ne pas la sous-estimer.

Amanda fronça les sourcils.

– Je donnerais n'importe quoi pour être débarrassée d'elle. J'avais compris que tu étais prêt à m'aider, et que tu devais me rapporter toutes les informations possibles sur son passé. Je croyais que nous avions passé un marché.

– Mais c'est exact, dit-il, et il marqua une pause. Où crois-tu que je sois allé la semaine dernière ?

– Voir ta femme et ses parents pour trouver un accord.

– Je me suis rendu dans le Norfolk, chez l'amiral Lorimer, le seul Lorimer que je connaisse. Je l'avais rencontré à une partie de chasse chez mon cher beau-père. Il s'est révélé être une source précieuse d'informations. En fait, c'est le grand-oncle de cette jeune fille.

– Alors pourquoi ne m'en as-tu rien dit en arrivant ?

Elle laissa échapper un rire de triomphe.

– Raconte-moi tout, Bertram. Combien de squelettes as-tu exhumés du placard ?

– Assez pour te tenir en haleine !

Et il se mit à énumérer le nombre d'écoles que Tessa avait fréquentées. Il raconta comment elle s'était enfuie avec le valet de son grand-oncle. Mais il ignorait tout sur son séjour en France et sur la façon dont Ross s'était retrouvé impliqué dans ses affaires.

Quand il eut fini de parler, Amanda se leva et se mit à marcher de long en large en ruminant ces informations.

– Ce valet avec lequel elle s'est enfuie, l'a-t-elle épousé ? demanda-t-elle brusquement en se retournant.

– Apparemment non.

Son visage s'assombrit.

– J'ai découvert cependant qu'un de ses oncles, un certain M. Beasley, était toujours son tuteur, au moins aux yeux de la loi anglaise. Son grand-père n'a jamais été son tuteur, expliqua-t-il avec un sourire. Mais il tient les cordons de la bourse.

Elle s'immobilisa. Ses yeux brillaient comme ceux d'un félin.

– Tu as bien travaillé !

– Et maintenant, j'attends ma récompense.

Elle haussa légèrement les sourcils.

– Si tu veux la petite bonne, je fermerai les yeux.

– Un marché est un marché, dit-il. Viens ici !

Elle marcha lentement vers lui et resta immobile quand il commença à la déshabiller.

– Pourquoi faut-il qu'il s'agisse toujours de la même chose ? demanda-t-elle en grimaçant de dégoût lorsqu'il prit sa poitrine dans ses mains.

12

Ross était en retard à son rendez-vous. Dès qu'il eut arrêté les chevaux devant la maison des Turner dans Wigmore Street, il sauta de son cabriolet, jeta les rênes à son valet et gravit rapidement les marches du perron. La porte s'ouvrit presque immédiatement et on l'introduisit dans une petite bibliothèque au rez-de-chaussée.

Desmond Turner et Julian levèrent les yeux quand il entra dans la pièce. Ils sirotaient un verre de sherry.

Ils se serrèrent la main et échangèrent des nouvelles comme des amis qui ne se sont pas vus depuis un moment. Il s'agissait cependant de bien autre chose que d'une visite amicale. Desmond rentrait tout juste du Yorkshire et devait leur communiquer les résultats de son enquête.

– Nous commencions à nous demander s'il ne t'était pas arrivé quelque chose. Qu'est-ce qui t'a retardé ? questionna Julian quand Ross fut assis.

– J'ai été obligé de... euh... donner un avis à ma pupille sur une question d'habillement.

En fait, il s'était laissé entraîner dans une discussion dérisoire et il avait oublié l'heure. Tout avait commencé innocemment. Sa grand-mère avait demandé à son coiffeur de venir dans l'après-midi. Ross n'y avait vu aucun inconvénient, jusqu'à ce qu'il découvre que Tessa songeait à sacrifier sa magnifique chevelure pour adopter la coiffure à la garçonne à la dernière mode. Il aurait dû se taire. Mais non. Il avait dit quelque chose – dont il ne se souvenait même plus – qui avait réveillé la colère de Tessa. A partir de là, leur différence d'opinions avait évolué en un féroce duel oratoire. C'était l'expression de sa grand-mère qui lui avait fait reprendre conscience. Elle l'avait regardé comme s'il lui était poussé une deuxième tête...

Chassant ce mauvais souvenir, il accepta un verre de sherry et demanda à Desmond ce qu'il avait appris dans le Yorkshire.

– Je n'ai pas trouvé Nane Roberts, répondit-il, mais j'ai obtenu un certain nombre de renseignements à son sujet. Ce qui est intéressant, c'est que son passé ressemble à celui de Tessa. Elle était orpheline et elle a été élevée par des cousins. Visiblement, elle n'avait pas un caractère facile et passait d'une école à l'autre. La dernière fois qu'on a entendu parler d'elle, elle vivait des temps difficiles et avait été engagée comme gouvernante. C'est le pasteur qui m'a renseigné.

– Oh, même si vous aviez mis la main sur Nane Roberts, elle ne vous aurait sans doute pas été d'une grande utilité, remarqua Julian.

Desmond haussa les épaules.

– Si elle était la meilleure amie de Tessa à Fleetwood, elle aurait pu voir ou entendre des choses qui n'ont pas été notées lors de l'enquête.

– Elle ne devait pas être une amie si proche, puisqu'elles n'ont jamais échangé de lettres.

– Ce qui rend encore plus surprenant le fait que Tessa se souvienne d'elle.

Ross écoutait en silence ses amis s'interroger sur Nane Roberts. Ils avaient si peu d'informations que cela ressemblait à une partie de colin-maillard.

– Maintenant, reprit Desmond, racontez-moi ce qui s'est passé ici.

– Vraiment peu de chose, répondit Ross. Aucun fait notoire.

– Tessa a peut-être dit la vérité, intervint Julian. Elle n'était peut-être pas là, la nuit où Becky Fallon s'est noyée.

– Elle était là, affirma Desmond. Nous en avons la preuve par les témoins de l'époque. Et aussi parce que nous avons découvert que quelqu'un d'autre la recherchait. Je ne dis pas qu'elle ment. Il est tout à fait possible qu'elle ne se rappelle pas avoir été là. Vous avez vous-même affirmé la même chose, Ross.

– J'ai entendu parler de ce phénomène, remarqua alors Julian. Un de mes oncles est tombé de cheval et s'est brisé la jambe. Jusqu'au jour de sa mort, il n'a jamais pu arriver à se remémorer cet accident.

– Alors pourquoi plus personne ne semble-t-il se manifester ?

Julian regarda Ross d'un air soupçonneux.

– On dirait que tu le regrettes !

– Mais oui, je le regrette ! Comment pourra-t-elle mener une vie normale tant que nous n'aurons pas attrapé l'assassin ? interrogea Ross en laissant éclater sa frustration. Comment vais-je m'y prendre pour la protéger jour après jour, jusqu'à la fin de sa vie ? Dans moins d'un an, elle sera majeure. Elle pourra aller et venir comme bon lui semblera. Vous la connaissez. Elle n'en fera qu'à sa guise et tout ce que je lui dirai ne servira à rien.

Julian nettoyait attentivement son monocle.

– Il n'y a qu'une solution à ton problème, mon vieux ! jeta-t-il avec désinvolture. Il ne te reste plus qu'à l'épouser.

Un silence de mort sembla tomber sur la pièce. Puis, peu à peu, les bruits familiers se firent à nouveau entendre : le tic-tac de la pendule sur la cheminée, le crépitement du charbon dans le poêle.

Desmond se racla la gorge.

– Il est encore trop tôt, dit-il. Ou peut-être notre assassin soupçonne-t-il un piège. Cela expliquerait pourquoi il continue à se cacher.

Ross secoua la tête.

– Je ne le crois pas. C'est vrai que Tessa est bien gardée, mais tout le monde pense que c'est à cause de son argent et que je la protège des coureurs de dot. D'ailleurs, personne ne devine à quel point nous sommes vigilants. L'un d'entre nous est toujours à ses côtés, que ce soit Sally, Julian ou moi-même, mais nous restons discrets. Prenez Julian, par exemple. Tout le monde pense qu'il fait la cour à votre sœur et que c'est pour cela qu'il vient à Sayle House à toute heure du jour.

Devant le regard étonné de Desmond, Julian expliqua sans se démonter :

– C'est tout ce que nous avons trouvé pour ne pas éveiller les soupçons et me permettre de rester près de Tessa et Sally. C'est tout à fait innocent, Desmond. Ne me regardez pas ainsi !

– Une autre possibilité m'est venue à l'esprit,

remarqua Desmond en passant la carafe à la ronde. Si Tessa retournait à Fleetwood Hall...

Il s'interrompit.

– Continuez, dit Ross. Où voulez-vous en venir ?

– Je cherche un moyen pour qu'elle retrouve la mémoire. Nous pourrions lui faire revivre la scène.

Un pli barra le front de Ross.

– Mais nous ignorons ce qui s'est passé cette nuit-là.

– En y réfléchissant, vous vous apercevrez que nous en savons déjà beaucoup. Il y a évidemment des zones d'ombre, sur lesquelles tout se joue, mais si nous demandons à Tessa de faire ce dont elle se souvient ou ce qu'on nous a rapporté, il y a de fortes chances que le reste lui revienne.

– Mais si nous agissons ainsi, elle comprendra la menace qui pèse sur elle, protesta Ross. Nous devrons lui révéler le sort des autres femmes.

Desmond fixait son verre.

– J'ai réfléchi à cela aussi, et il me semble que cela pourrait être la meilleure chose à faire. Elle serait forcée de prendre la situation au sérieux, ajouta-t-il en levant les yeux vers Ross.

Julian s'impatientait.

– Je crois que nous nous faisons une montagne d'un rien. C'est peut-être seulement une série de coïncidences. Peut-être n'y a-t-il aucun meurtrier ! La seule chose qui lie ces malheureuses entre elles est le fait qu'elles aient fréquenté la même école.

Ross serra les poings.

– Cassie a été assassinée, affirma-t-il. Elle était terrifiée par l'eau. Elle ne se serait jamais promenée en bateau sur le lac, surtout sans personne pour la surveiller.

– En es-tu si sûr ? Elle aurait pu s'y risquer pour te faire plaisir. Ou pour te faire une surprise. C'était bien dans son caractère.

Ross secoua la tête résolument.

– J'ai fait une erreur avec Cassie. Je ne suis pas près de refaire la même erreur avec Tessa. J'ai été un temps aussi peu convaincu que toi, et la femme que j'aimais l'a payé de sa vie. Cela n'arrivera pas à Tessa, même si je dois l'enchaîner à moi pour le reste de ses jours.

– C'est ridicule, Ross ! Tu n'es pas responsable pour Cassie. Tu ne pouvais pas prévoir...

– Je savais et je n'ai rien fait.

Desmond s'immisça dans la conversation :

– Ce n'est pas vrai ! Moi-même, je n'étais sûr de rien. C'est seulement après... plus tard... que nous avons été convaincus que la mort de Cassie n'était pas un accident. Ne vous inquiétez pas, Ross. D'une façon ou d'une autre, nous attraperons le meurtrier.

La discussion dériva vers d'autres sujets, mais Ross continuait à réfléchir à la suggestion de Desmond. Il n'avait jamais aimé l'idée d'avouer à Tessa que sa vie était en danger, et plus il y réfléchissait, moins cela lui plaisait...

Soudain, on frappa violemment à la porte d'entrée. Les trois hommes se dressèrent comme si on venait de sonner l'alarme. Desmond devança son domestique et, quand il ouvrit, un valet qui portait la livrée des Sayle apparut.

– Monsieur le marquis ! s'exclama-t-il. Il faut que vous veniez immédiatement. Il y a des problèmes à la maison.

Avant qu'il ait fini de parler, Ross était déjà prêt à partir.

– Il s'agit de miss Lorimer ? Que lui est-il arrivé ?

Le valet courait pour se maintenir au même niveau que son maître.

– Ils essaient de l'enlever.

– Quoi ? Qui essaie de l'enlever ?

Le cheval du domestique était attaché à un anneau. Abandonnant son cabriolet, Ross détacha le cheval et sauta en selle.

– Je ne sais pas, répondit le valet. Il y a un magistrat et un officier de police, et d'autres personnes. Miss Turner m'a dit d'aller vous chercher.

N'importe qui pouvait se faire passer pour un magistrat ou un officier de police ! Il s'attendait tous les jours à une attaque. Et voilà que le moment était arrivé !

Avec un claquement de rênes, il partit au grand galop.

Il coupa à travers Hyde Park pour rejoindre Knightsbridge Road. Les sabots de son cheval arrachèrent des mottes de terre tandis qu'il traversait la pelouse au triple galop. Il filait droit devant lui, sautant les haies et dépassant, ventre à terre, les promeneurs étonnés.

Une voiture était arrêtée devant Sayle House, ainsi que deux chevaux. Ross sauta à terre et se précipita vers la porte. Des serviteurs affolés se tenaient dans le vestibule.

– En haut, milord ! dit l'un d'eux. Ils sont dans le salon de Mme la marquise.

Ross escalada les marches deux à deux. Il fut accueilli sur le palier par le grand gaillard qu'il avait engagé comme garde du corps pour Tessa. On aurait dit qu'il y avait une violente dispute chez sa grand-mère.

– Ils ont verrouillé la porte, annonça le domestique. Mais...

Un cri de protestation s'éleva de l'autre côté du battant. C'était la voix de Tessa.

Ross prit son pistolet dans sa poche et rassembla toutes ses forces avant de foncer sur la porte. Quand le bois se fendit, les voix se turent. Il chargea de nouveau et, cette fois-ci, le battant céda.

13

Il s'arrêta sur le seuil et, d'un rapide coup d'œil, évalua la situation. Un homme corpulent et rougeaud tenait Tessa par le bras. Ross lui décocha un regard si féroce qu'il la relâcha immédiatement et recula en trébuchant.

– Ross ! s'exclama la jeune fille d'une voix bouleversée. Oh, Dieu merci, vous êtes là !

Elle traversa rapidement la pièce pour se jeter dans ses bras. Il passa un bras autour de ses épaules et la serra contre lui, en prenant soin de garder son pistolet dans l'autre main. Mais un nouveau regard dans la pièce le convainquit que Tessa ne risquait rien. La seule arme qu'il aperçut, c'étaient les ciseaux que sa grand-mère serrait sur son cœur. Deux personnes lui étaient totalement inconnues : l'homme corpulent qui tenait tout à l'heure Tessa par le bras et un autre aux cheveux blancs, mince et distingué. Il y avait aussi un couple d'un certain âge dont les traits lui semblaient vaguement familiers. Sally, sa grand-mère et M. Harris, le coiffeur, étaient aussi présents.

Il remit son pistolet dans sa poche. Tout le monde se mit à parler en même temps. Mais Tessa retenait toute l'attention de Ross. Des larmes brillaient sur ses cils et ses yeux semblaient immenses dans son visage pâle. Elle était secouée de tremblements, et il resserra son étreinte autour de ses épaules.

– Ils voulaient m'emmener, annonça-t-elle.

Il ignora les nombreuses voix qui cherchaient à attirer son attention et murmura juste pour Tessa :

– Personne ne va vous emmener.

– Vous ne comprenez pas. Ils ont une... assignation, ou quelque chose de ce genre. Ils affirment qu'ils ont plus de droits à être mes tuteurs que vous, et que la loi est de leur côté.

– Qui prétend cela ?

– Le magistrat, M. Wade, fit-elle en désignant le gentleman aux cheveux blancs. Ainsi que mon oncle et ma tante Beasley.

Ross observa le couple qui lui avait semblé familier. La femme dépassait son mari de plusieurs centimètres. Ils étaient tous deux bien en chair, et vêtus de manière sévère comme s'ils se rendaient à un service religieux. Il avait rencontré les Beasley à Bath, quand il cherchait à retrouver la trace de Tessa. Lorsqu'elle s'était enfuie avec le valet, ils s'étaient lavé les mains de son sort. Et maintenant, ils voulaient la récupérer. Pourquoi donc ?

Tessa tira sur sa manche.

– Le problème, c'est... euh... Ross. J'ai été obligée de leur dire la... enfin... la vérité sur nous.

Il aimait son regard implorant, la façon dont elle prononçait son nom et aussi, tout particulièrement, sa manière de s'accrocher à lui.

– De quelle vérité s'agit-il, Tessa ?

Elle avala sa salive.

– Du fait que nous nous sommes secrètement ma... mariés à Paris.

– Ma... mariés ? répéta-t-il en l'imitant. De quoi parlez...

Puis le sens de ces mots atteignit son cerveau et il resta là, le regard fixe, comme s'il s'était transformé en pierre.

Se mordant la lèvre, elle ajouta dans un murmure :

– Il fallait bien que j'invente quelque chose. Mais ils ne voulaient pas me croire et voulaient toujours m'emmener. Votre grand-mère a tenté de les chasser avec les ciseaux de M. Harris et, comme elle n'y est pas arrivée, j'ai dû fermer la porte et jeter la clé par la fenêtre.

Cette fois, il ne put s'empêcher de rire. Mais il se calma quand tout le monde se remit à parler en même temps. Il leva la main et, une fois le silence rétabli, fixa le gentilhomme distingué à la chevelure d'argent.

– Maître Wade, dit-il, pourriez-vous m'expliquer ce que vous faites ici ?

Le magistrat s'avança et tendit à Ross un document qui paraissait officiel. Après s'être excusé plusieurs fois, il en vint au vif du sujet :

– Si vous êtes mariés, milord, comme cette jeune femme l'affirme, et si vous pouvez le prouver, ce document est caduc. Sinon, vous devrez remettre miss Lorimer entre les mains de M. et Mme Beasley. Comme vous pouvez le constater, tout cela est parfaitement légal. Mme Beasley est apparentée à miss Lorimer. Cependant, si vous contestez cette décision, vous pourrez en référer au tribunal qui décidera en dernier recours.

Mme Beasley agita le doigt en direction de Tessa.

– Tu es une vilaine fille ! s'exclama-t-elle. Est-ce ainsi que tu nous remercies de tout le mal que nous nous sommes donné pour toi ? Nous avons essayé de faire de toi une femme honnête qui craint Dieu, mais nous n'avons pas réussi. Un mariage secret à Paris ! Et puis quoi encore !

– C'est odieux ! renchérit son mari. Nous ne pouvions pas savoir que c'était une héritière. Je veux dire, nous savions que son grand-père payait pour elle, mais nous n'en avons pas profité. Enfin, il payait juste la pension, et... euh...

Mme Beasley leva la main et son mari se tut immédiatement. Elle se tourna vers l'officier de police :

– Monsieur Porter, soyez gentil d'emmener miss Lorimer à notre voiture.

– Je ne me risquerais pas à porter la main sur elle si j'étais vous, lança Ross d'une voix aimable, trop aimable, et tout le monde se figea.

Mariage. Il savait qu'une fois qu'il aurait prononcé ce mot, il ne pourrait plus revenir en arrière. Mais Julian avait peut-être raison. Epouser Tessa était la solution idéale.

Il sourit à la jeune fille.

– Nous méritons ces reproches, mon amour, murmura-t-il. J'en prends la responsabilité. Tout est ma faute !

Rassurée qu'il veuille bien l'aider, elle relâcha sa respiration.

– Tessa vous a dit la vérité, confirma-t-il en se tournant vers les autres. Nous nous sommes mariés secrètement à Paris, avec le consentement de son grand-père, bien entendu.

Il ignora les protestations furieuses de Mme Beasley tout comme l'exclamation stupéfaite de sa grand-mère et poursuivit :

– Je ne voulais pas l'annoncer officiellement avant de vous avoir prévenus, vous et votre mari, madame Beasley. C'était la moindre des choses. J'espérais descendre à Bath vous annoncer la bonne nouvelle, mais d'une chose à l'autre, le temps a passé... vous savez ce que c'est. Enfin... nous sommes vraiment mari et femme... et c'est merveilleux que vous soyez ici pour nous féliciter les premiers.

Tessa ne comprenait pas pourquoi tout le monde se réjouissait ainsi. Dès que Ross avait quitté la pièce pour raccompagner leurs visiteurs, Julian et Desmond étaient arrivés et on leur avait raconté toute l'histoire. Après avoir bien ri, Julian avait appelé un valet et commandé du champagne pour tout le monde. Ils semblaient trouver que c'était un trait de génie d'avoir éconduit les Beasley en inventant cette histoire de mariage. Elle ne partageait pas leur enthousiasme. La vérité finirait sûrement par éclater, et que se passerait-il alors ?

Elle lança un coup d'œil à l'horloge en se demandant ce qui pouvait bien retenir Ross. Dix minutes s'étaient écoulées depuis la dernière fois qu'elle avait vérifié l'heure. Que disait-il aux Beasley ? Que lui disaient-ils ? Et, encore plus inquiétant, qu'allait-il lui dire à elle pour avoir créé cet embrouillamini ?

La porte s'ouvrit enfin sur Ross qui semblait le seul à ne pas avoir perdu la raison. Il arborait un visage sévère et haussa les sourcils en remarquant leurs coupes de champagne.

Ses amis vidèrent leurs verres et se préparèrent à

partir. Tessa aurait bien voulu les imiter, mais elle devait discuter avec Ross. Il fallait trouver un moyen de sortir du bourbier dans lequel elle les avait mis.

Julian donna une claque sur l'épaule de Ross.

– C'est la première fois depuis des années que tu suis mes conseils, dit-il avec un sourire jusqu'aux oreilles. J'imagine que tu vas me demander d'être ton témoin ?

– Tu peux compter là-dessus... si ce jour arrive jamais.

– D'après ce que j'ai entendu, je ne vois pas comment tu pourrais t'en sortir autrement.

Desmond serra la main de Ross.

– C'est sûrement pour le meilleur, dit-il, et il suivit Julian hors de la pièce.

Sally posa les mains sur les épaules de Tessa et l'embrassa sur les deux joues.

– Tout ira bien, tu verras ! se contenta-t-elle de murmurer avant de sortir.

La marquise douairière lui tint à peu près le même langage. Elle sourit à la jeune fille en l'embrassant et murmura :

– Oh, ma chérie, rien ne pouvait me faire plus plaisir !

Quand la porte se referma, la laissant seule avec Ross, Tessa se laissa tomber dans le siège le plus proche et pressa sa main sur ses yeux.

– Ils ont tous perdu la tête, gémit-elle. Ils se comportent comme si nous étions réellement mariés.

Elle laissa échapper un soupir, releva la tête et redressa les épaules.

– Qu'allons-nous faire ?

Il s'assit dans le fauteuil près de la cheminée.

– Qu'allons-nous faire ? C'est vous qui nous avez mis dans cette situation. Que suggérez-vous ?

Il se versa une coupe de champagne et la but à petites gorgées.

– Je refuse de retourner chez les Beasley, déclara-t-elle tout de go.

– Cela vous ennuierait-il de m'expliquer pourquoi ?

– Vous avez vu comment ils sont. Ils sont plus pratiquants que l'archevêque de Canterbury ! C'est insupportable. Rien ne trouve grâce à leurs yeux. Danser, chanter, boire, avoir des visites est strictement interdit. Les seules lectures autorisées en dehors de la Bible sont les sermons et les livres de savoir-vivre.

– Les Beasley me paraissent avoir d'excellentes idées sur l'éducation.

Elle surprit l'éclair de malice qui traversa ses yeux et lui fit une grimace.

– Eh bien, poursuivit-il, nous n'avons pas vraiment le choix. Les Beasley sont vos tuteurs légaux et ils ont le testament de votre père pour le prouver.

Elle le dévisagea.

– Alors pourquoi avez-vous confirmé mon histoire au sujet de notre mariage secret à Paris ?

– Parce qu'ils étaient sur le point de vous emmener, et que nous avions besoin de temps pour discuter de la situation.

– S'il vous plaît, murmura-t-elle en se penchant vers lui. Je ferai tout ce que vous voudrez, mais ne me renvoyez pas chez les Beasley ! Ils ont un horrible cousin déjà âgé qu'ils veulent me faire épouser. C'est pour cela que je me suis enfuie. Si vous ne faites rien, ils vont me forcer à l'épouser, vous comprenez ?

Il haussa les épaules.

– Vous avez entendu ce que le magistrat a dit. Si nous ne pouvons pas prouver que nous sommes mariés – et nous ne le pouvons pas –, vous serez obligée de retourner chez eux.

Elle baissa les yeux sur ses mains jointes. Une idée folle venait de lui traverser l'esprit. Des frissons la parcoururent et elle se mit à trembler.

Elle leva la tête et regarda Ross. Ses yeux virèrent au violet.

– Qu'y a-t-il ? demanda-t-il.

– R... rien.

C'était trop farfelu. Jamais il ne serait d'accord...

– R... rien ? Commenceriez-vous à souffrir de bégaiement, par hasard ?

– N... non.

– Je vois. Alors, vous avez peur de me dire quelque chose. De quoi s'agit-il, Tessa ?

Elle se lança avant d'avoir le temps de changer d'avis.

– Nous pourrions nous marier, dit-elle tout à trac. Oh, pas un vrai mariage, bien entendu. Un mariage de convenance. Puis, quand je retournerai en France, nous divorcerons. C'est facile en France.

Il y eut un silence, puis il se mit à rire.

– Qu'est-ce qu'il y a de si drôle ? Je trouve que c'est une très bonne idée.

Il l'observa un instant.

– Comment pourrais-je vous faire confiance ? Et si jamais vous décidiez de ne plus divorcer ?

Elle sursauta.

– Seriez-vous devenu fou ?

Elle bondit sur ses pieds et se mit à déambuler dans la pièce.

– Vous n'êtes pas exactement l'homme de ma vie, et vous n'ignorez pas que je vais attendre avec impatience le moment d'être séparée de vous.

– Et pourquoi me feriez-vous confiance ? ajouta-t-il sur un ton plus sérieux. Si je décidais, moi, de ne pas divorcer et de vous empêcher de partir ?

Elle s'immobilisa et se retourna pour le fixer.

– Ne proférez pas de menaces ridicules ! siffla-t-elle. Je sais ce que vous ressentez pour moi. Selon vous, je ne suis qu'une enfant. Vous me l'avez suffisamment répété pour que je m'en souvienne.

Son regard devint flou, puis se durcit, et elle précisa :

– Nous savons tous les deux que vous êtes toujours amoureux de votre femme.

Il redressa la tête.

– Tessa...

Elle crut qu'il allait refuser. Désespérée, elle l'interrompit aussitôt.

– Ecoutez-moi, Ross Trevenan, déclara-t-elle d'un air farouche. Vous avez fait une promesse à mon grand-père et cette promesse, vous allez la tenir !

Elle se tenait debout près de son fauteuil et le fusillait du regard.

– Vous avez parlé d'une saison à Londres. Vous avez juré que vous me protégeriez. Aussi, j'exige que vous teniez votre parole ou alors que vous me renvoyiez en France !

Il se leva sans hâte et lui fit face. Il semblait fâché.

– Je sais ce que j'ai promis à votre grand-père, mais le prix que vous demandez est un peu trop élevé. Le monde ne tourne pas autour de vous, Tessa. J'ai ma propre vie à mener.

– Alors, menez-la ! M'épouser ne vous gênera en

rien. Vous ne vous apercevrez même pas de ma présence. Ce n'est pas comme si c'était pour toujours. Je vous jure que divorcer sera la première chose que je ferai en rentrant en France.

Il secoua la tête.

– Si seulement je pouvais vous croire ! Mais vous n'êtes pas la première femme à essayer de me prendre au piège du mariage.

Elle aurait voulu le frapper, lui arracher les yeux. Qu'il puisse penser qu'elle voulait réellement l'épouser l'exaspérait. Il s'imaginait peut-être qu'elle était amoureuse de lui ? Quelle blague !

– Vous n'êtes qu'un imbécile suffisant et prétentieux ! railla-t-elle. J'avais raison à votre sujet, et mon grand-père se trompait. Eh bien, d'une façon ou d'une autre, je rentrerai en France. Je l'ai fait une fois, je recommencerai. Laissez-moi vous dire que je préfère cent fois épouser Jérôme Bonaparte que cet... ce sanglier de Beasley.

Et elle pivota brusquement.

– Tessa, dit-il d'un ton qui l'arrêta.

– Oui ?

Il soupira.

– D'accord. Vous avez gagné. Je le ferai. Mais à une seule condition.

Elle resta bouche bée.

– Vous le ferez ? répéta-t-elle en se retournant vers lui.

– Si je vous épouse, je veux que personne ne sache la vérité. Personne, vous entendez ? Ni Sally, ni ma grand-mère, ni personne d'autre. Nous devons paraître convaincants, sinon cela ne servira à rien.

Elle aurait promis n'importe quoi pour échapper aux griffes de son cousin Beasley.

– Je ne le dirai pas à âme qui vive, chuchota-t-elle.

– J'attends davantage de vous. Je veux que vous vous comportiez comme une épouse. Il est hors de question que vous me ridiculisiez. En public, nous aurons l'air d'un couple heureux. Vous serez une épouse docile et affectueuse, et je jouerai le rôle du mari attentif. Si vous n'êtes pas d'accord, dites-le tout de suite. Les Beasley sont descendus à l'hôtel *Clarendon,* vous pouvez être avec eux dans moins d'une heure.

Elle ne pouvait s'offrir le luxe de discuter avec lui. Enfin, elle avait gagné, c'était cela qui était important.

– Je comprends, dit-elle. Pas de problème.

Elle se retourna vivement et se dirigea vers la porte. Quand il la rappela, elle jeta un coup d'œil par-dessus son épaule.

– Qu'y a-t-il encore ?

– Où allez-vous ?

– Me faire couper les cheveux par M. Harris. Il n'a pas eu le temps de me coiffer. Sally et lady Sayle sont avec lui en ce moment, dans le boudoir de votre grand-mère.

– Auriez-vous si vite oublié notre marché ? Je ne veux pas que vous vous coupiez les cheveux.

– Oh ! s'exclama-t-elle, puis un radieux sourire illumina ses traits. En fait, je n'ai jamais eu envie de me faire couper les cheveux... jusqu'à ce que vous vous en mêliez !

Et, avec un mouvement impertinent de la tête, elle s'en fut dans un grand bruissement de jupons.

Ross s'enfonça dans son siège, un large sourire aux lèvres. Cette fille était capable d'appeler blanc le noir et noir le blanc, à seule fin de le contrarier. En l'occurrence, elle avait fait sans s'en rendre compte exactement ce qu'il souhaitait.

Il ignorait pourtant pourquoi il se félicitait. D'accord, elle lui avait offert ce qu'il recherchait, mais c'était seulement pour une courte durée. Quand la jeune fille s'apercevrait qu'elle ne pouvait pas rentrer en France, et qu'en Angleterre le divorce était quasiment impossible à obtenir, les choses risquaient de se compliquer.

Il songea au grand-père de Tessa. La santé d'Alexandre se dégradait. La nouvelle de ce mariage le réconforterait certainement. Mais il ne lui dirait pas qu'il s'agissait d'une union de convenance. Mieux valait laisser ses illusions au vieil homme.

Les pensées allaient et venaient dans son esprit. Elle l'avait traité de fou et il commençait à se demander si elle n'avait pas raison. Il ignorait comment il allait faire pour se retenir de la toucher.

14

Jamais Tessa n'aurait imaginé que ses amis verraient dans son union avec Ross autre chose qu'une tentative pour échapper aux Beasley. Mais ils agissaient tous comme s'il fallait fêter dignement l'imminente cérémonie. Manifestement, ils avaient oublié combien il était facile de divorcer en France, et bien sûr elle ne pouvait le leur rappeler, à cause de sa promesse.

Le temps lui manquait pour discuter avec Ross et trouver éventuellement une autre solution. La semaine qui précéda la cérémonie, ils se croisèrent sans pouvoir échanger davantage que quelques mots. Ils étaient pris dans un cyclone, un véritable raz de marée. Tous les journaux colportaient la nouvelle de leur mariage secret en France, et annonçaient qu'une cérémonie privée était prévue selon le rite de l'Eglise anglicane. La couturière qui lui avait confectionné un trousseau pour sa saison à Londres refit son apparition et lui proposa des modèles plus appropriés au statut de marquise de Sayle. On envoya les invitations pour le bal qui devait clôturer l'événement. La plus grande agitation régnait dans la maison. L'air semblait saturé d'excitation.

Tout cela se répercutait sur Tessa, et son humeur passait d'un extrême à l'autre. Parfois, elle était emportée par le tourbillon et oubliait que rien de tout cela n'était sérieux. D'autres fois, son moral tombait à zéro et elle sombrait dans une totale apathie.

La veille du mariage, la grand-mère de Ross vint lui rendre visite dans sa chambre. La jeune fille comprit tout de suite qu'elle voulait l'éclairer sur sa nuit de noces. Mais sa démarche était inutile. De l'autre côté de la Manche, les filles étaient bien moins ignorantes dans ce domaine que les jeunes Anglaises. Et puis, de toute façon, ce mariage n'était qu'une comédie, mais cela, elle ne pouvait pas l'avouer à la vieille dame. Celle-ci était si mal à l'aise, marquant de longues pauses et cherchant ses mots, que Tessa eut pitié d'elle et lui déclara qu'elle était au courant.

Mais la douairière avait une autre idée derrière la tête. Elle voulait lui parler de Ross, la préparer à vivre avec un homme qui n'avait pas un caractère facile.

Elle dit quelques mots sur ses parents et leur incroyable négligence à son égard. Elle évoqua Cassie, et la manière dont il avait changé après sa mort. Tessa écoutait la vieille dame en silence tandis que le portrait d'un jeune homme solitaire, transformé par l'amour puis brisé par les caprices du destin, se dessinait dans son esprit.

Quand elle eut fini, lady Sayle sourit et lui prit la main.

– Mon petit-fils a une grande capacité d'amour, mais vous aurez besoin de beaucoup de patience avec lui. Donnez-lui le temps de s'habituer aux sentiments qu'il ressent pour vous. Ne renoncez pas trop facilement, et soyez sûre que vous serez surprise par le résultat...

Après son départ, Tessa ne put trouver le sommeil. Elle se tournait et se retournait dans son lit. La vieille dame se trompait. Ross n'éprouvait rien pour elle. Il aimait toujours Cassie et il ne surmonterait jamais le chagrin de l'avoir perdue.

Les pensées de lady Sayle étaient toujours occupées par Tessa quand elle retourna au salon. George Naseby sirotait un verre de porto en l'attendant. Les autres membres de la maisonnée avaient regagné leurs chambres. Il se retourna à son entrée et le regard qu'il lui lança lui réchauffa le cœur, comme d'habitude. Il avait été le grand amour de son existence. Quand la vie les avait séparés, son cœur s'était brisé, et celui du colonel aussi. Mais les cœurs guérissent. Ils avaient survécu. Et maintenant, presque cinquante ans après, ils s'accommodaient fort bien d'être les meilleurs amis du monde.

– Vous semblez avoir traversé l'épreuve sans trop de difficulté, remarqua-t-il avec un petit rire.

Elle prit le fauteuil de l'autre côté de la cheminée.

– Je n'ai rien traversé du tout, Tessa était mieux informée que la plupart des jeunes filles anglaises. N'oubliez pas qu'elle a passé deux ans en France.

– Alors qu'y a-t-il, Emily ? Pourquoi faites-vous cette mine ?

– Les mariages, dit-elle. Ils me rendent toujours triste. Mais cela n'a rien d'étonnant, n'est-ce pas ? Mon mariage fut le jour le plus sinistre de ma vie. Combien de temps m'avez-vous détestée, George, après que j'ai dû épouser Sayle ?

Il posa son verre et vint s'asseoir sur le bras du fauteuil de la vieille dame.

– Je n'ai jamais pu vous détester longtemps, Emily. Je savais que vos parents vous avaient forcée à l'épouser. Vous étiez une héritière, et je n'avais pas de brillant avenir devant moi. Le problème, c'est que nous étions trop jeunes pour comprendre comment fonctionnait notre monde.

– Nous pensions que l'amour pouvait tout conquérir.

Il déposa un baiser sur son front.

– Je suis contente que vous ayez eu d'heureuses années auprès de Margaret, reprit-elle.

– C'était une bonne épouse. Mais je ne vous ai jamais oubliée, Emily.

– Moi non plus !

Il y eut un long silence, puis le colonel demanda :

– Cela a été toute une affaire quand les tuteurs de la jeune fille sont arrivés ici à l'improviste, n'est-ce pas ?

Elle acquiesça.

– Ils voulaient s'approprier la fortune de Tessa.

– On dit à mon club que les Beasley vont essayer de vous créer des ennuis.

– Après-demain, il sera trop tard.

– C'est vrai !

Elle fronça les sourcils.

– Vous savez, George, Ross n'épouse pas Tessa pour sa fortune.

– En êtes-vous bien sûre ? s'enquit-il avec un regard ironique.

– Il l'aime, insista-t-elle. Mais il ne s'en est pas encore rendu compte, c'est tout !

Le colonel éclata de rire.

– Vous n'avez pas changé, Emily. Vous êtes toujours une incorrigible romantique !

Un sentiment d'épouvante étreignit Tessa quand elle se réveilla le matin de son mariage. Mais avant qu'elle ne puisse ruminer cette angoisse, la femme de chambre entra avec son chocolat. Les yeux de Jenny brillaient d'excitation, et elle se mit à bavarder joyeusement en ouvrant les rideaux et en apportant la tenue de sa maîtresse.

Les lignes de sa robe étaient presque strictes : une taille haute, un décolleté arrondi et des manches longues. Mais elle était entièrement rebrodée au fil d'or, ce qui la rendait exceptionnelle. Tous les points dont Tessa n'avait jamais pu retenir le nom formaient une guirlande de roses qui soulignait le corsage et qui s'évasait ensuite le long de la jupe.

La jeune fille sentit son cœur se serrer douloureusement. La robe avait beau être ravissante, tout ce qui fait du mariage un jour unique manquait au rendez-vous. Et surtout l'amour !

Elle réprima un frisson et se prépara à affronter la journée. Tout se passerait bien. Et de toute façon, il n'y avait pas d'autre solution pour échapper aux Beasley...

A peine eut-elle fini de s'habiller que Sally entra. Elle aussi portait une robe de mousseline blanche, presque similaire à celle de Tessa, mais sans les broderies. Elle avait un bouquet de roses rouges à la main.

– C'est pour toi, de la part de Ross. L'heure est venue, Tessa ! lança-t-elle en riant. Si tu ne descends pas, Ross va avoir une attaque. Il est prêt depuis longtemps, et je n'ai jamais vu un marié aussi inquiet !

Tout cela était une comédie. Elle ne devait jamais l'oublier.

– Tessa, reprit Sally, un peu soucieuse. Tu n'as pas changé d'avis, au moins ?

Ces mots atteignirent la jeune fille en plein cœur. Levant les yeux, elle croisa le regard attentif de Sally.

– Changé d'avis ? répéta-t-elle d'une voix altérée.

– Parce que si c'était le cas, il ne faudrait pas hésiter. Le mariage peut encore être annulé. Tu n'as rien à craindre, tu sais. Je resterai près de toi. Personne ne peut t'obliger à faire quelque chose que tu ne désires pas.

Tessa aurait voulu se jeter dans ses bras et tout lui confesser. Jamais elle n'avait eu une aussi fidèle amie. Elle était sur le point de passer aux aveux, quand la voix de Julian résonna de l'autre côté de la porte. C'était trop tard.

– Nous arrivons ! répondit Sally. Eh bien, Tessa ?...

Celle-ci rassembla son courage.

– Je n'arrive pas encore à croire à mon bonheur.

L'expression inquiète de Sally s'évanouit.

– Ross raconte qu'il a tout de suite compris que tu tenais à lui, et je dois dire que j'ai très vite commencé à soupçonner la vérité. C'est d'ailleurs ce que nous avons tous fait.

La jeune fille plaqua un sourire radieux sur son visage.

– Ne faisons pas attendre le marié !

Et avant que Sally ne lui fasse subir un nouvel examen, elle quitta la pièce.

Quand elle entra dans la bibliothèque, Ross s'avança à sa rencontre. Tessa ne lui trouva pas un air anxieux, bien au contraire. Une lueur malicieuse brillait dans ses yeux.

La prenant par le poignet, il l'emmena dans un coin.

– J'ai quelque chose pour vous, annonça-t-il.

Elle poussa une exclamation de surprise lorsqu'il sortit de sa poche la broche que son grand-père lui avait donnée. Il avait fait entourer la rose rouge de feuilles d'or serties d'émeraudes. Il l'épingla sur son corsage.

– Ma rose anglaise, chuchota-t-il à son oreille. Ravissante à regarder, mais attention aux épines ! Ne prenez pas cet air, Tessa. Rappelez-vous que vous êtes une mariée comblée et que c'est le plus beau jour de votre vie.

Sa remarque l'incita à se secouer. Un sourire radieux illumina son visage, et elle salua les quelques personnes qui se tenaient autour du prêtre vêtu de noir. La douairière, Julian, Sally et Desmond étaient les seuls à assister au mariage.

Ross lui tendit le bras et elle passa docilement la

main sous son coude. Ses yeux glissèrent sur elle et il murmura :

– N'en faites quand même pas trop !

Elle réprima un mouvement de colère.

– Vous êtes un mufle, lord Sayle, susurra-t-elle sans bouger les lèvres, puis elle tourna la tête et lui adressa un sourire attendrissant. C'est mieux ainsi ?

– Vous êtes très convaincante. Etes-vous sûre de jouer un rôle, Tessa ? Ne seriez-vous pas, par hasard, tombée amoureuse de moi ?

Elle se mordit la lèvre.

– Ai-je l'air d'une folle ? se moqua-t-elle. Bien. Pourrions-nous en terminer au plus vite ?

– Etes-vous donc si impatiente ?

– Je voudrais reprendre le livre que j'étais en train de lire.

Ils échangèrent un sourire heureux, pour le plus grand plaisir de l'assistance. Ross laissa échapper un soupir. En entrant dans la pièce, elle ressemblait à une biche aux abois et il avait eu peur qu'elle ne refuse de poursuivre la plaisanterie. Mais heureusement, elle avait repris le dessus.

Elle était ravissante avec ses cheveux dorés relevés en un chignon lâche. Ravissante et désirable. Très désirable...

Il couvrit sa main de la sienne et la serra tout doucement. Elle leva les yeux avec étonnement.

– Faites-moi confiance, souffla-t-il. Tout ira bien.

La réception un peu plus tard fut moins pénible que Tessa ne le craignait.

Comme la soirée s'avançait, peut-être à cause du champagne, elle commença à apprécier le rôle qu'elle jouait. Elle lisait l'envie dans le regard des autres femmes. Elle avait soufflé le meilleur parti d'Angleterre, et elles tentaient toutes de comprendre ce qui l'avait séduit en elle.

Et l'attitude de Ross ne faisait que renforcer l'illusion. Même quand il discutait avec ses invités, il la quittait rarement des yeux. De temps à autre, il levait son verre en un hommage silencieux et elle lui répondait de même. Lorsqu'il dansait avec elle, il soulignait leur intimité par certains petits gestes, presque anodins mais pleins de tendresse.

C'était un jeu, se persuadait-elle, comme ceux auxquels elle jouait enfant quand on l'enfermait dans sa chambre pour la punir. Et qui devenaient plus réels que la réalité, au point qu'elle ne voulait plus que la punition se termine...

Vers la fin du bal, cependant, elle tomba de son nuage car Amanda Chalmers fit son apparition en compagnie de son cousin Bertram Gibbon. Devant la méchanceté qui brillait dans son regard, Tessa ne put réprimer un geste de recul. Elle bégaya quelques mots inaudibles et chercha son mari du regard.

Si elle avait jamais douté du rôle de la jeune femme dans la vie de Ross, les choses devenaient maintenant claires. Le silence tomba sur les invités qui se trouvaient autour d'elle et quelqu'un rit nerveusement. Julian et Sally s'arrêtèrent de danser et tentèrent de se frayer un chemin dans sa direction. Plus loin, Ross discutait avec Desmond et un autre homme qu'elle ne connaissait pas. Levant les yeux, il aperçut Amanda. Il abandonna brutalement ses compagnons pour s'approcher.

Comme surgi de nulle part, Larry apparut derrière elle. Le vicomte était la dernière personne qu'elle imaginait venir à sa rescousse. Mécontent de ne pas avoir été invité à la cérémonie religieuse, il avait boudé pendant toute la soirée.

– Amanda ! Bertram ! s'exclama-t-il. N'est-ce pas extraordinaire ! jeta-t-il en passant un bras réconfortant autour de la taille de Tessa. Mon rusé beau-frère a déniché une héritière, et ravissante par-dessus le marché ! Je voudrais bien savoir comment il a fait.

Il baissa les yeux sur Tessa et son sourire disparut.

– Vous allez bien ?

Elle avait une boule dans la gorge et, même à ses propres oreilles, sa voix lui parut étrange.

– Je me sens tout étourdie. Je ne sais pas ce qui m'arrive.

– C'est probablement le champagne, déclara Larry en souriant et il enleva la coupe de ses doigts tremblants.

Ross arriva à cet instant. Il la pressa contre lui.

– Que se passe-t-il, Tessa ?

– Je crois que lady Sayle se trouve mal, annonça Bertram Gibbon qui la surveillait à travers son lorgnon.

Visiblement, l'opinion générale était qu'elle avait bu trop de champagne. Peut-être était-ce le cas, pourtant elle ne se sentait pas le moins du monde éméchée. Elle souffrait plutôt des effets d'un retour brutal à la réalité.

– Je me sens très bien, dit-elle, et elle eut un hoquet.

Dominant les rires qui s'ensuivirent, elle entendit la marquise douairière déclarer :

– Je crois que tu devrais monter avec Tessa, Ross. Je vais m'occuper de lui faire porter du café et des sandwichs. J'ai peur que la pauvre enfant n'ait rien avalé de toute la journée.

– Dites au revoir à nos invités, Tessa, murmura Ross.

Elle fit ce qu'il lui demandait, mais ne put se résoudre à regarder Amanda. Pas un seul instant elle n'avait pensé au sort de cette dernière alors qu'elle forçait pratiquement Ross à ce mariage. Elle sentait maintenant la haine de la jeune femme et ne pouvait l'en blâmer. Elle n'avait pourtant voulu blesser personne.

Encadrée par Ross d'un côté et Sally de l'autre, elle quitta la salle de bal. Pour préserver les apparences, on avait déménagé ses affaires dans la chambre adjacente à celle de Ross.

Quand Sally entra, il retint Tessa dans le couloir et ferma doucement la porte.

– Vous pleurez ? murmura-t-il en chassant une larme de ses cils.

– Je suis désolée, dit-elle à voix basse. J'ai tout gâché.

– Non, j'étais très fier de vous ce soir.

Un silence suivit. Sa gorge était douloureuse de toutes les larmes qu'elle retenait.

– Je... je ne suis pas éméchée, vous savez.

– Je n'ai jamais pensé que vous l'étiez.

Son cœur se mit à battre la chamade. Elle tendit la main vers la poignée.

– Tessa ?

Il fixait ses lèvres, et elle éprouva soudain du mal à respirer.

– Qu'y a-t-il ? chuchota-t-elle d'une voix enrouée.

– Vous m'attendrez ?

Puis il déposa un baiser sur ses lèvres et disparut avant qu'elle ne retrouve assez de souffle pour lui répondre.

Julian attendait Sally.

– Trop de champagne ? s'enquit-il quand elle quitta la chambre de Tessa.

– Trop d'émotions dans la même journée. Enfin, elle a avalé les sandwichs et maintenant elle se repose... Julian, que représente Amanda Chalmers pour Ross ? interrogea-t-elle en fronçant les sourcils.

Il lui jeta un rapide coup d'œil.

– Tessa a dit quelque chose ?

– Non. Mais je ne suis pas stupide. Vous vous êtes précipités aux côtés de Tessa quand vous l'avez vue aux prises avec Mme Chalmers.

Lorsqu'ils furent dans l'escalier, hors de portée de voix des valets, Julian expliqua :

– Amanda a été la maîtresse de Ross, et elle espérait bien devenir sa femme.

– Mais... elle est veuve et riche. Pourquoi donc dans ce cas espérer devenir la maîtresse de qui que ce soit ?

– Devinez ! fit-il avec un petit sourire.

– Quand vous prenez cette expression, je sais que le prochain mot de la conversation sera « copulation » ou quelque chose de ce genre, lança-t-elle avec humeur.

– C'est un mot complètement démodé, ma chère. Je pensais à « sexe ».

– Je suis vieux jeu.

– Et les filles « vieux jeu » ne sont pas intéressées par le sexe ?

Sally poussa un soupir exaspéré.

– Pas particulièrement !

– Je pourrais vous faire changer d'avis.

Elle plissa les yeux.

– Je n'ai pas du tout envie de devenir l'une de vos maîtresses.

– Sally, je n'essaie pas de vous mettre dans mon lit. Tout ce qui m'intéresse, c'est de flirter gentiment avec vous. Il me semble que je mérite une petite récompense après tout ce que j'ai abandonné pour jouer les gardes du corps auprès de Tessa.

Elle fit une grimace.

– Vous faites allusion à vos danseuses d'opéra et à vos actrices, j'imagine ?

– Et à la Dolce Deluca.

– Est-ce cette femme qui se promène en ville dans cette horrible voiture avec des banquettes décorées de satin rose et tirée par de grands chevaux blancs ?

– Les chevaux sont gris pommelé. Je suis bien placé pour le savoir ; ils m'ont coûté assez cher. Et vous auriez intérêt à prendre une autre expression, si nous voulons convaincre tout le monde que c'est pour vous que je fréquente aussi assidûment Sayle House... Voulez-vous faire un tour dans la galerie pour admirer les tableaux, avant de retourner dans la salle de bal ?

Une fois dans la galerie, ils s'arrêtèrent devant le portrait d'une dame en costume élisabéthain. D'autres couples se promenaient comme eux.

– Souriez, Sally ! chuchota Julian. On nous observe.

Elle leva son visage vers lui, sourit en battant des cils, mais dès qu'elle tourna son regard vers les tableaux, son sourire s'évanouit.

– Cela ne marchera pas, souffla-t-elle. Qui pourrait penser qu'un dandy comme vous fait la cour à une...

– ... une femme aussi peu intéressée par les frivolités que vous, termina-t-il à sa place.

– Une fille de pasteur, rectifia-t-elle d'un ton acerbe.

– Oh, pourquoi pas ? Tout le monde sait que je suis attiré par l'insolite. Regardez la Deluca. Elle n'est pas particulièrement jolie. Son talent est ailleurs... Et puis, comment expliquer pourquoi je ne quitte pas Tessa d'une semelle quand Ross n'est pas là ? Vous et moi sommes condamnés à être ensemble, il vaut mieux nous faire une raison.

– Pourquoi ne donnez-vous pas la même explication que Desmond à sa présence ici ?

– Qu'est-ce que Ross et Desmond sont supposés faire, déjà ? J'ai oublié !

– Ils élaborent ensemble un plan pour le maintien de l'ordre dans les villes d'Angleterre, un plan qu'ils présenteront au ministre de l'Intérieur. Et ils ne font pas semblant. Ils y travaillent vraiment.

– Personne ne croira que je m'intéresse à ce genre de chose. Mais coureur de jupons, c'est une autre affaire !

– La vie est un jeu pour vous, n'est-ce pas, Julian ?

– Pas entièrement. Mais il faut aussi profiter de la vie, non ?... Ne vous retournez surtout pas ! Mme Abigail Shortreed vient d'entrer au bras de son fiancé, le vieux major Je-ne-sais-quoi. Ce sont les langues les mieux pendues de Londres. Je vais vous embrasser, Sally, et si vous me repoussez, toute la ville saura que nous avons rompu et cela mettra fin à mes visites ici. Ce n'est pas cela que vous voulez, n'est-ce pas ?

Il l'attira dans ses bras sans lui laisser le temps de protester. Quand il la relâcha, elle haletait comme si elle avait escaladé plusieurs volées de marches.

– C'était uniquement une question de devoir, Sally, dit-il malicieusement.

Elle prit le bras qu'il lui offrait et ne put s'empêcher de rougir en passant devant Mme Shortreed et le major Blake.

15

Tessa se tenait devant la fenêtre qui donnait sur la cour et regardait le flot des voitures quitter Sayle House. Le bal était terminé. Elle avait entendu lady Sayle et Sally passer devant sa porte quelques instants plus tôt. Il fallait vraiment qu'elle se déshabille et qu'elle se couche.

Vous m'attendrez ?

Peut-être désirait-il discuter de quelque problème ? Peut-être s'agissait-il de Mme Chalmers ? Elle pouvait difficilement s'opposer à ce qu'il garde sa maîtresse...

Elle frôla ses lèvres du doigt en essayant de se rappeler la pression de sa bouche sur la sienne. Elle ne savait plus ce qu'elle ressentait, ni ce qu'elle pensait d'ailleurs.

On frappa à la porte. Elle sursauta et attendit quelques instants afin de reprendre contenance, puis alla ouvrir.

– Cette lettre est arrivée pour vous, milady, annonça un valet.

– Une lettre ? A cette heure de la nuit ?

Elle prit la missive sur le plateau d'argent que lui tendait le valet.

– Quelqu'un l'a déposée.

La lettre ne l'intéressait pas vraiment.

– Est-ce que Mon... Monsieur est déjà monté ?

– Je crois qu'il est dans la bibliothèque, milady.

Elle acquiesça d'un signe de tête avant de refermer la porte. Elle ignorait qui pouvait bien lui écrire à cette heure de la nuit, mais comme elle n'avait rien de mieux à faire en attendant Ross, elle s'assit à côté de la chandelle, brisa le sceau et déroula la missive.

Il n'y avait pas de date, pas de formule de politesse, pas de signature. Elle parcourut rapidement le message et se mit à trembler de tout son corps.

C'est merveilleux que tu sois de retour. Je dois te parler de Becky Fallon. Tu sais où me trouver.

C'était une plaisanterie, bien entendu, une plaisanterie de mauvais goût. Mais elle détestait se rappeler la nuit où Becky s'était noyée. Tout le monde avait toujours pensé qu'elle avait quelque chose à cacher. Ce qui était faux.

Elle relut la lettre plusieurs fois en cherchant désespérément qui avait bien pu écrire cela. Qui savait qu'elle avait fréquenté l'école de miss Oliphant ?

Sally. Et Sally évoquait toujours le sujet de Fleetwood Hall. La dernière fois qu'elles l'avaient abordé, Tessa avait parlé de Nane Roberts, et son amie s'était montrée étrangement curieuse à son sujet.

Elle relut la lettre. Sally n'aurait jamais écrit une chose pareille. Et Nane ?... Cela faisait si longtemps. Pourtant, il y avait une chose qu'elle n'avait pas oubliée : Nane se transformait en véritable petit monstre quand il s'agissait de jouer des tours.

Mais elle n'avait aucune idée de l'endroit où trouver Nane.

A Fleetwood Hall, elles étaient devenues amies simplement parce qu'elles étaient arrivées toutes les deux en milieu de trimestre. On les laissait toujours de côté et elles faisaient semblant de ne pas s'en apercevoir. Elles avaient fini par commettre des tas de bêtises, uniquement pour ennuyer les autres.

C'était une attitude qu'elle avait adoptée ensuite dans toutes les écoles où elle était allée...

Plus elle y réfléchissait, plus elle était convaincue que Nane était l'auteur du message. Elles s'étaient perdues de vue, mais sa camarade avait dû lire l'annonce de son mariage dans la presse.

Elle allait montrer la lettre à Ross. Il saurait ce qu'il fallait faire. Il n'y avait aucune raison de s'angoisser pour une plaisanterie aussi stupide.

Elle se leva et, quittant sa chambre, se rendit à la bibliothèque.

Après avoir laissé Tessa avec Sally, Ross regagna la salle de bal. Il avait une tâche désagréable à accomplir. Et plus tôt ce serait terminé, mieux cela vaudrait...

Il tenta d'abord de repérer son beau-frère. Larry discutait avec un groupe d'amis et il sursauta quand Ross lui toucha le coude.

– Qu'est-il arrivé à Tessa ? demanda Ross lorsqu'ils furent hors de portée de voix des autres. Mme Chalmers lui a-t-elle dit quelque chose ?

– Pas que je sache, répondit Larry avec humeur. En voyant le visage de Tessa, j'ai compris que quelque chose n'allait pas.

– Je vois. Merci de t'être occupé d'elle.

– Tes remerciements ne sont pas nécessaires. Je ne l'ai pas fait pour toi, mais pour Tessa.

– Cela revient au même. Je te suis reconnaissant. Ecoute, Larry, je sais que tu es furieux de n'avoir pas été invité à la cérémonie...

– Pourquoi serais-je furieux ? Je ne suis rien pour toi. Je ne fais pas partie de la famille.

– Ce n'était pas un mariage habituel où l'on envoie des invitations, reprit Ross d'une voix calme. Excuse-moi.

Larry ne se détendit pas pour autant.

– Est-ce tout ?

– Que pourrais-je ajouter ?

– Rien. Tout a été dit !

Et Larry s'éloigna d'un pas nonchalant.

Ross n'eut pas le temps de s'appesantir sur les sentiments de son beau-frère. Les invités commençaient à faire appeler leurs voitures. Il hâta la fin du bal en remerciant l'orchestre et en donnant la consigne de ne plus servir de champagne.

Amanda et son cousin furent parmi les derniers à s'en aller, et Ross put arranger discrètement un rendez-vous avec son ex-maîtresse. Quelques minutes plus tard, il se glissa dans la bibliothèque. Elle l'y attendait avec deux flûtes et une bouteille de champagne.

L'excitation brillait dans ses yeux verts. Elle était ravissante, bien entendu, et habillée d'une robe verte qui soulignait l'ébène de ses cheveux et la finesse de sa taille. Ravissante, élégante et sûre d'elle. Si différente de Tessa. Cette pensée le fit sourire.

Amanda sentit que l'esprit de Ross était ailleurs. Elle eut un rire provocant.

– J'ai renvoyé Bertram chez lui dans ma voiture, murmura-t-elle.

Il ne pouvait manquer de saisir l'allusion. Il en fut contrarié, car cela montrait qu'elle n'avait rien compris. Tout cela était sa faute. Ne s'était-il pas présenté à sa porte en plein milieu de la nuit ? Que pouvait-elle penser, sinon qu'il voulait reprendre leur liaison ?

En fait, il n'avait pu lui faire l'amour cette nuit-là car il pensait à Tessa. C'était elle qu'il désirait, et aucune autre femme ne pouvait la remplacer.

Il refusa la coupe de champagne qu'elle lui offrait et alla se placer devant la cheminée. Il ne l'invita même pas à s'asseoir. Il voulait en finir au plus vite.

– Je vous dois des excuses, déclara-t-il. J'aurais dû vous dire clairement il y a plusieurs mois que notre relation devait prendre fin. Certaines raisons m'ont empêché de vous parler de mon mariage, raisons qui n'ont plus lieu d'être, maintenant. J'espère que vous me pardonnerez.

Elle battit des cils et baissa les paupières. Quand elle les releva, ses yeux brillaient de larmes contenues. Elle porta la main à sa gorge.

– Ross, je ne sais pas quoi vous dire ! Je n'ai jamais eu l'intention de m'interposer entre votre femme et vous. J'ai pensé... commença-t-elle, et elle haussa les épaules d'un air impuissant. J'ai pensé que vous épousiez cette enfant pour lui donner un foyer, et que cela ne ferait aucune différence entre nous.

– Cela fait une grande différence, corrigea-t-il. Et c'est ce que je voulais vous dire.

Elle détourna les yeux.

– Oh, je sais que vous ne m'avez jamais aimée, pas de la manière dont je vous aimais, mais j'aurais juré que vous éprouviez de l'affection pour moi.

Il l'avait blessée, vraiment blessée, et cela l'étonna. Il se sentit coupable.

– Je ne sais comment vous dire combien je suis désolé, fit-il avec sincérité. Je me suis conduit comme un vaurien.

– Mais non, Ross ! protesta-t-elle en s'avançant vers lui. C'est moi qui me suis conduite comme une idiote. Oh, je n'ai jamais espéré que vous m'épouseriez, ou quelque chose de ce genre. Cela m'était égal, dans la mesure où vous me laissiez une petite part dans votre vie. J'aurais dû comprendre. Votre femme est ravissante, Ross. Elle a la jeunesse et l'innocence pour elle. J'espère que vous serez heureux ensemble. Je l'espère sincèrement.

– Vous êtes très généreuse, Amanda.

Elle lui jeta un regard où brillait toute la détresse du monde.

– J'espère que nous resterons amis ?

– Cela va sans dire.

– Et... et que vous me rendrez visite de temps à autre ?

Il y eut un silence.

– Ce serait maladroit, rétorqua-t-il au bout d'un moment.

– Vous pensez à votre femme, évidemment. Mais je ne l'exclus pas. Il faut emmener lady Sayle à mon prochain salon. M. Fox sera là, et cela risque d'être une soirée intéressante. Oh, suis-je bête ! s'exclama-t-elle. Comme si une jeune fille pouvait s'intéresser à ce que disent les gens mûrs.

Ah, cela ressemblait davantage à l'Amanda qu'il connaissait ! Bien qu'elle fût voilée, il décela la malveillance dans sa remarque. Tessa était trop jeune, trop immature pour lui. Mais Amanda avait tort.

C'est vrai que Tessa se comportait parfois comme une enfant, mais elle ne se montrait jamais infantile. Elle posait sur le monde un regard juste.

La jeune femme le jaugeait entre ses cils.

– Non, pas un de mes ennuyeux salons littéraires ! Une soirée ! Voilà ce qu'il nous faut ! Et je me débrouillerai pour inviter des jeunes gens de son âge.

Il fallait mettre fin à ce petit tête-à-tête.

– Avez-vous parlé à Tessa dans la salle de bal ? s'enquit-il abruptement.

La tristesse voila ses yeux.

– Auriez-vous si mauvaise opinion de moi pour imaginer que je puisse délibérément blesser une jeune fille innocente ? Je risquerais juste de m'attirer votre inimitié, et cela je ne pourrais pas le supporter, après ce que nous avons été l'un pour l'autre.

Il se sentit irrité de l'entendre parler comme s'ils avaient vécu une grande passion, alors qu'il avait passé quelques nuits dans son lit, un point c'est tout.

– J'espère que je peux compter sur votre discrétion sur quelque chose qui me touche de si près, déclara-t-il.

C'était une menace, et elle le comprit tout de suite. Un sourire incertain joua sur ses lèvres.

– Vous devez l'aimer beaucoup.

Il inclina la tête et elle haussa les sourcils.

– Ma voiture va vous ramener chez vous, dit-il.

Elle tendit les deux mains. Et il n'eut d'autre choix que de les prendre et de les porter à ses lèvres. Elle poussa un soupir tremblant et, avant qu'il ne puisse l'en empêcher, l'embrassa sur la bouche.

Soudain elle se recula et poussa un cri de surprise, en fixant un point derrière son épaule. Il se tourna rapidement et vit Tessa s'enfuir.

– La pauvre petite ! gémit Amanda. Oh, je vais aller la voir pour tout lui expliquer...

– Ne soyez pas ridicule ! siffla Ross.

Il s'arracha à son étreinte et se précipita vers la porte.

– Mais, Ross ! cria-t-elle. Vous ne pouvez m'abandonner ainsi ! Demandez à votre cocher de me reconduire, s'il vous plaît.

Cela ne lui prit qu'un instant, et il monta ensuite les escaliers quatre à quatre.

Tessa courut à sa chambre et ferma rapidement la porte à clé. A la réflexion, cela lui parut lâche, et elle fit tourner la clé dans la serrure, puis recula aussi loin que possible. La lettre ne formait plus qu'une petite boule dans sa main. Cela n'avait plus d'importance, maintenant. Plus rien n'avait d'importance. La jetant de côté, elle fixa le battant.

Qu'est-ce qui le retardait donc ?

Quelle question stupide ! Il n'avait pas l'intention de la poursuivre. Et elle pouvait aussi bien s'enfermer à double tour...

Elle tendait la main vers la clé quand il entra par la porte qui communiquait avec sa chambre. La jeune fille lui fit face.

Ross vit aussitôt qu'elle était furieuse. Il ne voulait surtout pas la provoquer.

– Tessa, ce n'est pas ce que vous pensez, annonça-t-il gentiment.

– Vous n'avez pas à me donner d'explications ! Larry m'avait prévenue au sujet de Mme Chalmers. Ainsi, vous voyez, vous n'avez pas d'excuses à me faire.

Il fronça les sourcils.

– Oh, Larry vous a prévenue, hein ? Et que vous a exactement dit mon cher beau-frère ?

– Que Mme Chalmers est votre maîtresse.

– Etait ! Elle *était* ma maîtresse, et c'était il y a plusieurs mois, avant même que je vous rencontre.

– Je ne vous accuse pas, articula-t-elle, fière de réussir à garder son calme. Je vous ai promis de ne pas intervenir dans votre vie et j'ai bien l'intention de respecter ma parole. Vous ne vous apercevrez même pas que je suis là.

Il faillit éclater de rire. Ne pas s'apercevoir qu'elle était là ? Mais il en était bien incapable, et c'est ainsi que tous ses ennuis avaient commencé.

– Cela vous est égal que je prenne une maîtresse ? demanda-t-il sur un ton bizarre.

Une boule s'était formée dans sa gorge, et elle avala péniblement.

– Oui. Non. Oh, enfin, vous voyez ce que je veux dire... C'est un mariage de convenance. Je ne suis pas vraiment votre femme, aussi ne peut-on appliquer à cette union les mêmes règles qu'à un mariage habituel.

– C'est là où vous avez tort. On peut appliquer les mêmes règles. Je ne ferai jamais honte à ma femme en prenant une maîtresse. Vous comprenez ?

– Mais notre cas est différent.

– Pas pour moi. Pas aussi longtemps que vous serez ma femme.

Elle releva le menton.

– Je vois. Alors plus vite je retournerai en France, plus vite vous pourrez retourner dans les bras de Mme Chalmers.

– Ce n'est pas ce que je voulais dire. J'ai fait une erreur avec Amanda, murmura-t-il. J'étais sûr qu'elle avait compris que notre liaison était terminée, mais ce n'était pas le cas. Maintenant, elle l'a compris. C'est pour cela que nous étions ensemble dans la bibliothèque. Le baiser ne signifiait rien.

– Je vois. C'est ce que Paul m'a affirmé quand je l'ai trouvé dans les bras de cette femme.

Lorsqu'il s'avança vers elle, elle prit une inspiration tremblante.

– Je ne suis pas Paul Marmont, dit-il.

Voilà qu'elle l'avait mis en colère, alors qu'elle n'avait aucune envie de se disputer avec lui. Elle désirait juste qu'il s'en aille.

– Mme Chalmers ne m'intéresse pas, déclara-t-elle. Elle n'a rien fait de mal, ni rien dit de déplacé.

– Alors pourquoi aviez-vous l'air si paniquée dans la salle de bal en lui parlant ?

Paniquée. Le mot était juste. Elle avait été terrorisée devant le regard flamboyant dont cette femme l'avait gratifiée. Elle lui avait volé Ross. Aussi s'était-elle sentie coupable. Et aussi jalouse.

Elle avait eu assez d'humiliations. Si cela continuait ainsi, elle risquait de faire quelque chose de stupide, comme de l'assommer avec le tisonnier qui était posé contre la cheminée !

– Ecoutez, dit-elle. C'était le champagne. Je n'y suis pas habituée et je me sentais malade, c'est tout. S'il vous plaît, je suis fatiguée. N'avons-nous pas dit tout ce qui devait être dit ?

Devant son expression fermée, il jura tout bas. Elle était fâchée contre lui.

Terriblement fâchée ! songea-t-il en s'avançant rapidement vers elle. Et il ne voulait cela à aucun prix. Il la prit dans ses bras et l'attira contre lui, puis sa bouche fondit sur la sienne. Le corps de Tessa s'alanguit contre le sien, et elle s'accrocha à lui tandis que son baiser devenait plus exigeant.

Quand il se redressa, elle resta immobile à le fixer, le souffle coupé. Il attendit un moment qu'elle ait repris une respiration régulière.

– Maintenant, je peux vous laisser, dit-il.

Tout étourdie, elle le regarda s'éloigner pour regagner sa propre chambre. Avant de passer le seuil, il se retourna.

– Pourquoi êtes-vous allée à la bibliothèque, tout à l'heure ?

C'est son sourire satisfait qui lui fit brutalement reprendre conscience. Elle releva le menton.

– Je ne pouvais pas dormir. J'ai pensé que si je lisais un moment, cela m'aiderait.

– Personne ne vous a dit que j'étais là avec Amanda ?

– La jalousie n'avait rien à voir là-dedans, si c'est ce que vous insinuez.

– C'était seulement une idée qui m'a traversé l'esprit... Faites de beaux rêves, Tessa.

Lorsque la porte se referma doucement, elle poussa un soupir. Pourquoi réussissait-il si bien à l'embarrasser ? Elle ramassa la lettre chiffonnée et la lança dans le feu sans même y accorder une pensée. Puis elle tira distraitement la sonnette pour appeler sa femme de chambre.

Jenny entra et quand elle remarqua l'expression de sa maîtresse, son sourire s'évanouit.

– Que se passe-t-il, milady ? s'enquit-elle d'une voix inquiète.

Tessa pressa une main sur ses yeux.

– C'est à cause du champagne, murmura-t-elle. A cause du champagne...

Et elle arrivait presque à s'en persuader.

Amanda Chalmers garda un sourire de façade jusqu'à ce qu'elle ait regagné l'intimité de son boudoir. Son cousin n'était pas là et elle n'en fut pas étonnée. Bertram avait supposé que ce soir, elle partagerait le lit du marquis de Sayle.

Les événements auraient dû suivre un tout autre cours. Elle avait voulu jouer avec Ross comme un chat avec une souris. Elle l'aurait ensuite humilié publiquement, comme il venait de le faire en l'abandonnant pour une gamine de rien du tout. Rien d'autre ne pouvait satisfaire sa soif de vengeance. Il avait inversé les rôles. Mais elle n'avait pas dit son dernier mot !

Elle leva la main pour balayer d'un revers les pots et les flacons posés sur sa coiffeuse, mais se retint à la dernière seconde. Cela ne servirait qu'à attirer les domestiques. Personne ne devait pouvoir dire qu'Amanda Chalmers s'était mise dans une colère noire parce que Ross Trevenan lui avait préféré une pimbêche immature !

Elle n'avait pas ressenti une telle humiliation depuis son adolescence, à Henley. Son père faisait partie de la noblesse provinciale, mais il n'était pas riche et n'avait pas de titre. Elle était tombée amoureuse de Jack Fenton, l'héritier du plus grand domaine de la région, et lui aussi était amoureux d'elle, du moins c'est ce qu'il prétendait. Pourtant, au cours du bal du nouvel an à Henley House, on avait annoncé ses fiançailles avec la fille de lord Melrose.

Cela lui avait ouvert les yeux sur le monde. Elle avait découvert qu'il existait deux catégories de personnes, les acteurs et les spectateurs, et elle savait dans quelle catégorie elle voulait se ranger. En rencontrant Freddie Chalmers, elle n'avait pas hésité. Il était fiancé à une autre femme, mais cela ne l'avait pas détournée de son projet. Et elle avait eu sa revanche sur Jack Fenton. Henley House lui appartenait maintenant, achetée pour une bouchée de pain après que Jack eut dilapidé sa fortune et celle de sa femme au jeu.

Elle avait partagé ce triomphe avec Bertram. Personne ne la comprenait mieux que lui.

Ross Trevenan était un autre Jack Fenton, mais elle n'était plus la fille crédule qu'elle avait été à l'époque.

Elle songea à Tessa et des larmes de rage lui vinrent aux yeux. Elle aurait dû comprendre quand Bertram lui avait rapporté les propos qui circulaient à son club. Le marquis de Sayle avait perdu la tête pour cette fille. Il lui avait commandé un trousseau de reine, ses pelisses étaient doublées de vison et les bijoux des Sayle avaient été entièrement remontés en son honneur. Elle avait vu les diamants qui brillaient à son cou en entrant dans la salle de bal, et elle avait eu envie de lui arracher les yeux.

Il s'était moqué d'elle. Il lui avait fait croire qu'il était prêt à reprendre leur liaison et elle s'était vantée auprès de ses amis d'avoir le marquis dans sa poche.

Il allait le payer. Elle ne serait satisfaite que lorsqu'il ramperait devant elle. La seule question qui lui restait à régler, c'était de savoir comment y parvenir !

16

Tout le monde était au salon quand Tessa y pénétra à son tour. Sally jouait du piano, la douairière brodait sur son tambour, Desmond et Julian faisaient une partie d'échecs et Ross lisait. Elle avait emporté son livre et, sans déranger les autres, elle s'installa sur un siège près du feu et se plongea dans sa lecture.

Elle était heureuse de pouvoir passer enfin une soirée tranquille à la maison. Quand elle sortait dans le monde, les gens étaient suspendus à ses lèvres et la dévoraient des yeux. Ils la fêtaient uniquement parce qu'elle était la marquise de Sayle, mais elle n'attachait aucune importance à leur opinion. Les seules personnes qui comptaient pour elle, c'étaient celles qui étaient réunies dans cette pièce, et elle était désespérée à l'idée de leur déception lorsqu'ils apprendraient la vérité sur sa fausse union avec Ross.

Ce mariage était une mascarade, et Ross se souciait beaucoup plus qu'elle de le rendre crédible. En fait, il semblait ravi de la mettre dans l'embarras en accumulant les marques d'attention à son égard. Parfois, elle se sentait même terriblement mortifiée. Il entrait à l'improviste chez elle, alors que sa femme de chambre était en train de l'habiller pour sortir, et il restait là à l'observer en bavardant. Quand elle lui en avait fait le reproche et demandé que la porte de communication entre leurs deux chambres soit fermée à clé, il avait protesté que les domestiques ne comprendraient pas. D'ailleurs, pour quelqu'un qui avait traversé la Manche avec une bande de contrebandiers comme chaperons, elle faisait selon lui beaucoup de bruit pour pas grand-chose !

Heureusement, Noël se rapprochait et beaucoup de familles étaient retournées sur leurs terres, aussi leur cercle d'amis s'était-il considérablement réduit. Ils assistaient à quelques concerts et parfois à un bal, mais cela n'avait rien à voir avec la ronde incessante des soirées en pleine saison. C'était pour elle un gros effort de se rappeler qu'elle devait sourire chaque fois que Ross prenait des libertés avec elle en public.

C'était la pensée de son grand-père qui la désespérait le plus. Ross lui avait écrit pour lui faire part de leur mariage. Alexandre avait envoyé une réponse chaleureuse où il se félicitait d'avoir deviné depuis le début que cela finirait ainsi. Chaque mot enfonçait un poignard dans son cœur, et elle était terrifiée à l'idée de la peine que lui ferait la nouvelle de leur divorce.

Et plus le temps passait, plus elle s'empêtrait dans son mensonge. La douairière lui avait passé les rênes de la maison. Il ne pouvait y avoir qu'une maîtresse, avait-elle affirmé. Aussi Tessa établissait-elle maintenant elle-même les menus. Elle surveillait les comptes et commandait les provisions qui venaient deux fois par semaine de Greenways, la propriété de Ross. Le plus étrange était qu'elle se sentait parfaitement à l'aise dans cette tâche.

La douairière lui manquerait, quand elle quitterait Sayle House. Ils lui manqueraient tous, à vrai dire. Elle avait bien essayé de ne pas trop s'attacher à la famille et aux amis de Ross, mais cela s'était révélé impossible.

Il y avait eu une vive discussion quand Ross avait découvert que Larry vendait secrètement l'argenterie de famille. Larry était parti en claquant la porte. Un peu plus tard, elle avait avancé timidement l'idée que Ross devrait laisser davantage d'autonomie à son beau-frère. Son mari lui avait reproché une telle naïveté. Mais elle n'était pas naïve. Elle se retrouvait seulement beaucoup en Larry. En classe, ses professeurs avaient toujours attendu le pire d'elle, et elle s'était fait un point d'honneur à ne pas les décevoir.

Julian était l'un de leurs visiteurs les plus fidèles, et personne n'ignorait ce qui l'attirait à Sayle House. Il s'était pris d'affection pour Sally, mais cette dernière le tenait à distance. Elle avait confié à Tessa qu'elle était loin d'être convaincue que lord Harlow ferait un bon mari, en particulier pour une fille de pasteur, et qu'elle était encore moins sûre de ses propres sentiments à son égard. Tessa suivait cette affaire avec excitation.

Là était le problème. Elle commençait à considérer ses amis comme sa propre famille. Leurs ennuis devenaient ses ennuis, et leurs intérêts ses intérêts. Même Desmond l'avait enthousiasmée pour le projet sur lequel il travaillait avec Ross. C'était tout à fait surprenant, car les histoires de police et de sécurité ne l'avaient jamais intéressée ! Mais la passion de Desmond était contagieuse. Et s'il pouvait s'éprendre de la petite-fille du colonel Naseby, il comblerait ses vœux.

Selon Tessa, Sophie Naseby serait pour lui la femme idéale. Elle était timide, mais ses yeux gris brillaient d'intelligence. Elle était instruite et, sans être un moulin à paroles, elle participait facilement à la conversation.

Elle sursauta quand son livre lui échappa des mains et tomba par terre avec un bruit sec. Après avoir récupéré le volume, elle leva les yeux et croisa le regard de Ross.

– Vous ne semblez pas beaucoup apprécier votre livre, mon amour, commenta-t-il. Que lisez-vous donc ?

Mon amour ! C'était pour les autres, bien entendu. Elle dut regarder le titre du livre qu'elle tenait pour s'en souvenir.

– Une des pièces de M. Sheridan. *L'Ecole de la médisance.*

– C'est supposé être une comédie.

Elle le savait et aurait dû normalement beaucoup s'amuser en le lisant, si elle n'avait pas été aussi distraite.

– Je ne suis pas sûre d'apprécier la manière dont M. Sheridan campe ses caractères féminins, dit-elle sans conviction.

Ross ferma son propre livre.

– Saviez-vous que M. Sheridan s'est inspiré de personnages réels ?

Elle prit un moment pour réfléchir.

– Vous voulez dire que lady Teezle est quelqu'un qu'il connaît ?

– Il s'est inspiré de lady Melbourne. Il y en a d'autres. La duchesse de Devonshire, par exemple. Vous ferez leur connaissance bien assez tôt, quand lady Melbourne ouvrira la saison par un bal. Vous rencontrerez aussi M. Sheridan. Bien entendu, la pièce a été écrite il y a longtemps. Vous ne reconnaîtrez peut-être pas les protagonistes.

– Le croirez-vous, Tessa ? intervint la douairière. Georgina Devonshire et Elizabeth Melbourne sont toujours aussi stupides qu'autrefois !

L'idée de rencontrer les personnages de la pièce

qu'elle lisait séduisait Tessa. Elle se tourna pour le dire à Ross, mais il la regardait avec une telle expression qu'elle ne put prononcer un mot.

Leurs regards se séparèrent quand le valet entra avec le plateau du thé. Peu après, Desmond et Julian partirent chez eux et les dames allèrent se coucher, laissant Ross finir son roman près d'un verre de cognac.

Dès qu'elle fut prête pour la nuit, Tessa congédia sa bonne, s'enveloppa dans une chaude robe de chambre et s'assit devant sa table. Elle avait beaucoup pensé à son grand-père durant les derniers jours, en partie parce que cela faisait un moment qu'elle ne lui avait pas écrit, et en partie parce qu'elle se sentait coupable. Et plus elle attendait pour lui avouer que son mariage était une imposture, plus elle sentait grandir sa culpabilité.

Elle prit sa plume, la trempa dans l'encre et se mit à écrire. Après plusieurs essais, elle constata que ce n'était pas facile. Son attention fut alors détournée par un coup de heurtoir. Elle entendit la voix de Ross, puis la maison retomba dans le silence. Froissant la page qu'elle venait de terminer, elle la jeta et en commença une nouvelle.

Aussi mécontente de cette tentative que des autres, elle posa sa plume, s'enfonça dans son siège et poussa un soupir de frustration.

Juste à cet instant, on frappa à la porte mitoyenne, et Ross entra sans attendre sa réponse. Son visage était sombre, et il avait une lettre à la main.

– J'ai vu la lumière sous votre porte, dit-il.

Elle tressaillit.

– Que se passe-t-il ?

Il s'arrêta à quelques pas d'elle.

– Tessa, murmura-t-il d'une voix douce, vous devez vous préparer à un grand choc. Je viens de recevoir cette lettre. Elle a été envoyée par l'avoué de votre grand-père.

Il marqua une pause avant de poursuivre :

– Alexandre est mort dans son sommeil mardi dernier, des suites d'une pneumonie. Il n'a pas souffert.

Elle sentit tout son sang refluer de son visage, et la pièce se mit à tourner autour d'elle.

– Non ! répondit-elle dans un murmure à peine audible. Ce n'est pas possible...

– Alexandre n'était pas en bonne santé. En fait, il ne voulait pas que vous sachiez combien il était malade.

Ross posa la lettre qu'il tenait, s'accroupit devant elle et lui prit les mains.

– Je suis désolé, Tessa. Je suis si désolé...

Elle scruta son visage, puis poussa un petit cri avant d'enfouir la tête contre son épaule.

– Mardi dernier ! s'exclama-t-elle, et sa voix se brisa. J'assistais à la soirée musicale de lady Uxbridge, alors que mon grand-père était en train de mourir ! (Elle leva les yeux vers Ross.) Je ne peux pas supporter de l'imaginer tout seul, sans personne pour s'occuper de lui sauf des serviteurs. Ô mon Dieu, comment pourrai-je jamais me le pardonner ?

– Il est mort dans son sommeil. Même si vous aviez été là, vous ne vous en seriez pas aperçue.

Elle secoua la tête.

– Mais ses médecins disaient qu'il avait de nombreuses années devant lui ! Je ne l'aurais jamais laissé si j'avais su, ou seulement imaginé que cela pouvait arriver. Jamais je ne l'aurais laissé !

Ses cheveux étaient dénoués et il les caressa tout doucement. Elle tremblait de tous ses membres.

– Ecoutez-moi, Tessa. Alexandre savait que ses jours étaient comptés. Il désirait d'abord et avant tout vous savoir en sécurité. Il ne voulait pas que vous soyez seule en France le jour où il mourrait, et c'est pour cela qu'il m'a demandé de prendre soin de vous. Votre venue ici lui a ôté un grand poids. Et la nouvelle de notre mariage l'a beaucoup réjoui. Vous n'avez rien à vous reprocher, vous comprenez ?

Les larmes coulaient à présent sur ses joues.

– Je me suis amusée tous ces derniers mois, alors que... il a dû... il...

Ross se redressa.

– Vous êtes sous le choc, souffla-t-il. Ne bougez pas. Je vais vous chercher un verre de cognac.

Il s'était écarté de quelques pas quand elle l'appela. Il se retourna et vit qu'elle s'était levée. Elle respirait difficilement et s'appuyait d'une main sur la table.

– Dois je comprendre que vous saviez combien il était malade quand vous m'avez emmenée ici ? Vous saviez que je ne le reverrais jamais ?

Il serra les mâchoires et acquiesça d'une légère inclinaison de la tête.

– Allez au diable ! cria-t-elle. Qui est-ce qui vous a permis de vous immiscer dans mes affaires ? Je n'aurais pas dû laisser mon grand-père, pour rien au monde. Il aurait dû me faire confiance. J'aurais pu le supporter. Mais non, vous me prenez pour une enfant, bonne seulement à être traînée d'un endroit à l'autre selon vos caprices. Je suis une femme. C'était à moi de prendre cette décision !

– C'était à Alexandre, dit-il d'une voix calme.

– Vous auriez pu le faire changer d'avis, répliqua-t-elle sèchement. Il vous aurait écouté. Vous pouviez lui faire croire tout ce que vous vouliez. Vous rendez-vous compte de ce que vous avez fait ? Vous m'avez volé quelque chose de précieux. On aurait dû me prévenir. J'aurais dû être là. Jamais je ne vous le pardonnerai !

Ignorant son éclat, il dit gentiment :

– Laissez-moi vous préparer ce cognac, vous vous sentirez mieux après.

Elle le regarda s'éloigner, la respiration haletante, cherchant désespérément à dominer ses émotions. Comment avait-il pu lui faire cela ? Comment avait-il pu lui cacher quelque chose qui la touchait de si près ? Une saison à Londres ! Comme si cela lui importait ! Ils l'avaient tous les deux traitée comme une petite fille.

Elle contempla sa table et vit toutes les lettres qu'elle avait réduites en boules. Elle n'écrirait jamais plus à son grand-père. D'un geste de la main, elle balaya tout ce qui était sur la table, puis elle se détourna et s'enfuit.

Ross entendit du bruit dans la pièce adjacente et appela Tessa. N'obtenant aucune réponse, il posa la carafe et le verre qu'il tenait à la main et alla rapidement à la porte. La jeune fille n'était nulle part. En revanche, plusieurs feuilles de papier avaient roulé par terre ainsi que le porte-plume et l'encrier qui s'était renversé sur le tapis.

Il se précipita dans le corridor et regarda par-dessus la balustrade à l'étage en dessous. Le garde du corps déguisé en valet qu'il avait embauché pour veiller sur Tessa leva les yeux vers lui. La jeune fille n'était pas passée par là. Faisant demi-tour, il gagna rapidement l'escalier de service. A peine eut-il ouvert la porte qu'il perçut le martèlement de ses pas.

– Tessa ! cria-t-il.

Elle ne répondit pas. Il entendit alors la porte extérieure s'ouvrir, puis se fermer, et il se rua à sa suite...

*

Un mince croissant de lune brillait dans le ciel. Tessa s'était si souvent promenée dans le parc qu'elle aurait pu retrouver son chemin les yeux bandés. Elle marchait droit devant elle, sans réfléchir à la direction qu'elle prenait.

Ses pieds enjambaient instinctivement les plates-bandes et contournaient les obstacles. Quand elle eut atteint la pelouse, elle se mit à courir mais sans but précis. L'idée que Ross se lancerait à sa poursuite ne lui avait même pas traversé l'esprit, et elle ne cherchait pas vraiment d'endroit où se cacher. Elle se déplaçait comme un automate.

Sa course fut arrêtée par une main qui se referma autour de son poignet, ce qui lui fit faire un brutal demi-tour. Il la prit dans ses bras.

– Tessa, Tessa ! C'est stupide. Revenez avec moi à la maison.

– Lâchez-moi ! Je ne veux plus jamais vous voir.

Impressionné par la douleur que trahissait sa voix, il desserra son étreinte. C'est alors que, le prenant au dépourvu, elle le frappa brutalement à l'épaule. Quand il la relâcha, elle détala comme un lapin.

Elle plongea dans un fourré d'églantiers et de mûriers sauvages. Les branches fouettèrent son visage et elle les repoussa. Sa robe de chambre s'accrocha aux épines. Elle la libéra d'un coup sec et sauta au-dessus d'un tronc.

Ross l'attrapa par les épaules. Elle avait l'air d'une bête traquée quand elle se tourna vers lui. Il ne fit aucun effort pour se protéger lorsqu'elle l'attaqua de nouveau et se contenta de la prendre dans ses bras. Elle se mit à le marteler de coups de pied, à essayer de le griffer en se débattant de toutes ses forces.

Elle criait, répétant qu'il l'avait trahie, qu'il aurait dû lui avouer la vérité au sujet de son grand-père. Il y avait des choses qu'elle n'avait jamais dites au vieil homme, des choses qu'elle aurait dû lui dire, et maintenant il était trop tard. Mais il l'avait toujours méprisée. Il se fichait éperdument de la blesser. Il était persuadé, de toute façon, qu'elle n'avait aucun sentiment. Il la détestait. Il refusait de l'aimer.

Elle continua longtemps ainsi et il la serra contre lui jusqu'à ce que les mots refluent en sanglots. Quand elle se calma et se laissa aller contre lui, il la souleva dans ses bras. Elle s'accrocha spontanément à son cou et il se dirigea en silence vers la maison.

Une fois à l'intérieur, elle leva la tête mais toujours sans un mot. Il la porta dans sa propre chambre et l'allongea sur le lit. Elle protesta timidement, puis se tourna vers le mur.

Elle avait honte à présent. Elle se sentait aussi exposée que s'il avait mis son âme à nu. Dans son désespoir, elle en avait dit beaucoup trop, des choses qu'elle avait du mal à s'avouer à elle-même. Mon Dieu, que devait-il penser d'elle ?

Il perçut son embarras et prit un ton détaché en annonçant :

– Je vais sonner pour qu'on nettoie votre chambre. Pendant ce temps, il faudrait que vous preniez le cognac que je vous ai versé. Oui, je sais, vous n'aimez pas le cognac, mais c'est nécessaire. Et vous avez des égratignures aux mains. Il va falloir les nettoyer pour qu'elles ne s'infectent pas.

Ces paroles raisonnables mirent du temps à atteindre son cerveau. Après quelques instants, elle se redressa en faisant un violent effort et s'assit sur le bord du lit. Il rajoutait du bois dans le feu et la regardait à peine, ce dont elle lui fut reconnaissante.

– Le cognac est sur la table près du lit, précisa-t-il.

Elle le prit et le porta à ses lèvres. La première gorgée la fit tousser, la seconde passa plus facilement. Elle garda les yeux baissés quand on frappa à la porte. Ross alla ouvrir et parla tout bas au valet qui était de service. Quelques instants plus tard, il revint avec un broc d'eau chaude.

Lorsqu'il posa une cuvette sur la table et y versa l'eau, elle leva les yeux.

– Vous boirez le cognac plus tard, dit-il, en lui enlevant son verre. Maintenant, laissez-moi voir ces blessures.

Elle fit ce qu'il lui demandait. Il prit une main dans la sienne et nettoya la plaie.

– Vous avez toutes les raisons de m'en vouloir, murmura-t-il. C'est vrai que je n'avais pas une très haute opinion de vous, tout d'abord. Mais j'ai compris il y a bien longtemps que j'avais tort.

Il sécha sa main et s'occupa de l'autre.

– Vous m'avez pris pour quelqu'un de froid et d'insensible, alors que je suis tout le contraire. Je m'attache trop profondément. Ce qui explique pourquoi j'ai tout fait pour anéantir votre pouvoir sur moi.

Elle le fixa avec étonnement et croisa son regard. Il était si chaleureux qu'elle en fut toute retournée.

Du même ton persuasif, il poursuivit :

– Quant au fait de ne pas vous avoir prévenue de

l'état d'Alexandre... (Un léger sourire se dessina sur ses lèvres.) Vous êtes têtue comme une mule, et rien de ce que nous aurions pu dire, votre grand-père et moi, n'aurait pu vous décider à l'abandonner. Or il fallait que vous partiez. Je suis désolé que notre décision vous ait blessée à ce point.

Il avait séché sa main, mais il ne la relâcha pas.

– Je suis vraiment navré pour votre grand-père, Tessa. Je n'ai jamais admiré un homme autant que lui, et je sais combien vous l'aimiez. Lui aussi vous aimait... En tout cas, je veux vous dire une chose : vous n'êtes pas seule. Je suis là. C'est ce que votre grand-père désirait, et je crois que nous le désirons aussi.

Il se leva.

– Venez, proposa-t-il en lui tendant le bras. Je vais vous reconduire à votre chambre.

Sa gorge était sèche et elle avait les yeux rouges.

– Je ne veux pas rester seule, dit-elle. Voulez-vous... rester avec moi, Ross, et me parler de mon grand-père ? Personne ne le connaissait aussi bien que vous.

– Mais bien sûr, si c'est ce que vous désirez.

17

Tessa se réveilla sans savoir où elle était. Il faisait nuit dehors, et les chandelles étaient toujours allumées. Elle avait chaud, trop chaud. Elle eut envie d'aller ouvrir une fenêtre pour laisser entrer un peu d'air frais. Elle avait la gorge serrée, comme si elle était sur le point de suffoquer, comme si...

Puis la mémoire lui revint et elle se redressa. En s'apercevant que Ross était toujours là, elle se détendit.

Il s'était endormi sur un siège, devant la cheminée. Sa poitrine montait et descendait régulièrement, au rythme de son sommeil. Il avait enlevé sa veste. Sa chemise ouverte découvrait la colonne puissante de sa gorge et la veine qui battait à la naissance de son cou. Une mèche de cheveux blonds était retombée sur son front. Dans son sommeil, il paraissait plus jeune et moins intimidant.

Elle se blottit dans ses couvertures en restant sur le côté pour pouvoir le regarder. Rien que l'idée de le savoir près d'elle la réconfortait. En même temps, elle redoutait l'instant où il se réveillerait. La nuit dernière, elle avait pleuré dans ses bras comme un bébé. Elle n'avait pas honte de son chagrin. Mais elle avait honte d'avoir ainsi vidé son cœur.

Elle ferma les yeux en laissant échapper une petite plainte. Dans un moment de faiblesse, elle lui avait dit ce qu'elle n'avait jamais dit à personne. Le choc de la mort de son grand-père avait ouvert une porte qu'elle croyait verrouillée à jamais. Et Ross s'était montré si compatissant, si patient...

Elle ne voulait pas de sa pitié. C'était la dernière chose qu'elle voulait !

Vous n'êtes pas seule. Je suis là. C'est ce que votre grand-père désirait, et je crois que nous le désirons aussi...

Elle souleva les paupières et s'aperçut qu'il la regardait. Elle sentit son cœur chavirer. Puis il se leva et s'approcha du lit. Elle était incapable de détacher les yeux de son regard.

– Ça va ? murmura-t-il.

Elle esquissa un sourire.

– Ça va.

Alors il se pencha pour effleurer ses lèvres d'un baiser.

Il savait qu'il profitait de la situation. La mort de son grand-père l'avait rendue particulièrement vulnérable. Un homme comme il faut lui aurait laissé le temps de se remettre de ses émotions et aurait attendu qu'elle vienne vers lui.

Mais il ne pouvait s'en empêcher. Juste un petit baiser en guise de bonjour, se disait-il, même s'il rêvait d'aller plus loin.

Lorsqu'il se redressa, elle glissa une main derrière son cou.

– Ross, chuchota-t-elle, j'ai besoin de vous. Ne m'abandonnez pas maintenant.

Elle l'attira à elle avec une plainte, et leurs lèvres s'unirent à nouveau. Il l'embrassa plusieurs fois, attendant que sa bouche s'ouvre avant de demander davantage. Mais il ne fallait pas trop exiger d'un seul coup. Il ne voulait ni l'affoler, ni lui faire mal. Plus rien ni personne ne lui ferait mal, désormais...

Elle poussa un petit gémissement de plaisir et il lutta pour garder son contrôle. Elle respirait par à-coups, et sa propre respiration s'accéléra. Mais ce n'était rien comparé à ce qu'il ressentit quand elle força timidement sa bouche de sa langue.

Lorsqu'il s'écarta, une lueur anxieuse traversa son regard, comme si elle craignait d'avoir fait quelque chose de mal.

– C'était merveilleux, dit-il. Recommencez !

Ses bras se nouèrent derrière son cou. Elle sentit son sourire sur ses lèvres et sourit à son tour. Tout cela était si simple, si naturel. Elle ne comprenait pas pourquoi les jeunes filles anglaises étaient terrorisées par leur nuit de noces. Que craignaient-elles donc ?

Elle ne fut plus aussi affirmative quand il dénuda l'un de ses bras, puis l'autre. Elle s'immobilisa un instant, mais il lui caressa les épaules avec une telle tendresse qu'elle poussa un soupir de bien-être.

Il fit courir le bout de sa langue sur ses lèvres.

– Est-ce que je fais comme il faut ? s'enquit-il.

– Ouvrez davantage la bouche, murmura-t-elle. Oui, c'est mieux ainsi. Vous voyez comme cela peut être agréable ?

Ross éclata de rire et enfouit son visage contre sa gorge. Il fallait reconnaître qu'elle avait une petite expérience des baisers. Le sang bourdonnait à ses oreilles et ses mains tremblaient. Si elle glissait encore sa mignonne petite langue dans sa bouche, il était sûr qu'il allait exploser. Elle était si innocente qu'elle devait être loin d'imaginer les pensées qu'elle provoquait chez lui.

Le désir s'insinuait en elle comme un voleur. Les baisers ne lui suffisaient plus. Elle aurait voulu être plus près de lui. Elle était en sueur et, l'instant d'après, glacée. Elle se sentait trembler de tous ses membres et ne comprenait pas ce qui lui arrivait. Sa poitrine était douloureuse d'une plénitude qu'elle n'avait jamais ressentie jusqu'alors.

Elle soupira de soulagement quand il repoussa les couvertures et s'étendit auprès d'elle. Voilà qui était mieux. C'était cela qu'elle voulait : être contre lui, de la poitrine à la pointe des pieds. Elle embrassa ses lèvres, ses yeux, ses joues, son cou. Elle aurait voulu que cela continue ainsi éternellement.

Il prit l'un de ses seins dans sa main, en s'efforçant de ne pas la brusquer. C'était la première fois pour elle, et il ne voulait surtout pas l'effrayer.

– Tessa ? fit-il en tirant sur sa chemise de nuit. Nous n'avons pas besoin de vêtements entre nous, n'est-ce pas ?

Elle murmura quelque chose d'inintelligible, sans chercher à l'arrêter. Ses membres lui semblaient peser une tonne tandis que son cerveau, au contraire, flottait parmi les nuages. Tous ses sens étaient en émoi. Elle pouvait humer la légère odeur de lavande qui imprégnait les draps de lin, entendre le sifflement du bois dans la cheminée, percevoir la chaleur de la flamme vacillante des chandelles. Mais, plus que tout, elle était consciente de l'odeur et du goût de l'homme qui la couvrait de caresses.

Lorsqu'il s'écarta, elle s'étira langoureusement, puis sursauta quand son corps nu se moula au sien et qu'elle sentit son sexe entre ses cuisses. Elle éprouva un instant de panique en devinant tout à coup qu'il y avait sûrement des lacunes dans son éducation...

Ses doigts s'enfoncèrent dans les épaules de Ross.

Il leva la tête.

– Que se passe-t-il, Tessa ? Quelque chose vous ennuie ?

Elle déglutit avec difficulté.

– Je ne sais pas... enfin... personne ne m'a dit... ce qui devait exactement se passer...

Il s'efforça de retrouver son contrôle. Le désir brûlait toujours dans ses yeux, mais voilé par la crainte.

– Je croyais que vous étiez au courant. C'est en

tout cas ce que vous avez dit à ma grand-mère, quand elle est venue vous trouver la veille du mariage. Les filles, en France, avez-vous dit, sont...

– Je sais ce que j'ai dit à votre grand-mère, fit-elle avec humeur. Mais apparemment, je me trompais. Ross, est-ce que vous vous moqueriez de moi ?

– Croyez-moi, Tessa, c'est la dernière chose à laquelle je songe !

– Alors, expliquez-moi...

– Peut-être ferais-je mieux de vous montrer. Faites-moi confiance. N'ayez pas peur. Je ne ferai rien que vous ne désiriez.

Elle sourit et passa les bras autour de son cou.

– Alors, montrez-moi !

C'est ce qu'il fit. Il l'initia au monde des sens avec des caresses et des baisers qui l'enflammèrent. Ses soupirs se transformèrent en gémissements.

Pendant qu'elle s'abandonnait à toutes ces sensations nouvelles, Ross s'efforçait de rester maître de lui. Une fine sueur baignait son front, et il serrait les dents. Il se répétait pour la énième fois qu'il devait être prudent. Mais plus il refrénait son désir, davantage elle exigeait de lui. Elle lui prodiguait des caresses plus intimes, ses baisers devenaient plus violents.

Il se souleva au-dessus d'elle et elle s'ouvrit pour lui.

– Tout va bien, souffla-t-elle en se redressant pour l'embrasser.

– Tessa...

Il ne put en dire davantage. Jamais il n'avait ressenti une telle émotion.

Il sentit qu'elle lui résistait comme il la pénétrait, mais elle ne cria pas. Elle enroula ses bras et ses jambes autour de lui. Alors il se mit à bouger, tout doucement.

Elle avait conscience, au fond d'elle-même, qu'il faisait tout pour ne pas la brusquer. Mais elle n'avait pas la même patience que lui. Elle suivit instinctivement son rythme. Elle voulait lui dire quelque chose... mais elle ne savait plus quoi.

Elle eut l'impression que son cœur allait éclater.

Puis ce fut au tour de son corps de se briser en mille morceaux. Elle poussa une brève plainte, émerveillée, et enfouit son visage contre son cou.

Il la sentit se faufiler hors du lit. Puis il entendit un bruissement quand elle enfila sa chemise de nuit et le léger craquement du parquet au moment où elle se dirigeait vers son cabinet de toilette.

Ensuite, le silence s'installa. Sans doute voulait-elle se rafraîchir un peu.

Quand la porte se rouvrit, il souleva les paupières et l'observa. Elle nattait ses cheveux, et la lumière des chandelles les faisait briller comme de l'or. Sa peau avait pris une teinte rosée à la suite de leurs ébats. Il savait que ses lèvres étaient rouges et gonflées, et se demandait si le violet de ses yeux s'était attisé. Mais c'était impossible à vérifier pour l'instant. Elle se tenait devant la fenêtre et regardait dehors.

Après quelques minutes, elle se retourna, s'aperçut qu'il était réveillé et agita la main.

– Il y a quelqu'un dehors avec une lanterne.

Il se souleva et ajusta les oreillers dans son dos.

– C'est l'un des gardiens qui fait sa ronde. La nuit, ils surveillent le parc avec des chiens pour écarter les cambrioleurs.

– Je ne m'en étais pas aperçue.

– Sans doute n'êtes-vous pas souvent réveillée à cette heure de la nuit !

– Je... je dors d'habitude comme un bébé, avoua-t-elle, et elle rougit délicieusement.

Il sourit.

– Voilà la raison !

– Mais je n'ai vu personne tout à l'heure... enfin, quand je me suis enfuie dehors, bredouilla-t-elle.

Non, il n'y avait personne, songea Ross, et ce n'était pas normal.

– Vous avez raison. Je punirai le responsable dès demain matin.

Il était appuyé sur ses oreillers, la couverture remontée jusqu'à la taille, un sourire aux lèvres, et elle n'arrivait pas à détacher son regard de lui. Il était superbe avec ses larges épaules, sa taille mince et ses muscles qui jouaient chaque fois qu'il bougeait.

– Vous sembliez songeuse, tout à l'heure en regardant par la fenêtre. A quoi pensiez-vous ?

Elle avait réfléchi à beaucoup de choses, à lui en particulier.

– A mon grand-père, et...

– Et ?

Elle haussa les épaules.

– Et à la façon dont vous m'avez laissée parler de lui. Je ne sais pas pourquoi, mais cela rend la douleur plus supportable.

Il donna une petite tape sur le lit, l'invitant à le rejoindre. Elle se dirigea docilement vers lui et s'installa à son côté.

– Savez-vous ce que je pense ? reprit-il. Je pense qu'à cet instant, Alexandre doit bien rire en nous voyant. Il était persuadé que les choses tourneraient ainsi pour nous. Vous savez, c'est ce qu'il a toujours désiré. Nous étions juste trop entêtés pour l'admettre.

L'étau autour de son cœur se desserra, et elle éclata de rire.

– Quand j'y pense, je me rends compte que mon grand-père avait l'esprit tortueux. Il me chantait vos louanges jusqu'à ce que je sois près de hurler !

– C'était la même chose pour moi.

– Peut-être n'était-il pas si avisé, après tout. Regardez comme nous nous détestions.

– Il était plus avisé que nous. Regardez-nous maintenant !

Elle scruta son visage. Ces dernières heures, il lui avait dit beaucoup de choses qu'elle n'avait pas osé croire. Il lui prouvait maintenant par chacun de ses gestes, chacun de ses regards que ce n'étaient pas des mots en l'air.

D'un doigt, il lui souleva le menton.

– Pourquoi êtes-vous si pensive ?

– J'ai du mal à comprendre ce qui se passe en moi, répondit-elle. Il y a quelques heures, je pleurais mon grand-père et je n'arrivais à penser à rien d'autre. Et maintenant...

Il déposa un baiser sur le bout de son nez.

– Il ne faut pas vous sentir coupable, souffla-t-il. Alexandre ne le voudrait pas. D'ailleurs, c'est ainsi que les choses doivent se passer entre mari et femme. L'acte sexuel n'apporte pas seulement du plaisir aux époux, mais une plus grande intimité.

Elle le regardait avec de grands yeux, et il ajouta avec moins d'assurance :

– Vous ne m'en voulez pas de vous avoir... (Il écarta le mot « séduite ».) ... fait l'amour, n'est-ce pas ?

– Non.

Il sourit.

– Tant mieux. Car j'ai l'intention de faire l'amour à ma ravissante épouse chaque fois que j'en aurai l'occasion. C'est aussi de cette façon que cela se passe entre mari et femme.

Elle le fixa, rougit, puis pouffa.

– Excusez-moi, mais je me rends compte que j'ignorais totalement ce qui se faisait entre mari et femme.

– Tant mieux !

– Je n'arrive pas à croire que j'étais si ignorante.

– Surtout pour une fille qui a passé deux ans en France !

Elle lui jeta un coup d'œil de côté.

– J'en sais beaucoup sur la manière d'embrasser !

– C'est vrai. Dans ce domaine, vous n'avez besoin d'aucune leçon.

– J'ai eu de bons professeurs, fit-elle malicieusement.

Ses yeux s'assombrirent comme un ciel d'orage.

– Paul Marmont, j'imagine ?

– Oh, ce n'en était qu'un parmi d'autres.

– Ah ? Et qui étaient les autres ? gronda-t-il, menaçant.

Une lueur espiègle brilla dans les yeux de Tessa.

– Cela ne vous regarde pas. Et si vous me promettez de ne rien me demander sur mes amants, j'en ferai de même pour vous.

– C'est ce genre de langage qui vous a acquis la réputation d'être une femme légère.

– Je préfère m'imaginer sous les traits d'une aventurière. C'est plus amusant. Combien de dames de votre connaissance se sont-elles enfuies avec un valet, hein ? Et combien ont traversé la Manche avec une cargaison de pirates ?

– Aucune. Mais où voulez-vous en venir, Tessa ?

Il se sentait jaloux et cela l'horripilait.

Elle lui sourit.

– Ross, murmura-t-elle, quand vous m'avez fait l'amour tout à l'heure, j'ai eu l'impression d'être... d'être aimée. C'était merveilleux.

– J'en suis heureux.

– Mais...

– Mais ? répéta-t-il d'un ton dangereusement calme.

– Je n'ai pu m'empêcher de sentir que vous... enfin que vous... vous reteniez.

– Vous l'avez remarqué ?

Elle acquiesça d'un signe de tête.

– Oh oui, tout à fait distinctement. Vous m'avez donné l'impression que j'étais une pièce de porcelaine de grand prix. Oh, je vous en suis reconnaissante ! Mais je voulais juste vous dire que je ne suis pas aussi fragile que vous le pensez. Je ne me brise pas si facilement, fit-elle avec un rire timide. Il n'y a donc aucune raison pour que vous vous reteniez. Vous allez sans doute trouver que je suis... trop audacieuse, n'est-ce pas ?

Elle lui jeta un coup d'œil et fut rassurée par son sourire...

Quand, une minute plus tard, elle voulut se lever, il lui attrapa le poignet.

– Où croyez-vous aller ?

– Je vais souffler les chandelles, répliqua-t-elle, et elle regarda la pendule. C'est une chance si nous arrivons encore à dormir quelques heures avant qu'il ne soit temps de nous lever.

Il tira son poignet et l'envoya rouler sur le lit. Lorsqu'il se dressa au-dessus d'elle, elle prit une brutale inspiration. Des éclairs d'argent brillaient dans ses yeux.

– Qui a parlé de dormir ? murmura-t-il, et il abaissa son visage jusqu'à ce qu'il soit à un millimètre du sien.

– Ross...

– Pensez-vous vraiment ce que vous venez de dire, Tessa ? Vous ne voulez pas que je me retienne ?

Son souffle trembla entre ses lèvres quand elle murmura :

– Je le pense vraiment.

– Alors je vais faire comme vous le voulez.

Il laissa courir un long moment son regard sur sa nudité. Puis il prit un mamelon entre son pouce et son index et le caressa jusqu'à ce qu'il se dresse.

– Voilà qui est mieux, dit-il, et il fit de même avec l'autre.

La tête de la jeune femme se balançait d'un côté à l'autre. Elle était agitée de tremblements.

– Ross, souffla-t-elle d'une voix enrouée. Que... qu'allez-vous me faire ?

– Je vais laisser libre cours à mes rêves les plus osés. A mes fantasmes. C'est cela que vous voulez, n'est-ce pas ? Vous m'avez dit de ne pas brider mon désir. Auriez-vous changé d'avis ?

– Je... je ne sais pas.

– Peut-être cela vous aidera-t-il à vous décider...

Il baissa la tête et son souffle chaud caressa sa poitrine.

– Vous avez des seins magnifiques, murmura-t-il. Ils remplissent ma paume comme s'ils étaient faits à sa mesure. Vos mamelons rosissent de plaisir. Ils implorent le contact de ma bouche. Là, donnez-moi votre main, poursuivit-il en lui faisant tâter du doigt combien ils étaient durs. N'attendent-ils pas ma bouche, Tessa ?

Ses seins ? Sa bouche ? Cette seule pensée était si excitante qu'elle trembla de tout son corps.

Prenant cette réaction comme un assentiment, il embrassa sa poitrine, puis sa bouche se referma sur la pointe d'un sein et une vague de chaleur submergea la jeune femme.

– Ross, gémit-elle. Ross...

Il continua à jouer avec sa poitrine, la faisant vibrer de la tête aux pieds comme un instrument de musique. Elle n'avait plus aucune volonté. Elle était esclave de son désir.

Il la fit rouler sur elle-même et traça un sillon de baisers de la nuque jusqu'au dos des genoux, caressant ses fesses et enfonçant ses doigts dans sa chair délicate.

Ensuite, il la retourna sur le dos et elle vit la fièvre dans ses yeux.

– Ouvrez vos jambes pour moi, dit-il, et elle obéit.

Il souleva ses genoux pour que la plante de ses pieds repose sur le drap. La caresse de ses doigts à l'intérieur de ses cuisses était enivrante.

– Doucement, doucement, chuchota-t-il comme elle s'agitait fiévreusement.

Elle se mit à prononcer son nom, à le répéter encore et encore, et il rit tout bas.

– Je n'en ai pas encore terminé avec mes fantasmes, murmura-t-il. Pas tout à fait. Mais si vous ne voulez pas, je m'arrête tout de suite.

D'un léger signe de tête, elle lui donna la réponse qu'il attendait.

Il glissa un doigt à l'intérieur de sa féminité, puis s'immobilisa quand il remarqua qu'elle cessait de respirer. Une longue plainte jaillit de sa poitrine.

Il fit alors passer les jambes de Tessa de chaque côté de ses épaules, et sa bouche suivit le chemin ouvert par ses mains. Tout son corps se raidit et elle frissonna, tout près de l'extase.

Il l'entendit crier son nom entre deux sanglots, sentit ses ongles s'enfoncer dans ses épaules. Toute la passion qu'il retenait le submergea comme une lame de fond. Il se dressa au-dessus d'elle.

Il trouva sa bouche et la força de sa langue, et en même temps il la pénétra d'une violente poussée. Il l'emporta alors dans un rythme effréné sans lui laisser aucun répit.

Le plaisir les accueillit au même instant dans son tourbillon étincelant.

Il était couché sur le dos, un bras couvrant ses yeux. Elle était sur le côté et lui tournait le dos. Le silence se prolongeait et il se maudissait d'avoir été si fou. Elle avait à peine surmonté le choc de la mort de son grand-père, et voilà comment il se comportait.

Un homme ne se laissait pas aller à ses fantasmes avec sa femme. Il avait déjà été marié. Il savait de quoi il retournait. Une épouse méritait que son mari fasse preuve de la plus grande réserve. Et Tessa était son épouse.

Il n'en avait jamais été ainsi avec Cassie. Alors, pourquoi était-ce si différent aujourd'hui ?

Il tendit la main pour la toucher, puis changea d'avis. Il passa sa chemise et se glissa hors du lit.

– Où allez-vous ? demanda-t-elle.

Il regarda la pendule.

– Souffler la chandelle. Avec un peu de chance, nous réussirons à dormir une heure ou deux.

Une lueur qu'il commençait à connaître s'alluma dans ses yeux.

– Qui a parlé de dormir ?

Elle lui offrit sa main et il la prit.

– Voyons, mais que croyez-vous ? ajouta-t-elle, taquine. Vous n'êtes pas le seul à avoir des fantasmes. Maintenant, c'est mon tour !

Il resta un moment abasourdi. Puis il se précipita sur elle avec un éclat de rire et ils roulèrent au milieu du lit.

18

Tessa n'était pas totalement rassurée à la perspective de passer Noël à Greenways. Pourtant, Sally et Desmond devaient rester quelques jours avec eux, avant d'aller rejoindre leurs parents la veille de la fête. Julian serait là aussi. Et la douairière avait invité le colonel Naseby et sa petite-fille, ainsi que Larry. C'étaient tous des amis intimes et elle ne pouvait que se réjouir de leur présence.

Mais c'était à Greenways que Cassie avait trouvé la mort, et Tessa craignait que le souvenir de la jeune femme ne vienne hanter la mémoire de Ross.

Une véritable complicité était née entre eux. Il l'entretenait de tout ce qui l'intéressait et essayait de découvrir ses goûts. Il la faisait rire en lui racontant ses facéties d'écolier avec Julian. Ils partageaient la même passion pour les livres et discutaient sans fin des mérites des différents auteurs. Ils pouvaient bavarder des heures entières. Il restait cependant un sujet qu'ils n'avaient jamais abordé : Cassie, sa première épouse.

La veille de leur mariage, lady Sayle l'avait incitée à se montrer patiente avec lui. Tessa essayait de suivre ce conseil. Au cœur de la nuit, quand elle était rassasiée d'amour, elle aurait voulu prononcer les mots qui lui brûlaient les lèvres, mais elle s'en empêchait, craignant la réponse de Ross. Une fois qu'elle serait sûre qu'il l'aimait, une fois qu'il le lui aurait dit, Cassie ne pourrait plus se glisser entre eux.

Le plus étrange dans tout cela, c'est que Cassie n'était pas un problème pour elle. Plus elle entendait parler de la première femme de Ross, plus elle éprouvait d'amitié à son égard. Et elle était intimement persuadée que Cassie n'aurait jamais refusé à Ross la possibilité d'un nouveau bonheur. C'était Ross qui ne voulait pas la laisser partir.

La douairière, qui semblait avoir un sixième sens dès qu'il s'agissait de ces problèmes, la soulagea d'un grand poids juste avant le départ. Cassie, déclara-t-elle, ne s'intéressait pas à Greenways et n'y mettait pratiquement jamais les pieds. Il n'y avait pas là-bas d'aile fermée consacrée à sa mémoire. En outre, un mois après sa mort, Ross avait fait combler le lac par une armée de terrassiers. Depuis, le parc était difficilement reconnaissable...

Dans les jours qui suivirent leur arrivée, Ross ne parut nullement hanté par des fantômes. Le matin, quand aucun de ses amis ne voulait l'accompagner à la chasse, il partait à cheval avec Tessa et semblait heureux de lui faire visiter son domaine.

Au cours d'une de ces promenades, alors qu'ils se reposaient sur une petite éminence qui dominait la maison et les écuries, Tessa l'interrogea au sujet du lac. Elle ne détecta aucune ombre sur son visage et il répondit le plus naturellement du monde.

– Tout le tracé du parc a été changé. Il est difficile maintenant d'avoir une idée de l'endroit où il se trouvait. Je suis heureux qu'il n'existe plus, poursuivit-il d'un air désinvolte. Je n'ai pas oublié votre terreur sur le bateau de Julian quand nous avons traversé la Manche. Pourquoi aviez-vous si peur ?

Elle fronça les sourcils.

– Je vous l'ai déjà dit. Il y a eu un accident à l'école que je fréquentais. Une fille s'est noyée. Et j'en ai fait pendant longtemps des cauchemars.

– C'est vrai, vous me l'aviez déjà raconté. Mais comme je sais aussi que vous avez passé votre petite enfance dans une maison qui dominait la mer où, à marée basse, vous cherchiez pendant des heures des crabes et des bigorneaux, cela me semble bizarre que vous ayez peur de l'eau.

Elle ne comprenait pas pourquoi son cœur s'était mis à battre précipitamment.

– C'est seulement la nuit que je suis terrifiée par l'eau.

– Vous continuez toujours à faire des cauchemars au sujet de cet accident ?

– Non.

– Pourtant, vous m'avez raconté un rêve étrange dont je me souviens. Vous étiez en train de vous noyer et, bien qu'il y ait plusieurs personnes autour de vous, aucune ne vous aidait.

– Allez-vous continuer longtemps ainsi ? demanda-t-elle avec un petit rire nerveux. Si un tel cauchemar me garde éveillée cette nuit, je sais à qui en sera la faute.

Une lueur d'une telle intensité brilla au fond de ses prunelles qu'elle frissonna. Il se pencha alors pour l'embrasser. Puis il se redressa avec un sourire.

– Cela n'arrivera pas, promit-il.

– Pardon ?

Comme toujours quand il l'embrassait, elle avait du mal à remettre de l'ordre dans ses pensées.

– Ce n'est pas un rêve qui vous gardera éveillée toute la nuit, je vous le promets ! Ce sera autre chose...

La peur qui la tenaillait s'évanouit. Il se remettait à flirter avec elle, et c'était un domaine où elle excellait.

– Vous vous trompez, mon cher ! protesta-t-elle. C'est moi qui vous garderai éveillé.

– Pas avec des baisers ! Vous êtes trop timide pour moi, ma chère.

Une lueur de malice pétilla dans ses yeux.

– On verra ce que vous direz ce soir ! Attendez que je mette en pratique les leçons du livre que j'ai découvert dans la bibliothèque !

Il haussa les sourcils.

– Quel livre ?

– Celui que vous cachez derrière vos volumes traitant de l'élevage. Vous savez bien, sur l'étagère du haut ! Celle que personne ne peut atteindre.

Il la fixa avec stupéfaction et le rouge monta à ses joues.

– Oui, c'est bien celui-là ! confirma-t-elle, triomphante. Franchement, Ross, j'ai été choquée. Je n'aurais jamais cru cela de vous.

– Il est là depuis des années ! J'avais oublié jusqu'à

son existence ! Tous les jeunes garçons se procurent ce genre de livres. Cela ne signifie rien. Je vous assure que je ne l'ai pas ouvert depuis des lustres.

– Oh, je vous crois. Sally et moi, nous avons presque suffoqué quand il est tombé par terre dans un nuage de poussière.

– Sally ? Vous inventez cela de toutes pièces !

– N'avez-vous pas remarqué comme elle a rougi ce matin quand vous êtes entré dans la salle à manger ?

– Mon Dieu !

– Trop timide pour vous, hein ? C'est ce que nous verrons !

Et avec un sourire impertinent, elle donna un coup de cravache sur la croupe de sa jument qui partit au galop.

Déchiré entre le rire et la colère, il la suivit. Le rire l'emporta. Quelle fille impossible ! Quand ils retourneraient en ville, il ferait faire son portrait, mais aucun des artistes qu'il connaissait ne serait capable de rendre cet air provocateur qui faisait tout son charme. Elle était à moitié lutin et à moitié sirène.

Pendant quelques instants, tout à l'heure, elle avait paru sincèrement effrayée. Il n'arrivait pas à décider si elle lui cachait quelque chose, ou s'il lui était réellement impossible de se rappeler la nuit où Becky Fallon s'était noyée. La seule chose dont il ne doutait pas, c'était de sa présence lors de cet horrible événement...

Larry arriva le jour de Noël, et sa conduite fut exemplaire. Aucune remarque agressive ne sortit de sa bouche. Il ne flirta même pas avec la seule jeune fille à marier présente, Sophie Naseby. Ce que Tessa apprécia, car elle avait décidé que Desmond serait pour elle le prétendant parfait.

Julian resta encore une journée, avant de rejoindre Desmond qui l'avait invité dans le Kent. Tessa le soupçonnait de vouloir rencontrer les parents de Sally, particulièrement son père, pour demander à celui-ci la permission de faire la cour à sa fille.

Comme les jours passaient, elle finit par se sentir plus en sécurité dans son rôle d'épouse. Bientôt, tout le monde s'apprêta à retourner en ville. Elle-même devait prolonger son séjour d'une semaine avec Ross. Il avait prétendu que ce serait à peine suffisant pour régler les affaires du domaine, tout en lui glissant en privé qu'il désirait être enfin seul avec elle...

Ils étaient réunis dans le salon après le dîner. Assise à une petite table, elle était penchée sur ses registres et prenait note des commandes à passer. Ross lisait le journal tandis que le reste de la compagnie faisait une partie de whist.

La maison était devenue son domaine. C'était ce que la douairière n'avait cessé de lui répéter depuis son mariage, et Tessa faisait de son mieux pour accomplir ses devoirs de marquise. Elle avait encore beaucoup à apprendre, mais elle ne regrettait pas le temps passé avec l'intendante pendant que les autres se promenaient.

Soudain, une pensée lui traversa l'esprit. Elle referma son registre avec un bruit sec qui attira l'attention sur elle.

– Ce salon a une vue beaucoup plus agréable que celui de Sayle House, déclara-t elle.

– C'est tout à fait vrai ! approuva le colonel

Naseby. Sans doute parce que Greenways est entourée d'un parc.

– Sayle House aussi, excepté sur un côté. L'aile est donne sur plusieurs rangées de maisons qui nous séparent de Hyde Park. Et en plus, elle n'a le soleil que le matin. Je préfère celui de l'après-midi, particulièrement en hiver.

Ross baissa son journal.

– Où voulez-vous en venir, Tessa ?

La jeune femme prit une profonde inspiration avant de se jeter à l'eau :

– Quand nous rentrerons à Sayle House, j'aimerais effectuer quelques changements. L'aile ouest donne sur le parc.

C'était aussi la partie que Cassie avait habitée, et tout le monde le savait. Elle lança un rapide regard à Ross, et sa voix perdit de son assurance.

– Ce serait plus agréable de s'y installer, au moins pendant l'hiver. En été, cela n'a pas autant d'importance. Quand les arbres ont des feuilles, on ne voit plus les maisons qui bordent Hyde Park.

Ross se leva lentement.

– Il n'y aura pas de changements, décréta-t-il.

– Pourquoi pas ? Vous avez bien apporté des modifications à Greenways. Pourquoi pas à Sayle House ? A mon avis...

– Personne ne vous demande votre avis, la coupa-t-il. Quand je le ferai, vous pourrez me le donner.

Toute couleur se retira de son visage et elle baissa les yeux sur ses mains. Elle venait de le mettre à l'épreuve et elle avait échoué. En outre, il l'avait publiquement rabrouée. Maintenant, elle n'avait plus aucune illusion sur la place qu'elle occupait.

– Ross, protesta la douairière. Tessa vient de faire

une proposition tout à fait sensée. Je suis d'accord avec elle. Tu n'es pas raisonnable, tu sais. En fait, bien que cela me peine de te le dire, je crois que tu es... morbide.

Un silence pesant tomba sur la pièce. Quelqu'un se racla la gorge.

Ross jeta son journal.

– Si vous voulez bien m'excuser, déclara-t-il, j'ai des affaires à régler.

Et il quitta la pièce.

Tessa n'attendit pas Ross pour aller se coucher. Elle était trop secouée, trop froissée par son rejet.

Ce n'était pas le genre de mariage qu'elle avait souhaité. Elle voulait un homme libre de l'aimer, mais il restait attaché à Cassie. Il vivait dans le passé. Il aurait dû la renvoyer en France, et maintenant c'était trop tard...

Elle souffla les chandelles et se glissa dans son lit. Elle mit beaucoup de temps à trouver le sommeil, et alors le vieux cauchemar revint la visiter. Elle sentit la poigne masculine qui la maintenait sous l'eau, mais cette fois-ci elle reconnaissait les mains. C'était Ross qui tentait de la noyer.

Elle s'éveilla avec un cri de terreur, mais son cri fut étouffé par un baiser. Terrifiée, désorientée, elle commença à se débattre.

– Tessa ! Je n'avais pas l'intention de vous effrayer. C'est moi, Ross...

Ces mots lui apportèrent un soulagement momentané. Elle était dans son lit, et Ross la serrait contre lui. Mais aussitôt qu'elle retrouva ses esprits, la peine et l'amertume la submergèrent de nouveau.

Elle échappa à son étreinte et se redressa.

– Que faites-vous ici ?

– Voilà une question bien étonnante de la part d'une épouse à son mari.

Elle sortit du lit, alluma les chandelles et se tourna vers lui.

Ce n'était plus la colère qui l'animait, mais un sentiment proche du désespoir.

– Vous n'avez pas la femme qu'il vous faut, Ross. Je crois qu'il n'y a plus aucun doute là-dessus, maintenant.

– Je ne comprends pas ce que vous voulez dire.

– *Cassie !* Là ! J'ai prononcé le mot défendu.

– Tessa, arrêtez !

– Pourquoi ? Que va-t-il m'arriver ? La foudre va-t-elle tomber sur moi si j'ose prononcer ce nom ? Y aura-t-il un tremblement de terre ? Ou cela précipitera-t-il la fin du monde !

Elle leva les yeux vers le plafond.

– Etes-vous là, Cassie ? Si vous êtes là, vous feriez mieux de venir reprendre votre époux, car il ne veut que vous.

Sa voix se brisa sur le dernier mot. Ross sauta du lit et la serra contre lui. S'attirer sa pitié était la dernière chose qu'elle désirât. Plus elle se débattait cependant, plus ses bras se resserraient autour d'elle.

– Cassie, se mit-elle à chantonner, désespérée. Cassie ! Cassie !

Un éclair de colère s'alluma dans les yeux de Ross. Il la relâcha, visiblement meurtri.

– Pourquoi ne pouvez-vous pas accepter ce que nous avons ? Je vous donne le meilleur de moi-même. Pourquoi cela ne vous satisfait-il pas ?

Elle détourna la tête pour cacher son chagrin et sa

honte. Elle n'aurait pas dû lui faire des reproches. Personne n'était à blâmer. Elle ne pouvait pas l'obliger à l'aimer...

Une plainte lui échappa, et il la porta sur le lit. Une fois qu'il fut étendu à son côté, il la serra contre lui et elle sentit combien il tremblait.

– J'ai besoin de vous, dit-il. J'ai besoin de vous, là, tout de suite...

Il l'embrassa, d'abord doucement, puis, à mesure qu'elle s'abandonnait contre lui, avec plus de fougue. Elle laissa ses doigts courir le long de son dos. Elle était incapable de lui résister. Elle l'aimait, c'était aussi simple que cela. Alors que lui voulait la passion, et la passion était tellement plus simple que l'amour. Elle glissa ses mains dans ses cheveux et l'attira plus près.

Ce fut une étreinte rapide et brutale, dont Tessa ne retira aucun plaisir. Ross était comme hors de lui. Elle demeura absente, lointaine.

Au moment où elle se dégageait, il l'attrapa par les épaules et la secoua.

– Pourquoi, Tessa ? demanda-t-il. Pourquoi ne vous rendez-vous pas ?

Elle ne chercha pas délibérément à le blesser, mais les mots lui échappèrent.

– Je vous donne autant que je suis capable de donner.

Furieux, il se leva et quitta la chambre.

Ils restèrent à Greenways une semaine supplémentaire, mais leur lune de miel était terminée. Ils n'avaient plus rien à se dire, et une certaine gêne s'était installée entre eux. Ross passait le plus clair de son temps à s'occuper de son domaine, et elle s'était plongée dans les tâches domestiques. Mais il venait chaque nuit réclamer ses droits conjugaux.

Elle ne chercha jamais à le repousser. Mais c'était comme s'il faisait l'amour à une autre femme. Elle n'avait plus rien d'enjoué maintenant. Elle ne cherchait plus à le taquiner ni à le provoquer. Elle manifestait une réserve qu'il aurait voulu faire voler en éclats.

Tessa lui en demandait trop. Même pour elle, il ne pouvait faire disparaître tout souvenir de Cassie. Tout ce qui restait de sa première épouse, c'était son appartement à Sayle House.

Il aurait dû deviner que Tessa n'accepterait jamais que certaines portes lui soient fermées. Elle le voulait tout entier, corps et âme. Il n'était pas prêt à une telle intimité et ne le serait jamais. Et il ne voyait aucune contradiction à demander à Tessa davantage qu'il n'était lui-même disposé à donner. Ce n'était pas lui qui avait changé. C'était elle.

Ce fut un soulagement pour tous les deux de retourner à Sayle House. Ross regarda son épouse se jeter dans les bras de sa grand-mère avec le premier vrai sourire qu'il lui voyait depuis longtemps. La vieille dame lui adressa un petit salut lointain par-dessus son épaule et, bras dessus bras dessous, les deux femmes gravirent l'escalier en bavardant comme si elles ne s'étaient pas vues depuis des siècles.

Pour la première fois depuis une semaine, lui aussi eut un vrai sourire. Tessa était chez elle ici, même si tout n'était pas parfait dans leur mariage. Et en temps voulu, ils auraient des enfants. Bientôt, elle lui donnerait ce qu'il demandait, parce que Tessa était Tessa.

Elle ne pouvait pas accorder son amour au compte-gouttes.

Il fut tiré de sa rêverie par un bourdonnement de voix qui venait de la bibliothèque. Quand il y entra, il trouva Julian et Desmond installés dans les bergères qui flanquaient la cheminée. Ils buvaient du café. Il ne s'était pas attendu à les voir, car ils avaient décidé d'un commun accord qu'il était temps pour les deux hommes de prendre leurs distances. S'ils continuaient à fréquenter aussi assidûment Sayle House, les gens commenceraient à se poser des questions.

Ross se servit une tasse de café et, après un bref échange de nouvelles, Julian en vint au fait.

– Je l'ai entendu à mon club, annonça-t-il. C'est absolument odieux, Ross ! On a orchestré une campagne de diffamation contre Tessa.

Ross fronça les sourcils.

– Que dit-on ?

– On dit que le scandale est attaché à ses pas depuis le jour de sa naissance. Ils n'ignorent aucun de ses hauts faits à l'école. Ils sont au courant de la manière dont elle s'est enfuie avec un valet, et comment des contrebandiers l'ont fait passer en France.

– Avez-vous entendu quelque chose, Desmond ? demanda Ross.

– Non, j'ignorais tout jusqu'à ce que Julian m'en parle. Mais nous n'évoluons pas dans les mêmes cercles.

– En outre, reprit Julian, ils ont travesti la vérité en exagérant la moindre chose.

Il s'arrêta pour chercher ses mots, afin d'être le moins rude possible. Mais n'en trouvant pas, il poursuivit avec une brutale franchise :

– Cela ne sert à rien d'essayer de te cacher les choses. On prétend qu'elle s'est vendue au valet et ensuite aux contrebandiers pour payer son voyage. On dit aussi qu'elle était ta maîtresse avant d'être ta femme. J'ai essayé d'étouffer ces ragots, mais il n'y a rien à faire.

Ross était devenu livide.

– Qui a lancé ces rumeurs ?

– Certainement M. et Mme Beasley, les anciens tuteurs de Tessa. Ils habitent Bath, mais ont des relations à Londres, et je peux t'affirmer qu'ils les ont utilisées au maximum.

– Je trouverai un moyen de les faire payer.

– Cela ne fera qu'envenimer les choses ! protesta Julian avec force. Il nous faut plutôt trouver un moyen de rétablir la réputation de Tessa. Sinon, avec ce scandale suspendu au-dessus de sa tête, plus personne ne voudra la recevoir.

– Je suggère que nous combattions le feu par le feu, proposa Desmond.

Ross lui lança un regard soupçonneux.

– Qu'est-ce que cela signifie ?

– Cela signifie que nous devons faire perdre toute crédibilité aux Beasley. J'ai des relations. Cela ne me serait pas difficile de les faire accuser d'un vol, ou quelque chose de ce genre. Mais je ne voudrais pas aller aussi loin avant d'être certain qu'ils sont bien les coupables.

– Et c'est un fils de pasteur qui me parle ? s'étonna Ross.

Julian éclata de rire.

– Ne te laisse pas impressionner par son visage d'ange, Ross ! Sa ressemblance avec son père s'arrête là. J'ai pu le constater moi-même, en rendant visite à ses parents.

Ross revint au sujet qui les préoccupait.

– Que sait ma grand-mère sur ces rumeurs ?

– Tout, répondit Julian. Allons, ne me regarde pas comme cela ! Quand nous sommes rentrés à Sayle House, elle a trouvé si peu d'invitations que cela l'a intriguée. J'ai été obligé de tout lui dire. D'autant plus qu'elle n'aurait pas tardé à le découvrir toute seule.

– Eh bien, plus tôt nous combattrons le feu par le feu, mieux cela vaudra ! déclara Ross en lançant un coup d'œil à Desmond.

Celui-ci acquiesça.

– Je vais m'en occuper, assura-t-il.

Une fois montée dans sa chambre, la jeune femme retira son manteau.

– De qui vient cette lettre, Tessa ?

Tessa glissa la missive qu'elle venait de lire dans un tiroir de son bureau et se tourna avec un sourire vers la vieille dame.

– Oh, d'une personne que j'ai rencontrée à la soirée musicale des Uxbridge, répondit-elle. Charlotte Sandys.

– Je ne crois pas que je la connaisse.

– Elle souhaitait me rappeler le dîner à l'Opéra, mardi prochain. J'attends avec impatience de la revoir.

Le sourire de la douairière s'envola.

– Croyez-vous que ce soit sage, ma chérie ? Je veux dire, vous êtes en deuil, et si vous ne vous sentez pas la force d'y aller, eh bien, je suis sûre que votre amie comprendra.

Tessa s'assit devant sa coiffeuse et regarda lady Sayle dans le miroir.

– Saviez-vous que mon grand-père adorait la

musique ? Quand je suis à l'Opéra, je me sens proche de lui.

La vieille dame hocha la tête.

– Dans ce cas, je comprends. Mais vous êtes sans doute fatiguée par le voyage. Vous devriez vous reposer un moment et, tout à l'heure, je vous ferai monter une tasse de thé avec des biscuits.

– Comme c'est gentil ! En effet, je suis un peu fatiguée. Une petite sieste me fera du bien.

Une fois seule, Tessa se leva et alla récupérer la lettre dans le tiroir de son bureau. Elle s'approcha alors de la fenêtre et la parcourut rapidement.

Cher Thor,

Dîner de l'Opéra, salle Ronde, mardi.
Cherche-moi là. J'ai besoin de ton aide.

Odin.

Thor. Odin. Elle n'avait pas songé à ces dieux germaniques depuis qu'elle avait quitté l'Académie de miss Oliphant. Elle était Thor, et Nane Roberts était Odin. C'était leur code secret.

Pensive, elle roula le message en boule et le lança dans le feu.

19

Quelques minutes seulement après son arrivée à l'Opéra, Ross comprit qu'il était inutile d'avoir envoyé Desmond à Bath. Ce n'étaient pas les Beasley qui étaient derrière la campagne de diffamation contre Tessa, mais Amanda Chalmers.

Elle avait pris position sur la galerie qui dominait le hall d'entrée et parlait avec animation avec un groupe d'amis. A son côté, Bertram Gibbon scrutait les arrivants avec ses jumelles de théâtre. Dès qu'il aperçut Ross, il toucha l'épaule d'Amanda.

Suivant son regard, elle le repéra parmi la foule et lui adressa un sourire éblouissant. Ross connaissait bien ce sourire : c'était un sourire de victoire.

Qu'avait donc fait Tessa pour mériter une telle hostilité ?

Il comprit que ce n'était pas Tessa, mais lui-même, qui avait provoqué sa fureur en mettant un terme à leur liaison.

Son rire sonna haut et clair et, avec un petit salut provocateur, elle lui tourna le dos. Ross réprima l'envie de lui tordre le cou.

Il observa Tessa. Apparemment, elle ne s'était aperçue de rien. Elle regardait autour d'elle comme si elle cherchait quelqu'un. Julian, lui, n'avait rien manqué du manège d'Amanda, et son regard était noir de colère.

Très peu de personnes s'arrêtèrent pour leur parler quand ils se dirigèrent vers leur loge. Ross en était conscient, mais il n'en fit rien paraître, persuadé que son épouse ne l'avait pas remarqué.

Elle était très pâle ce soir. S'agissait-il simplement du contraste entre la blancheur de sa peau et le noir de sa robe de deuil ? Il décelait autre chose, pourtant. Elle semblait si fragile qu'un rien risquait de la briser. Aurait-elle eu vent des rumeurs qui couraient à son sujet ?

Amanda choisit précisément le moment où ils atteignaient la galerie pour leur couper le chemin avec sa suite, les forçant à s'arrêter.

Ross s'apprêtait à se fâcher quand Julian posa une main sur sa manche, détournant son attention.

– Je crois que les renforts arrivent, murmura-t-il.

Ross regarda dans la direction indiquée et aperçut nombre de visages familiers dans la foule massée devant les loges. En quelques secondes, ils furent entourés de sympathisants. Il fit les présentations, et toute l'attention se concentra bientôt sur Tessa. Il sourit, touché que ses amis ne l'aient pas abandonné. C'était un début, un bon début, mais ce n'était pas encore assez. Il ne serait satisfait qu'une fois Tessa lavée de tout soupçon.

Il jeta un coup d'œil le long du couloir et aperçut Amanda arrêtée devant sa loge. Leurs regards se croisèrent, et elle arbora ce sourire qu'il détestait. Puis elle le congédia d'un battement de cils avant d'aller prendre sa place.

Le concert était terminé. Ils étaient en train de se frayer un chemin vers la salle Ronde. Tessa se sentait anxieuse. La missive énigmatique de Nane Roberts avait éveillé en elle de vagues souvenirs, des choses floues, indéfinies, qu'elle avait repoussées pendant des années au plus profond de sa mémoire. Elle était remplie de crainte, sans savoir au juste ce qu'elle craignait.

Tout la ramenait à l'époque de Fleetwood Hall. Elle n'avait pratiquement pas accordé une seule pensée à cette école depuis qu'elle l'avait quittée, et voici qu'en l'espace de quelques mois, on la lui rappelait à chaque instant, ainsi que le dramatique accident qui avait coûté la vie à Becky Fallon. Comment expliquer que son cœur se mette ainsi à battre quand on évoquait cette affaire ? Et pourquoi s'acharnaient-ils tous ainsi – Ross, Sally, Julian et Desmond – à lui remémorer Fleetwood Hall ?

Cherche-moi, avait écrit Nane. C'est ce qu'elle avait fait toute la soirée, mais ce n'était pas facile. Une adolescente avec des cheveux châtains et de grands yeux bruns... plutôt petite... c'était tout ce dont elle se souvenait. Il y avait si longtemps de cela. Pourtant, à une époque, toutes les deux avaient été inséparables.

Comme ils poursuivaient leur chemin vers la salle Ronde, elle redoubla d'attention. Mais elle était entourée d'hommes, tous plus grands qu'elle. Ce fut un soulagement quand ils furent enfin assis et qu'elle put avoir une vue circulaire de la pièce. Le problème n'en fut pas réglé pour autant. Plusieurs femmes croisèrent son regard, mais elle était incapable de déterminer s'il s'agissait de Nane ou non.

En remplissant son verre de champagne, un valet déplaça légèrement sa serviette. Il la remit en place en murmurant des excuses et s'écarta. Elle fixa la serviette un long moment, avant de s'en emparer. Un petit morceau de papier tomba sur ses genoux. Elle attendit un instant avant de le déplier pour lire rapidement les quelques mots griffonnés dessus. Ensuite, elle leva les yeux pour repérer l'entrée de service.

Ross choisit son moment avec soin. Le dîner était terminé. Les valets repoussaient les tables pour permettre aux invités de danser. Dans la mesure où Tessa était en deuil, ils devaient s'éclipser avant le début du bal. Il l'envoya avec quelques amis récupérer leurs manteaux au vestiaire.

Dès qu'ils furent sortis, il se dirigea droit vers Amanda Chalmers.

En le voyant approcher, les admirateurs d'Amanda reculèrent. Seul Bertram Gibbon ne bougea pas. Il observait Ross à travers son lorgnon, et ce dernier fut tenté de le lui enfoncer dans le gosier.

Bertram se tourna vers la jeune femme avec un sourire amusé.

– Dois-je rester, chère cousine, ou dois-je m'en aller ?

Amanda laissa échapper un rire rauque et replia son éventail.

– Voyons, Bertram, tu sais bien que lord Sayle est un de mes meilleurs amis. Je ne crains rien, rassure-toi.

L'autre s'inclina et s'éloigna.

Ross tendit alors le bras et, quand Amanda y posa ses doigts gantés, il la conduisit vers l'une des alcôves installées dans le renfoncement des fenêtres.

Son ton était poli, mais son regard meurtrier.

– Qu'espérez-vous gagner en mettant ma femme au ban de la société ?

Elle ne fit pas semblant de ne pas comprendre.

– Oh, c'est juste une petite vengeance.

– Attention, Amanda ! Nous pouvons être deux à jouer à ce jeu-là.

Elle haussa les sourcils.

– Des menaces, Ross ? Cela devient intéressant. Vous ne pouvez rien contre moi, et vous le savez.

Ross serra les mâchoires. Amanda Chalmers n'avait rien à voir avec les Beasley. Elle ne s'affolait pas facilement, et avec raison. Elle avait des amis puissants parmi lesquels figurait le prince de Galles. Les méthodes de Desmond n'auraient aucun effet sur elle.

– Vous êtes une femme ravissante et intelligente, dit-il, mais vous n'avez pas d'âme.

Elle ouvrit son éventail et lui jeta un rapide regard par-dessus.

– Que savez-vous donc de l'âme ?

– Pas grand-chose. Mais, Dieu merci, j'ai le bonheur d'avoir épousé une femme qui possède une âme magnifique. Je ne vous permettrai pas de la blesser. Si vous ne mettez pas fin à votre campagne de diffamation, je trouverai un moyen de vous ruiner.

Elle rit, sincèrement amusée, ferma son éventail et lui en donna une petite tape sur le bras.

– Mon Dieu, mon Dieu ! Que de mots terribles ! Mais je ne m'en offenserai pas. Je comprends votre état d'esprit. Pauvre lady Sayle ! Enlevée par un valet pour devenir ensuite la catin d'une bande de contrebandiers ! C'est regrettable, vraiment.

Il était en train de perdre la bataille. Rien ne pouvait troubler l'assurance d'Amanda.

– J'aurais dû écouter ma grand-mère.

– Je vous demande pardon ?

– L'ossature de votre visage ! Saviez-vous qu'elle présente une mauvaise configuration ?

– Vous parlez par énigmes.

– Je suis terriblement tenté de les remettre en place.

Elle le regarda, déconcertée.

– Remettre quoi en place ?

– Les os de votre visage. De cette manière-là !

Il lui prit son éventail des mains et en arracha soigneusement chaque nervure avant de le lui rendre.

– C'est ce que je ferai de vous, Amanda, si vous ne rentrez pas vos griffes.

Tournant les talons, il s'éloigna, mais le rire malveillant d'Amanda résonna dans son dos.

Il retrouva Sally et Julian dans l'entrée.

– Tessa n'est pas avec vous ? demanda Sally en le scrutant d'un air inquiet.

– Nous l'avons perdue, avoua Julian. Elle était à côté de nous, puis elle s'est comme volatilisée...

La confusion régnait de l'autre côté de la porte de service. Tessa la franchit lentement en évitant le flot ininterrompu des valets qui allaient et venaient pour débarrasser les tables.

Une serveuse la remarqua et se dirigea vers elle.

– Je suis désolée, madame, mais vous ne pouvez pas entrer ici.

Tessa regarda par-dessus son épaule vers la salle Ronde à travers la porte entrouverte.

– Je cherche quelqu'un, dit-elle.

La petite bonne l'observa un instant.

– Seriez-vous lady Sayle, par hasard ?

Tessa acquiesça d'un signe de tête.

– Venez avec moi. Votre amie vous attend.

La jeune femme lui emboîta le pas et traversa derrière elle une grande pièce où les musiciens accordaient leurs instruments pour le bal. Personne ne leur accorda d'attention. Elles empruntèrent ensuite un long corridor et débouchèrent dans les coulisses. Des habilleuses brossaient et rangeaient les costumes, des servantes nettoyaient le sol. La petite bonne lui fit monter un escalier en colimaçon et elles se retrouvèrent sur le côté de la scène.

Tessa fit quelques pas sur la scène en regardant autour d'elle. La plupart des lumières étaient éteintes mais pas toutes car, dans la salle aussi, des femmes s'activaient à balayer entre les rangées de fauteuils.

Elle revint vers la serveuse.

– Il n'y a personne ici, dit-elle, du moins, pas la dame que je cherche.

– Voyons, tu ne me reconnais pas, Tessa ? murmura la serveuse.

Les coulisses étaient mal éclairées, et elle se rapprocha encore de quelques pas.

– Nane ? dit-elle. C'est toi ?

– Ai-je donc tant changé ?

C'était Nane. Elle en était sûre, à présent. Elle avait de grands yeux ronds, des mèches de cheveux bruns s'échappaient de son bonnet de mousseline et sa peau était mate. A l'école, plusieurs filles l'avaient traitée de bohémienne. Elle s'en souvenait seulement maintenant.

Elle sentit sa gorge se nouer. Elles avaient été autrefois très proches. Elles partageaient leurs secrets et leurs espoirs.

– Je t'ai écrit, dit-elle, mais tu ne m'as jamais répondu.

Nane haussa les épaules.

– J'ai quitté l'école de miss Oliphant peu de temps après toi. Personne n'a fait suivre tes lettres, et j'ignorais ce que tu étais devenue.

Tessa avala sa salive avec difficulté.

– Nane, commença-t-elle avec une légère hésitation. Pourquoi portes-tu cette tenue de serveuse ?

Nane baissa les yeux sur sa robe noire et son tablier de mousseline blanche.

– Parce que je n'avais plus d'argent et qu'il fallait

bien que je mange, fit-elle en fixant Tessa. Je ne travaille pas ici, en fait. Mais je devais absolument te parler en tête à tête, et c'est le seul moyen que j'ai trouvé. J'ai essayé de t'approcher, Tessa, mais tu n'es jamais seule. Je t'ai vue te promener dans le parc de Sayle House.

– Tu m'as observée ?

Nane acquiesça d'un signe de tête.

– Oui, mais les jardiniers m'ont chassée.

– Pourquoi ne t'es-tu pas présentée à la porte d'entrée ?

– C'est une longue histoire, Tessa. Les temps sont difficiles pour moi, et j'espérais qu'en souvenir du passé, tu voudrais bien m'aider. Nous sommes sœurs de sang, tu t'en souviens ?

Tessa hocha la tête. Cela faisait partie des choses qu'elle n'avait pas oubliées.

– Nous nous sommes glissées à la chapelle quand tout le monde dormait, se rappela-t-elle. Tu as piqué ton poignet et moi le mien. Ensuite, nous avons mélangé nos sangs au-dessus de l'autel et chanté des inepties.

– Une formule magique, précisa Nane. Nous avons juré de ne jamais nous tourner le dos, sinon nos âmes erreraient jusqu'à la fin des temps. Et en souvenir de notre serment, nous avons signé un engagement et l'avons enfoui dans notre « cachette consacrée ».

Tessa sourit.

– Je me demande si quelqu'un l'a trouvé.

– J'espère que non, remarqua Nane en posant brièvement la main sur le bras de son amie. J'ai des ennuis, Tessa, de terribles ennuis. J'ai besoin d'argent pour quitter Londres et commencer une nouvelle vie.

Je ne sais pas vers qui me tourner. Si tu ne m'aides pas, j'ignore ce que je vais devenir.

– Bien sûr que je vais t'aider. Mais tu dois d'abord me dire ce qui se passe. Tes messages étaient étranges.

– Mes messages ? Mais je ne t'ai envoyé qu'un seul message ! protesta Nane, dont la voix trahissait l'inquiétude. Quelqu'un d'autre t'a-t-il écrit en utilisant notre code ?

– Non, non, répondit Tessa d'une voix calme. Quelqu'un m'a joué un tour, mais sans utiliser notre code.

– Tu n'as dit à personne que nous nous retrouvions ici ?

– Bien sûr que non. Mais tu dois absolument me raconter ce qui se passe.

Nane jeta un coup d'œil par-dessus son épaule.

– Ce n'est ni le lieu ni le moment de te raconter tout cela. Es-tu prête à m'aider, Tessa ? Deux mille livres feraient l'affaire. Mille suffiraient, si c'est tout ce que tu peux réunir. Il faut que je quitte Londres. Cela devient trop dangereux ici pour moi.

– Je te donnerai l'argent, bien entendu, mais tu dois m'expliquer ce qui t'arrive.

Nane secoua la tête.

– Pas ici. Peux-tu m'apporter l'argent demain soir ?

– Demain soir ? Oui, je suis sûre que j'y arriverai, promit Tessa sans réfléchir aux problèmes pratiques qu'elle devrait affronter pour réunir une telle somme.

– Tu n'auras pas à aller loin, Tessa. Je vis à Kensington, dans la petite maison juste en face de l'église. Je pouvais te voir de ma fenêtre chaque fois que tu assistais au service du dimanche, mais je craignais de me montrer, de peur que tu ne me reconnaisses devant tout le monde. Personne ne doit savoir que tu m'as vue. Et ne parle pas de l'argent non plus ! Tu as compris, n'est-ce pas ?

Elle jeta de nouveau un coup d'œil derrière son épaule.

– A demain soir, alors. Utilise la porte de derrière et assure-toi que tu n'es pas suivie.

Elle s'apprêtait à faire demi-tour quand Tessa la retint par le bras.

– Nane, si quelqu'un essaie de te faire du mal, nous devrions aller trouver mon mari. Il t'aiderait, tu sais.

– Ton mari ! C'est la dernière personne que j'irais trouver. Ton mari me tuerait s'il savait ce que j'ai fait.

Nane voulut se dégager, mais Tessa resserra son étreinte. Ses soupçons, qui lui avaient d'abord paru ridicules, se confirmaient.

– Tout cela est lié à Becky Fallon, n'est-ce pas ?

Comme Nane ne répondait pas, elle la secoua sèchement.

– Nane, qu'as-tu fait ?

Des larmes jaillirent de ses yeux, et elle murmura :

– Je me croyais en sécurité parce qu'il ne m'avait pas vue cette nuit-là, mais il m'a prise pour une autre fille.

Les mots se mirent à jaillir comme si une digue s'était soudain rompue :

– Je suis presque sûre qu'il les a tuées, Tessa. C'est ma faute. Je n'aurais jamais cru... je ne savais pas... Je pensais qu'il s'agissait d'accidents. Il ne s'est pas attaqué à toi parce que tu étais en France. Ou peut-être savait-il que tu n'avais rien à voir là-dedans. Il ne faut pas qu'on nous voie ensemble. Pas seulement pour ma sécurité, mais pour la tienne aussi. Laisse-moi partir, Tessa ! Laisse-moi partir !

– Calme-toi, Nane ! Si nous allons trouver les autorités, elles t'aideront.

– Elles me recherchent, elles aussi ! C'est pour cela que je dois quitter Londres. Il y a un homme, Desmond Turner, qui pose des questions à mon sujet. Il travaille main dans la main avec la police. Ne comprends-tu pas ce qui risque de m'arriver ? C'est à cause de moi qu'il a tué toutes ces filles. S'ils ne me pendent pas, ils m'enverront aux colonies !

Elle s'arracha à l'étreinte de Tessa et resta là à trembler.

– Ils ne te feront rien à toi, reprit-elle. Tu as été très habile de prétendre que tu n'étais pas là cette nuit-là. Moi, il me recherche, et s'il me trouve, il me tuera comme il a tué toutes ces autres filles.

Tessa pressa ses doigts tremblants sur son front. Elle ne parvenait plus à réfléchir : ses pensées s'agitaient dans son cerveau comme un essaim d'abeilles.

– Je n'arrive pas à te suivre, dit-elle. Qui essaie de te tuer, Nane ?

Elles relevèrent toutes les deux brutalement la tête alors qu'un appel résonnait :

– Tessa ?

Nane fila comme une biche aux abois, laissant la porte de l'escalier ouverte derrière elle.

– Tessa ?

La voix s'était rapprochée, et elle reconnut l'intonation de Ross.

Elle n'était pas encore prête à lui faire face. Elle pivota à l'aveuglette et se précipita dans l'escalier. Elle retrouva d'instinct le chemin qu'elle avait parcouru avec Nane, traversa la pièce où les musiciens accordaient leurs instruments et courut droit dans les bras du vicomte Pelham.

– Larry, souffla-t-elle, et elle s'effondra contre lui, rassurée.

Il ne s'acharnait pas, comme son mari, ou Desmond, ou Sally, ou encore Julian, à essayer de lui faire revenir en mémoire la nuit où Becky Fallon s'était noyée. Il ne lui avait jamais posé de questions sur Nane Roberts ou sur Fleetwood Hall. Il était comme un îlot de terre ferme au milieu des sables mouvants.

– Où diable étiez-vous, Tessa ? Ross est dans un état épouvantable et nous en faisons les frais. Il nous a tous envoyés à votre recherche.

Il la repoussa pour l'observer.

– Vous êtes blanche comme un linge. Quelqu'un vous a-t-il insultée ? Si c'est le cas, je le ferai payer...

– Non ! protesta-t-elle en secouant la tête. Larry, je suis vraiment contente d'être tombée sur vous. J'ai besoin de votre aide.

– De quoi s'agit-il ? demanda-t-il prudemment.

– Je sais que je possède de l'argent, mais j'ignore comment l'utiliser. Dois-je simplement me rendre à la banque et leur demander de me le donner ? Je n'en ai jamais eu besoin, jusqu'ici : Ross s'occupe de tout.

– Pourquoi avez-vous besoin d'argent, Tessa ?

– S'il vous plaît, Larry, implora-t-elle. Répondez juste à ma question.

– En général, les femmes mariées n'ont pas leur propre compte. Il faut que vous demandiez à Ross de faire la démarche pour vous. Maintenant, allez-vous me dire ce qui se passe ?

Elle réfléchit un moment avant de murmurer :

– Quand vous êtes à court de fonds, Larry, comment vous y prenez-vous ?

Il se rembrunit.

– Ross vous a-t-il dit quelque chose à mon sujet ? Car si c'est le cas...

– Non, non. Dites-moi juste comment obtenir deux mille livres sans que mon mari s'en aperçoive. Vous l'avez fait assez souvent, si je ne m'abuse.

Un sourire contraint apparut sur les lèvres du jeune homme.

– D'habitude, je vends quelque chose ou je le mets au mont-de-piété. Mais Ross s'en aperçoit toujours. Ecoutez, je peux vous prêter l'argent, si vous voulez...

Elle sentit les larmes lui monter aux yeux et sa gorge se nouer.

– Vous feriez cela pour moi, Larry ?

– J'en serais heureux. Cependant, réunir une telle somme me prendra quelques jours...

Elle posa la main sur sa manche.

– Cela ne peut attendre. Je me débrouillerai autrement. Pourriez-vous faire quelque chose pour moi, Larry ? Voudriez-vous passer me prendre demain matin avec votre cabriolet et m'emmener faire un tour ?

Il la regarda un long moment.

– Tessa, je sais à quoi vous pensez. Je veux bien vous aider, mais je ne suis pas sûr que ce soit une bonne idée. Ecoutez, Julian a beaucoup d'argent et il serait heureux de vous prêter deux mille livres...

Elle l'arrêta d'un geste.

– Non ! Vous êtes le seul en qui je puisse avoir confiance. Personne d'autre ne comprendrait... Maintenant, donnez-moi votre bras et allons rejoindre Ross.

Ross suivit la jeune femme dans sa chambre et ferma doucement la porte. Il n'avait pas pu lui parler pendant le trajet du retour, à cause de la présence de sa grand-mère.

Elle dégrafa son manteau bordé de zibeline et le posa sur une chaise d'un air absent, avant d'aller regarder par la fenêtre.

– Tessa, que s'est-il passé ce soir ? demanda-t-il. Pourquoi êtes-vous partie toute seule sans dire à personne où vous alliez ?

Sa voix paraissait lointaine quand elle répondit :

– Je vous l'ai dit. J'avais trop chaud. L'un des valets m'a indiqué une pièce plus fraîche.

Elle écarta les rideaux de mousseline.

– Est-ce là l'église où nous assistons aux offices du dimanche ? Bien sûr, ce ne peut être qu'elle. Elle jouxte notre parc, n'est-ce pas ?

Il alla se placer derrière elle et la fit doucement pivoter vers lui.

– Tessa, quelqu'un aurait-il tenu des propos qui vous auraient bouleversée ? Auriez-vous surpris des paroles désagréables ?

– De quel genre ?

Il prit son visage entre ses mains et déposa un baiser sur ses lèvres.

– Ne les laissez pas vous rendre malheureuse, murmura-t-il. Ce sont des esprits étroits et malveillants, qui n'ont rien de mieux à faire de leur temps. Amanda Chalmers sera réduite au silence, je vous le promets.

Elle frissonna et recula d'un pas.

– Amanda Chalmers ?

– Elle est à l'origine de cette campagne de diffamation. Elle l'a reconnu ouvertement devant moi.

Elle a dû obtenir ses informations des Beasley. Je suis sûr que c'est elle qui les a prévenus et leur a suggéré de vous ramener à Bath. Comme ça n'a pas marché, elle a changé de plan. Mais rassurez-vous : aucun de ceux qui vous connaissent n'accordera de crédit à ces histoires.

Elle fut d'abord stupéfiée par ces propos.

– Oh, je vois, déclara-t-elle enfin. Ma mauvaise réputation a fini par me rattraper. C'est cela ? Mais ce n'est pas nouveau.

Un pli barra le front de Ross, et il la fixa d'un drôle d'air.

– Vous ne le saviez pas ? Vous n'avez pas entendu les commérages ?

La torpeur qui engourdissait l'esprit de Tessa depuis sa rencontre avec Nane commença à se dissiper. Il ne croyait pas qu'elle s'était enfuie à cause de la chaleur, mais parce qu'elle avait dû entendre quelques ragots sur son passé. Si elle avait été dans son état normal, elle le lui aurait tout de suite laissé croire. Maintenant, c'était trop tard.

Les mots de Nane lui martelaient la cervelle. *Ton mari me tuerait s'il savait ce que j'ai fait.* Elle ne pouvait rien lui dire tant qu'elle n'aurait pas obtenu des réponses claires à ses questions.

Elle éprouvait un étrange sentiment qu'elle ne parvenait pas à chasser. Elle pressentait qu'un ennemi invisible rassemblait ses forces contre elle mais, ignorant tout de cet ennemi, elle était incapable de le combattre...

Le mensonge vint tout naturellement à ses lèvres.

– Je songeais à mon grand-père. Il adorait la musique. Nous aurions eu tellement de choses à nous dire après le concert. Je... je n'arrivais pas à retenir mes larmes et je me suis glissée à l'écart jusqu'à ce que je puisse me dominer.

L'expression de Ross s'adoucit, et elle comprit que, cette fois-ci, il la croyait.

– Tessa, murmura-t-il en lui tendant les bras.

Sa raison lui conseillait d'être prudente, mais son cœur lui tenait un autre langage. Elle voulait lui faire confiance. Mais elle avait peur et elle ne savait même pas de quoi elle avait peur... C'était insupportable.

Elle se laissa tomber dans ses bras avec un gémissement.

– Je ne veux pas réfléchir davantage. Cela ne me fait aucun bien. Je veux juste oublier. Aidez-moi, Ross. Faites-moi oublier...

Pensant qu'elle avait besoin de réconfort, il l'enlaça en couvrant son front, ses joues et ses paupières de baisers. Ce n'était pas assez pour elle. Elle se pressa avec frénésie contre son corps musclé. Il sentit son désir, mais derrière le désir se cachait un terrible sentiment de désespoir.

Il enfouit les doigts dans ses cheveux, répandant les épingles par terre.

– Tessa, que se passe-t-il ? Dites-le-moi. Parlez-moi.

Parler était la dernière chose qu'elle désirait. Elle glissa sa main entre leurs corps et se mit à le caresser. Sa réponse fut immédiate.

Alors elle l'attira vers le lit.

Il aurait voulu prendre son temps, mais elle ne le lui permit pas. Elle savait comment le rendre fou et elle ne s'en priva pas. Leurs regards se nouèrent.

– Faites-moi oublier, chuchota-t-elle, et, soulevant sa tête de l'oreiller, elle prit ses lèvres avec avidité.

Elle cria quand il la pénétra, et ils s'immobilisèrent

tous les deux. Puis il se mit à bouger, lentement d'abord, faisant monter peu à peu le plaisir. Il l'amena plusieurs fois au bord de l'éblouissement, lui laissant le temps de récupérer avant de recommencer.

Puis, quand elle s'abandonna en frissonnant dans ses bras et qu'ils furent tous les deux épuisés, il tenta à nouveau de la faire parler.

– Dites-moi ce qui vous inquiète, murmura-t-il.

– La France me manque. J'ai le mal du pays.

20

Ross travaillait dans la bibliothèque quand on lui apporta une lettre. Le coursier attendait la réponse dans l'entrée. L'expéditeur était M. King, un prêteur bien connu qui avait son officine dans Clarges Street. Il avait déjà reçu ce genre de messages par le passé. En fait, Ross avait convaincu les gens de cette profession de l'avertir si lord Pelham se présentait à leur porte pour essayer de revendre des objets. En échange, ils recevaient une solide récompense...

A sa connaissance, Larry ne s'était jamais adressé à M. King. Il faut dire que ce n'était pas un prêteur ordinaire. Ses habitués appartenaient à la meilleure société, et il comptait même parmi eux quelques personnes de sang royal.

Se carrant dans son fauteuil, il commença sa lecture. M. King écrivait qu'il avait reçu ce matin un collier faisant partie de la collection Sayle. La dame qui l'avait apporté était prête à proposer aussi une broche de rubis et d'émeraudes. Elle l'avait retirée en apprenant que le collier suffisait pour le prêt dont elle avait besoin.

Ross fit immédiatement le rapprochement. Ce matin même, Larry était venu chercher Tessa pour la déposer chez les Turner où elle devait passer l'après-midi. Il était convenu qu'il leur enverrait sa voiture en fin de journée et qu'un dîner les réunirait tous à Sayle House.

Serrant les dents, il froissa la lettre dans sa main. De toute évidence, Larry croulait à nouveau sous les dettes, et il avait persuadé la jeune femme de mettre le collier en gage. Ross ignorait lequel des deux le faisait enrager davantage : Tessa pour avoir fait cela derrière son dos, ou Larry pour l'avoir incitée à le faire.

Tessa fut vite pardonnée. Trop de choses lui étaient arrivées en même temps, et elle n'était plus elle-même. Larry avait dû lui raconter un tas de mensonges pour parvenir à ses fins.

En réfléchissant à Larry, sa colère se transforma en inquiétude. Leurs rapports s'étaient terriblement détériorés. Il se tuait à répéter les mêmes choses sans que le jeune homme change rien à sa conduite. Celui-ci s'adonnait au jeu et l'argent lui filait entre les doigts.

Avec un juron étouffé, Ross repoussa son siège et alla rejoindre le coursier.

Sally remplit les tasses. Tessa en tendit une à Julian. Puis, s'emparant de la sienne, elle s'installa près du feu. Une petite marche de plus d'une heure dans Hyde Park les avait mis de fort bonne humeur.

Assise paisiblement, Tessa songea combien tout cela semblait banal. Le feu qui brûlait dans la cheminée, l'assiette de gâteaux au carvi que la bonne venait de poser sur la table, Sally et Julian en train de se chamailler comme d'habitude...

Mais, en fait, la journée était loin d'être ordinaire. Il lui suffisait de glisser la main dans sa poche et de sentir le bon de deux mille livres pour s'en persuader.

Le souvenir de sa rencontre avec M. King la rendait nerveuse. Elle avait insisté pour que Larry ne reste pas auprès d'elle pendant l'entretien, de peur que Ross ne retourne sa colère contre lui s'il découvrait un jour ce qu'elle avait fait.

Mais il n'y avait aucune raison pour que cela revienne aux oreilles de Ross. D'abord, elle avait donné une fausse identité. Ensuite, elle rachèterait le collier avant la fin de la semaine. Elle possédait son propre argent. Il lui suffirait de découvrir comment y avoir accès.

Elle jeta un coup d'œil à la pendule. Dans quelques heures, elle serait auprès de Nane et obtiendrait enfin la réponse à toutes les questions qui s'agitaient dans sa tête. L'incertitude était ce qu'il y avait de plus difficile à supporter. Elle en venait à soupçonner ses amis... et même son propre mari ! Son imagination avait transformé les mots de Nane en quelque terrifiante imprécation.

Ton mari me tuerait s'il savait ce que j'ai fait.

C'était juste une figure de style. Nane ne le pensait pas vraiment. Alors que voulait-elle dire par là ?

Il y a un homme, Desmond Turner, qui pose des questions à mon sujet.

Ross, et maintenant Desmond. Qu'est-ce que cela pouvait bien signifier ?

Elle avala une gorgée de thé.

– Quand Desmond doit-il rentrer ? demanda-t-elle à Sally.

– Demain ou après-demain, répondit cette dernière distraitement.

– Est-il sur une affaire ?

Sally releva la tête.

– Une affaire ?

– N'était-il pas dans le Yorkshire récemment pour suivre une affaire ?

– Ah oui, en effet. Son travail le fait beaucoup bouger.

Tessa reprit une gorgée de thé.

– Je me souviens, à Paris quand nous nous sommes rencontrés, Desmond a parlé d'un cas très intéressant auquel il avait été confronté, un de ceux qui le déroutaient. Et il a affirmé qu'il ne renoncerait jamais à faire toute la lumière à ce sujet.

– Je m'en souviens, confirma Sally.

Elle regarda Julian, puis détourna les yeux.

La tasse de Tessa était vide, mais elle continua à aspirer des gorgées imaginaires... Non, ce n'était pas le fruit de son imagination. Les choses n'étaient pas ce qu'elles paraissaient. Julian et Sally lui cachaient quelque chose.

Il m'a prise pour une autre fille. Il les a tuées. Je pensais que c'étaient des accidents...

Elle poursuivit :

– D'après Desmond, la malheureuse semblait avoir été victime d'un accident de voiture, mais il était persuadé que c'était un meurtre.

– Cela ressemble bien à Desmond, intervint Julian en riant.

Tessa esquissa un sourire.

– Il s'agissait de Margaret Hemmel, une élève de Fleetwood Hall, elle aussi. Mais je n'ai aucun souvenir de cette fille. Te rappelles-tu qui étaient ses amies, Sally ?

– Non. Moi non plus, je ne m'en souviens pas.

– Pourquoi cet incident vous est-il revenu à la mémoire, Tessa ? questionna Julian. Est-ce que quelqu'un vous a parlé de miss Hemmel ?

Il paraissait désinvolte, mais ses yeux trahissaient son intérêt. Tessa serra ses doigts autour de sa tasse pour les empêcher de trembler.

– Non, répondit-elle. Larry m'a posé des questions sur Desmond. (Et ce n'était pas un mensonge.) Il n'avait jamais entendu parler de quelqu'un proposant ses services pour résoudre des meurtres.

– Larry ? releva Julian – et il échangea un regard avec Sally. Il me l'a aussi demandé.

Il était temps de changer de sujet. Sans le vouloir, elle avait éveillé les soupçons contre le malheureux Larry. Mais de quel genre de soupçons s'agissait-il donc ? Elle réprima un soupir.

– Sally, ton gâteau au carvi est une pure merveille. Il faudra que tu me donnes la recette. Puis-je en avoir un autre morceau ?

Elle avait un plan pour se glisser dehors sans se faire remarquer, mais il n'était pas sans risque. Si Nane n'avait pas été si effrayée qu'on la découvre, elle aurait pu demander à Larry de l'accompagner jusqu'à sa porte en plein jour. Mais, terrifiée comme elle l'était, cette solution était à écarter, et il fallait qu'elle choisisse son moment avec soin.

Elle n'était jamais seule plus de cinq minutes, là

était la difficulté, et elle commençait à se dire qu'il ne s'agissait pas d'un hasard. Non seulement elle se méfiait de son mari et de ses amis, mais eux aussi se méfiaient d'elle. « Méfiance » n'était pas le mot juste, d'ailleurs. « Vigilance » semblait davantage approprié...

Elle remua dans son lit et repoussa le bras de Ross. Constatant qu'il ne se réveillait pas, elle se glissa au bord de la couche, se leva sans bruit, et passa rapidement sa robe de chambre.

– Tessa ? murmura-t-il d'une voix enrouée de sommeil. Où allez-vous ?

– Je n'arrive pas à dormir. Je vais chercher un livre dans la bibliothèque.

– Hummm, fit-il en se retournant de l'autre côté.

Elle écouta un moment sa respiration régulière. Puis, satisfaite, elle quitta la pièce...

Dès que Ross entendit la porte se refermer, il se redressa. Il n'avait pas cru un instant à cette mauvaise excuse. Quelque chose se tramait, et il avait bien l'intention de découvrir le fin mot de l'histoire.

Toute la soirée, il s'était retenu de lui parler du collier qu'elle avait mis en gage. Après avoir rencontré M. King, il avait traqué son beau-frère et, à l'issue d'une conversation pénible, il avait fini par se convaincre que Larry n'était pas impliqué dans cette affaire. Que voulait-elle faire, alors ? Il l'ignorait. Tout ce qu'il savait, c'est qu'elle avait un bon de deux mille livres en poche.

Il était sûr qu'elle agirait cette nuit. Elle avait à peine croisé ses yeux de toute la soirée. Et quand il était venu la rejoindre dans son lit, elle n'avait pas voulu faire l'amour. Cela avait mieux valu, car il lui aurait été difficile de cacher sa colère et il aurait perdu toute chance de découvrir la clé du mystère !

Rejetant les couvertures, il regagna sa chambre et s'habilla rapidement. Quelques minutes plus tard, il passait la porte qui donnait sur l'escalier de service et rejoignait le rez-de-chaussée.

Tessa entra dans le petit salon et posa sa bougie. Le valet avait paru surpris quand elle lui avait annoncé que, ne pouvant dormir, elle avait décidé de lire dans le boudoir pour ne pas déranger son mari. En temps ordinaire, elle n'aurait pas pris la peine de donner des explications à un valet, mais elle ne voulait pas qu'il se pose de questions.

Un peu plus tôt, elle avait caché son manteau et ses bottines dans une commode. Elle les enfila rapidement et, enfonçant sa main dans sa poche, la referma autour du bon plié en deux. Elle laissa la bougie allumée et alla à la fenêtre qui s'ouvrit sans difficulté. Elle l'avait testée avant de se coucher.

Elle enjamba l'appui, sauta sur la terre bien tassée et resta accroupie, parfaitement immobile, en cherchant à se repérer. L'église St. Mary Abbots était sur sa droite.

Plusieurs gardes devaient surveiller le parc, avec des lanternes et des chiens. Elle les entendit effectivement approcher, puis ils tournèrent le coin de la maison et le bruit de leurs pas s'estompa peu à peu.

Elle prit alors une profonde inspiration et se lança dans une course effrénée.

Quand elle atteignit l'église, elle était hors d'haleine et souffrait d'un point de côté. Elle se cacha sous le cloître. L'un des gardiens l'avait aperçue au moment où elle traversait la pelouse, mais elle était sûre de l'avoir distancé.

La main contre sa bouche pour étouffer le bruit de sa respiration, elle tendit l'oreille, attentive au moindre bruit. Un chien aboya dans le lointain. Le vent murmura dans les branches d'un arbre et agita ses jupes. Puis le silence retomba.

Elle laissa passer plusieurs minutes avant de bouger. Il faisait noir sous le cloître, si noir qu'elle pouvait à peine voir sa main devant son visage. Elle chercha son chemin à tâtons, jusqu'au bout du mur, et fixa la ruelle qui partait de l'église.

C'était un chemin sinueux bordé de petites maisons. Les lanternes accrochées au-dessus de chaque porte diffusaient une clarté étrange. Il n'y avait pas âme qui vive.

La chaumière de Nane était juste en face de l'église, entourée de hauts sapins noirs sur un côté et d'un jardin sur l'autre. Aucune chandelle ne brûlait à l'intérieur, mais la lanterne qui surplombait la porte était allumée. Une lucarne s'ouvrait dans le toit. Ce devait être la chambre de Nane. Le jardin était clos par une haie et une porte de bois peinte en blanc y donnait accès.

Tout semblait banal, paisible. Trop banal...

Tessa frissonna et se recula dans l'ombre. La peur lui nouait l'estomac. Tout était trop ordinaire, trop calme, comme si quelqu'un avait tout organisé pour qu'elle se sente en sécurité.

Elle savait que sa peur était irrationnelle, et elle essaya de se raisonner. Elle devait continuer non seulement pour Nane, mais pour elle-même. Il fallait à tout prix qu'elle sache. Elle ne pouvait plus vivre dans la crainte et les soupçons.

Sans se laisser le temps de réfléchir davantage, elle souleva ses jupes et traversa la rue en courant. Elle chercha à tâtons le loquet de la grille, la franchit, puis fonça jusqu'à la porte de derrière. A travers une petite fenêtre, elle aperçut une chandelle allumée dans ce qui devait être l'arrière-cuisine.

Elle frappa à la porte, puis jeta un coup d'œil inquiet par-dessus son épaule. Il ne faisait pas aussi noir que sous le cloître, et elle distingua à l'arrière de la maison la buanderie et la cave à charbon. Puis une porte grinça dans les dépendances. Elle crut entendre un bruit de pas et la peur la saisit.

Vite, Nane ! Vite !

Elle frappa de nouveau. Quand elle tourna la poignée, le battant s'ouvrit et elle se rua à l'intérieur en repoussant la porte derrière elle. Elle se serait volontiers enfermée s'il y avait eu une clé.

– Nane ? chuchota-t-elle, indécise et angoissée. Nane ?

Personne ne répondit. Elle aurait dû en conclure que Nane était allée se coucher, lassée de l'attendre. L'absence de clé ne signifiait rien. Mais elle ne pouvait chasser la frayeur qui la paralysait. Si elle s'était écoutée, elle aurait pris ses jambes à son cou.

Par un terrible effort de volonté, elle les força à obéir à son cerveau. Elle entra sans bruit dans l'arrière-cuisine et attrapa le bougeoir.

– Nane ? répéta-t-elle.

Convaincue qu'il n'y avait personne au rez-de-chaussée, elle s'engagea dans l'escalier.

– Nane, chuchota-t-elle anxieusement en gravissant les marches. Où es-tu ?

Elle n'obtint pas davantage de réponse. Le silence et les ombres vacillantes découpées par la chandelle rendaient l'endroit sinistre, et son cœur se mit à battre frénétiquement contre ses côtes. Une porte était ouverte sur le palier.

– Nane ?

Elle s'arrêta sur le seuil, se préparant au pire. Allait-elle trouver Nane assassinée dans son lit ?

Mais il n'y avait aucun signe de Nane et le lit était défait. Comme son regard faisait le tour des lieux, la peur monta de nouveau en elle comme un torrent déchaîné. La pièce avait été mise sens dessus dessous. Le contenu des tiroirs était répandu par terre, les sièges éventrés, les gravures sur le mur retournées. Et le lit n'était pas défait : il avait été lui aussi saccagé, comme si quelqu'un cherchait désespérément quelque chose.

Une autre porte donnait sur cette chambre et elle aussi était ouverte. Elle s'en approcha prudemment. Il y avait là un petit palier avec une volée de marches qui descendaient au rez-de-chaussée. C'était l'escalier de service, qui devait déboucher dans l'arrière-cuisine où elle avait pris la chandelle.

Elle retourna dans la chambre. Il fallait aller chercher de l'aide. Il était sûrement arrivé quelque chose à Nane.

Elle posait la main sur la rampe quand elle entendit une porte se fermer et des pas se rapprocher de l'escalier.

– Nane ? cria-t-elle d'une voix méconnaissable. Nane, est-ce que c'est toi ?

Les pas s'arrêtèrent. Le silence retomba. Pas tout

à fait le silence, car elle entendait distinctement quelqu'un respirer.

Et elle sut que ce n'était pas Nane.

Lorsqu'un pied se posa sur la première marche, sa peur se transforma en panique et elle n'eut plus qu'une idée : s'enfuir ! Elle bondit vers l'autre porte qui donnait sur l'escalier de service et dégringola les marches. Elle déboucha dans l'arrière-cuisine, tenant toujours la chandelle, et se rua vers la porte de derrière.

Une main la frappa, envoyant la bougie rouler au sol et plongeant la pièce dans l'obscurité. Elle hurla et se jeta sur la gauche, puis s'immobilisa. Son assaillant se trouvait entre elle et la porte. Toutes les cellules de son cerveau étaient en ébullition. Il y avait deux portes derrière elle, mais laquelle des deux débouchait sur l'avant de la maison ? Elle n'avait aucun moyen de le savoir.

Et elle n'eut pas le temps de le découvrir.

Il bondit sur elle. Elle sentit sa sueur et une légère odeur de tabac. Son souffle balaya son visage. D'un geste instinctif, elle le frappa de sa main qui tenait toujours le bougeoir. La violence du coup lui arracha presque le poignet et elle poussa un cri. Son assaillant gémit et recula en vacillant. Elle lâcha le bougeoir, passa d'un bond devant lui, ouvrit la porte à la volée et fila hors de la maison.

Elle ne regarda pas une seule fois en arrière. L'instinct de survie lui donnait des ailes. Elle passa en trombe au milieu d'un fouillis de végétation et sauta dans le parc de Sayle House. Là, elle continua à courir.

Puis elle entendit les chiens et aperçut les lanternes. Un immense soulagement l'envahit.

Les chiens la rattrapèrent en premier. Elle courut encore quelques mètres avant de s'affaler dans l'herbe. A genoux, pliée sur elle-même, elle aspirait de grandes bouffées d'air. Les chiens se mirent à sauter autour d'elle en jappant joyeusement et en lui léchant le visage.

Elle leva les yeux au moment où deux gardes, bâtis comme des colosses, s'approchaient avec leurs fusils. Elle voulut leur parler de Nane, les envoyer à la chaumière, mais aucun son ne sortit de sa bouche.

L'un des hommes pointa son fusil en l'air et tira un coup. Plusieurs minutes passèrent avant qu'elle n'entende des voix et n'aperçoive d'autres gardes armés converger vers elle. Ross les accompagnait. Se relevant, elle se précipita dans ses bras.

Ross renvoya Tessa à la maison avec deux de ses hommes. Il aurait voulu l'accompagner, mais elle se montra si insistante, si inquiète au sujet de son amie qu'il ne put lui résister. Elle lui avait expliqué que les deux mille livres étaient destinées à Nane Roberts, une amie qui connaissait des temps difficiles. Elle s'était organisée pour se rendre chez elle afin de lui remettre l'argent. Une fois là-bas, elle avait été attaquée par un inconnu.

Il éprouvait une telle fureur contre cet homme qu'il l'aurait abattu sans aucun remords. En même temps, une terrible inquiétude le tenaillait pour l'amie de Tessa. Nane Roberts. Il se souvenait parfaitement de ce nom. C'était la jeune fille dont Desmond n'avait pas réussi à retrouver la trace. Elle aussi avait fréquenté autrefois Fleetwood Hall. Il ne connaissait pas exactement son rôle dans l'affaire, mais il était sûr qu'elle y était mêlée.

Il envoya chercher les autorités. Puis, flanqué des chiens et accompagné d'une dizaine de gardes, munis pour certains de fusils et pour d'autres de lanternes, il prit le chemin de l'église. On aurait dit une partie de chasse.

Ils mirent un petit quart d'heure à atteindre la chaumière de Nane. Une fois que ses hommes l'eurent encerclée, Ross saisit la poignée de la porte. Elle s'ouvrit sans difficulté et il ne remarqua aucun signe d'effraction.

Il pénétra dans un hall étroit sur lequel s'ouvraient quatre portes. Levant sa lanterne, il poussa celle de droite. Elle donnait sur une salle à manger. La pièce était sens dessus dessous. Tous les tiroirs avaient été renversés, les chaises retournées et les tapisseries des fauteuils éventrées. Un spectacle similaire l'attendait dans le salon. La dernière pièce qu'il visita était une chambre. Il s'arrêta sur le seuil et distingua une forme couchée au pied du lit.

Il s'agissait d'une vieille femme que quelqu'un avait manifestement étranglée. Prenant garde de ne pas la toucher, il étudia les marques rouges sur sa gorge. L'agresseur avait utilisé un foulard de soie, ou quelque chose de similaire. La victime n'avait pas dû beaucoup se débattre.

Il s'écarta rapidement et ouvrit la porte qui menait à l'arrière de la maison. Après avoir escaladé l'escalier, il arriva devant une porte ouverte donnant sur une petite chambre. Il relâcha sa respiration en constatant qu'elle était vide et prit alors son temps pour l'inspecter à fond. La porte avait été forcée. Le verrou avait sauté et l'un des gonds pendait à moitié. Il y avait aussi des entailles et des éraflures sous le loquet, comme si on y avait donné des coups de pied.

Il tenta de retracer dans son esprit l'enchaînement des faits. Celui qui était entré par effraction dans cette maison avait d'abord étranglé la vieille dame. Quant à celui ou celle qui occupait cette chambre, il avait poussé le verrou pour se protéger.

Mais Nane Roberts ne devait pas dormir, puisqu'elle attendait Tessa. Et il y avait de fortes chances qu'elle se soit installée en bas pour le faire. Avait-elle entendu quelque chose ? Avait-elle cherché refuge dans sa chambre ?

Il examina ensuite la porte qui menait à l'escalier de service et n'y décela aucune trace d'effraction. Par contre, il aperçut sur le palier une mule de satin. Il la ramassa et la regarda pensivement. La propriétaire de la mule avait dû descendre l'escalier en grande hâte.

– Monsieur le marquis ! Monsieur le marquis !

La voix venait du rez-de-chaussée. Ross dévala l'escalier de service.

– Nous avons trouvé quelque chose, annonça le garde.

Il sortit derrière la maison et se dirigea vers les dépendances.

– Dans la buanderie, Votre Seigneurie, ajouta-t-il.

Ross sut immédiatement qu'il s'agissait de Nane Roberts. Elle était couchée sur le dos, les yeux révulsés, le visage déformé par la terreur. Une de ses jambes était pliée sous elle et une mule de satin gisait dans un coin.

Il s'agenouilla et tâta son poignet. Il ne cherchait pas son pouls : il tentait seulement d'évaluer la température de son corps. Elle était froide, mais la pièce où elle se trouvait aussi. Et il lui fut impossible de savoir à quand remontait la mort.

– Apportez une couverture, ordonna-t-il. N'importe quoi, quelque chose pour couvrir cette pauvre fille.

Quand on l'eut recouverte, il se leva. A présent, il devait attendre l'arrivée de la police.

La nuit promettait d'être longue.

21

Tessa prit une longue gorgée de thé. Il était bouillant et lui brûla la langue, mais elle s'en aperçut à peine.

Nane était morte, assassinée, ainsi que la vieille dame chez laquelle elle vivait...

Elle se mit à trembler et reprit une gorgée de thé. Heureusement, Ross était près d'elle. Il paraissait si solide, fort comme un roc, et d'une bonté à toute épreuve. En un mot, tout le contraire de l'homme qui l'avait agressée dans la chaumière. Un pied posé sur l'un des chenets, il remuait les braises dans la cheminée pour faire repartir le feu.

Il était tard, très tard, pourtant la maison résonnait encore de mille bruits. Une porte grinça et elle surprit l'écho d'une conversation. Ross avait apparemment tiré tout le monde du lit dès qu'il avait découvert sa disparition. La douairière venait de regagner sa chambre, mais les domestiques vaquaient encore.

Tessa était étonnée de voir que son esprit s'arrêtait à ce genre de détails insignifiants, alors qu'on venait d'assassiner Nane. Elle aurait dû être entièrement occupée par cette affreuse nouvelle, mais elle n'arrivait pas encore à accepter la réalité.

Ross tourna les yeux vers elle. Il la trouva pâle comme la mort et remarqua combien elle tremblait. Il se mit alors à lui parler de la voix rassurante qu'on prend avec un enfant effrayé.

– Le juge et la police sont là-bas, maintenant. Mais ils viendront ici demain matin pour vous poser des questions.

Elle acquiesça d'un signe de tête, sans avoir vraiment saisi de quoi il parlait.

– Nane n'avait pas mentionné la vieille dame chez qui elle vivait. Qui était-ce ?

– Mme Conway. Votre amie travaillait chez elle comme demoiselle de compagnie. C'est ce que les voisins ont dit.

Ils avaient aussi précisé que Mme Conway était sourde comme un pot. Quant à miss Roberts, cela ne faisait pas très longtemps qu'elle était auprès de Mme Conway. Selon les informations de Ross, elle avait pris ce poste peu après qu'on eut publié l'annonce de leur mariage dans la presse.

La coïncidence était trop évidente pour être fortuite : Nane Roberts avait voulu se rapprocher de Tessa, et il devait découvrir pourquoi.

– Comment Nane est-elle morte ? demanda doucement la jeune femme.

– Tessa...

Sa voix monta d'une octave.

– Il faut que je sache.

Il hésita avant d'acquiescer.

– Elles ont toutes les deux été étranglées.

Mme Conway était dans la chambre du bas, et votre amie dans la buanderie.

Cependant, il n'était pas disposé à lui raconter tout ce qu'il savait. Selon toute vraisemblance, Nane Roberts s'était enfermée dans la buanderie, mais le meurtrier avait réussi à enfoncer la porte. Contrairement à Mme Conway, miss Roberts n'était pas morte tout de suite. D'après le médecin légiste, la décoloration du visage et les marques sur le cou indiquaient qu'elle avait été étranglée lentement, comme si le meurtrier avait relâché la pression une ou deux fois, soit pour la torturer, soit pour obtenir des informations.

Ensuite, il avait fouillé la maison de fond en comble. Mais les policiers n'avaient aucune idée de ce qu'il pouvait bien chercher.

– Ainsi, Mme Conway était dans sa chambre quand je suis arrivée, remarqua Tessa, et elle se remit à trembler. Et Nane se trouvait dans la buanderie ! Ô mon Dieu ! J'ai entendu quelque chose, une porte s'ouvrir, un bruit de pas, au moment où j'attendais que Nane me fasse entrer.

Imaginer les risques qu'elle avait courus rendait Ross fou de colère.

– Mais enfin, qu'est-ce qui vous a pris d'entrer dans cette maison alors que personne ne vous ouvrait la porte ? Vous rendez-vous compte que vous auriez pu vous faire tuer ?

A ces mots, elle frémit d'horreur.

– Je ne sais pas... il y avait une lumière dans l'arrière-cuisine. J'ai cru que Nane l'avait laissée pour moi.

– Il s'est montré très intelligent.

– Oh, non ! protesta-t-elle. Pourquoi aurait-il fait une chose pareille ?

– Il voulait vous faire entrer dans la maison afin de vous empêcher de fuir.

– Mais pourquoi s'en serait-il pris à moi ? Non, je suis certaine que vous vous trompez.

Sûr de lui, il secoua la tête.

– Il vous attendait. Il devait penser que vous saviez ce qu'il cherchait. Il était au courant de votre venue. Il a fumé des cigarillos dans la buanderie. Nous avons trouvé des mégots...

Il s'interrompit en remarquant qu'elle se recroquevillait dans son siège et que des larmes brillaient dans ses yeux. Il se radoucit. Mais la peur qui le tenaillait le rendait plus dur qu'il ne l'aurait voulu.

– Dites-moi exactement tout ce qui s'est passé depuis votre arrivée devant la maison.

Elle le lui raconta en quelques mots et, quand elle eut fini, il tremblait davantage qu'elle.

– Il a voulu vous empêcher de sortir !

Elle inclina la tête et sa gorge se serra.

– Et vous avez réussi à vous enfuir en le frappant avec un bougeoir ?

– Oui, souffla-t-elle.

– Seriez-vous capable de le reconnaître ?

– Non. Il faisait trop sombre.

Il se revit agenouillé devant le corps de Nane Roberts, mais c'étaient les yeux sans vie de Tessa qui le fixaient.

– Pourquoi, Tessa, pourquoi ? murmura-t-il.

Elle comprit aussitôt le sens de sa question. Il voulait savoir pourquoi elle avait agi en secret. Il y avait des choses qu'il valait mieux ne pas dire. La jeune femme refusait de lui avouer que sa trop grande imagination l'avait poussée à se défier de tous ses proches. Elle se sentait terriblement honteuse d'avoir pu douter de lui.

Elle finit par trouver une explication logique qui n'était pas en totale contradiction avec la vérité.

– Vous devez comprendre combien nous étions liées, Nane et moi. C'est la seule amie que j'aie jamais eue à l'école. Nous étions sœurs de sang et nous nous étions promis de nous aider mutuellement. Elle avait besoin d'argent. Elle était terrifiée au-delà de toute imagination, si terrifiée qu'elle n'osait pas venir me voir ouvertement. Elle s'est approchée jusqu'à la limite du parc, espérant me trouver seule, mais j'étais toujours entourée de gens. Aussi m'a-t-elle envoyé une lettre.

Il tenait sa confirmation : Nane Roberts s'était bien installée chez Mme Conway pour se rapprocher de Tessa.

– Ross, reprit-elle d'un ton suppliant. Je ne pouvais pas la décevoir. Vous comprenez, n'est-ce pas ?

Il se tourna pour la regarder. Il avait une expression dure, presque hostile.

– Parlez-moi de Nane Roberts, dit-il. Racontez-moi comment vous l'avez retrouvée. Je veux tout savoir.

Elle baissa les yeux sur sa tasse et la retourna machinalement dans ses mains. La froideur de Ross la glaçait, mais elle la lui pardonnait car elle en était involontairement responsable.

– Tout a commencé par la première missive que j'ai reçue, bien que Nane ait contesté l'avoir envoyée.

– Deux missives ? s'enquit-il brutalement.

– La première devait être une farce, j'imagine.

– Continuez...

En l'écoutant, il marchait de long en large et l'interrompait chaque fois que quelque chose ne lui semblait pas clair.

Son récit devint moins cohérent quand elle tenta de se souvenir des propos de Nane à l'Opéra.

Il sursauta soudain et s'exclama :

– Elle a dit que je la tuerais si j'apprenais ce qu'elle avait fait ? Que voulait-elle dire par là ?

– Il ne faut pas la prendre au mot. J'imagine que cela signifiait que vous seriez très mécontent. Elle a aussi affirmé que la police l'arrêterait. Elle avait certainement fait quelque chose de mal, et cela l'inquiétait. Avez-vous une idée de ce dont il pourrait s'agir ?

Il passa la main dans ses cheveux.

– Non, je n'en ai aucune idée.

– Et elle a également mentionné le nom de Desmond. Elle m'a dit qu'il avait posé des questions sur elle. Etiez-vous au courant ?

Il ne répondit pas tout de suite. Enfonçant sa main dans sa poche, il en sortit un petit cigare. Puis il l'alluma à une braise.

– Seul Desmond peut répondre à cette question, déclara-t-il.

– Mais... mais vous ne trouvez pas cela étrange ?

– Qu'y a-t-il d'étrange ? Votre amie a de toute évidence fait quelque chose de répréhensible, de criminel même. Desmond est payé pour rechercher ce genre de personnes. Il n'y a rien d'étrange à cela.

Elle détourna les yeux.

– J'imagine que vous avez raison.

Il ne lui laissa pas le temps de s'étendre sur la question.

– Ce que votre amie craignait m'intéresse davantage. Que vous a-t-elle dit exactement ?

– Elle n'a pas eu le temps de me donner d'explications. Elle devait tout me raconter ce soir. Mais elle a quand même fait une remarque, se rappela-t-elle en levant les yeux vers lui. Le meurtrier savait qu'elle était là la nuit où Becky Fallon est morte. Vous vous souvenez, je vous ai déjà parlé de cette fille qui s'est noyée dans mon école.

– Oui, je m'en souviens. C'est pour cela que vous avez aussi peur de l'eau.

Il regarda le cigarillo qu'il tenait à la main, songea aux mégots qu'il avait trouvés dans la buanderie et le jeta dans les braises.

Après une hésitation, elle se força à poursuivre :

– Ross, elle semblait croire que j'étais là moi aussi, cette nuit-là...

Elle secoua la tête.

– D'après elle, j'avais été très intelligente de prétendre que je n'étais pas là. Elle a dit... elle a dit que je n'avais pas eu de problème parce que j'étais en France. Et elle a parlé des autres filles. Oh, Ross, c'est affreux...

– Des autres filles ?

– Nane a dit qu'il les avait assassinées. Elle a dit... oh, je n'arrive pas à le croire !

– A croire quoi ? demanda-t-il, insistant.

– Elle avait peur que ce soit par sa faute qu'il ait assassiné les autres filles.

– Et vous étiez prête à lui donner deux mille livres et à l'aider à s'échapper ? remarqua-t-il sur un ton incrédule.

– Bien sûr que non ! Je voulais lui parler ! J'étais sûre qu'elle exagérait ! Je ne sais pas exactement ce que je pensais, mais je voulais la voir avant de faire quoi que ce soit.

Il s'était posté devant la fenêtre, lui tournant le dos. Elle ne pouvait plus voir son expression, mais elle sentait que chaque fibre de son corps était tendue à se rompre.

Ross se rendait compte qu'il l'effrayait, mais il était incapable de se retourner pour lui faire face, pas encore. Il était écrasé de remords. Si seulement il n'avait pas perdu Tessa de vue, il aurait pu rencontrer Nane Roberts et obtenir des réponses à ses questions. Mais si Cassie était morte par sa faute, celle-ci n'avait pas eu tort de craindre sa colère.

Il se sentait impuissant. Tout s'embrouillait dans sa tête. Desmond avait questionné tous les témoins, ils avaient examiné ensemble les rapports de police, et nulle part ils n'avaient trouvé mention de la présence de Nane Roberts, cette nuit-là. Pas même la plus petite allusion. La solution ne cessait de leur échapper. A une époque, il avait cru que Tessa détenait la clé du mystère, mais maintenant il voyait bien qu'elle était aussi déroutée que lui.

Il inspira profondément, et soudain une conversation qu'il avait eue avec Desmond lui revint en mémoire. Celui-ci avait eu l'idée de ramener Tessa à Fleetwood Hall, afin de raviver ses souvenirs...

Il s'efforça de prendre un air détendu avant de se retourner pour lui faire face.

– Juste pour que les choses soient claires dans mon esprit, pouvez-vous me répéter les propos qu'a tenus votre amie au sujet de cette fameuse nuit ?

Elle l'observa un instant.

– Je ne me rappelle plus exactement ses propos. Elle a dit qu'elle était là et que maintenant il le savait.

– Et a-t-elle remarqué quelque chose à votre sujet ?

Elle s'humidifia les lèvres.

– D'après elle, j'étais là aussi et elle me trouvait très intelligente d'avoir prétendu que je n'y étais pas.

– Et vous étiez là-bas, Tessa ?

Elle voulut protester, mais les mots se figèrent sur ses lèvres.

– Je devais certainement y être, chuchota-t-elle avec désespoir.

La surprise se peignit sur le visage de Ross.

– Pourquoi dites-vous cela ?

Une boule se forma dans sa gorge mais elle finit par articuler faiblement :

– Chaque fois que j'évoque cette nuit, mon cœur s'emballe et je n'arrive plus à respirer. Je suis terrifiée sans savoir pourquoi. Et je fais toujours ce même rêve, ce rêve horrible que vous connaissez déjà... Vous savez ce que je crois, Ross ? Je crois que j'étais sans doute là et que je ne veux pas me le rappeler. Tout le monde affirme que j'étais là.

Elle haussa les épaules d'un air accablé.

– Si seulement je pouvais me souvenir, je comprendrais toutes les allusions de Nane et je découvrirais l'identité de son meurtrier.

Il réfléchit un instant. S'il y avait eu un autre moyen de démasquer cet homme, il l'aurait volontiers utilisé. Mais Tessa était la seule carte qui lui restait.

Se redressant, il s'écarta de la fenêtre, traversa la pièce et s'accroupit devant son fauteuil.

– Ecoutez-moi, Tessa, dit-il. Quand vous vous êtes rendue chez votre amie, le meurtrier vous attendait. Il va recommencer, je n'ai aucun doute là-dessus. Il faut l'arrêter, vous comprenez ? S'il y a une chance que vous vous souveniez de ce qui s'est passé cette nuit-là, il faut la saisir.

Elle le regarda avec de grands yeux confiants.

– Que voulez-vous que je fasse, Ross ?

Elle ne fit aucun cauchemar cette nuit-là. Avant d'aller au lit, elle avait pris un verre de lait chaud auquel Ross avait ajouté quelques gouttes de laudanum. Cela avait fait l'affaire.

Le lendemain, quand le juge et les policiers se présentèrent, les effets du laudanum persistaient. Elle se sentait un peu étourdie et répondit à leurs questions calmement, bien qu'avec une certaine lassitude. Ce n'était pas seulement à cause du laudanum : pendant tout l'entretien, lady Sayle s'affaira autour d'elle comme une mère poule, et Ross, les bras croisés, surveillait les opérations avec des mines de chien de garde.

Elle reprit un peu ses esprits dans la voiture qui filait vers le village de Fleetwood. Et encore ne cessait-elle de bâiller.

– Nerveuse ?

Elle tourna la tête vers Ross. Ils se rendaient à Fleetwood Hall dans l'espoir que, là-bas, certains souvenirs lui reviendraient.

– Oui. Non. Un peu.

Il sourit et lui tapota la main.

Après un silence, elle soupira et murmura :

– Ross, la nuit dernière, cela semblait une bonne idée, mais maintenant je commence à avoir des doutes...

Tandis qu'il haussait les sourcils, elle poursuivit :

– Si j'étais bien là, la nuit de l'accident, pourquoi n'ai-je rien pu me rappeler pendant toutes ces années ?

– Ne réfléchissez pas à cela maintenant. Si vous vous souvenez de quelque chose, tant mieux ! Sinon, notre voyage ne sera pas perdu pour autant. Nous en profiterons pour prendre de petites vacances. J'ai envoyé quelqu'un retenir des chambres à *La Cloche*. Il paraît que c'est un hôtel très confortable, et nous pourrons faire de la marche dans la région.

– De la marche ? En janvier ?

Un petit sourire apparut sur les lèvres de Ross.

– Si vous n'avez pas le cœur à marcher, je suis sûr que nous trouverons d'autres occupations.

Elle essaya de sourire, mais une pensée lui traversa l'esprit.

– Je n'arrête pas de songer à Nane, chuchota-t-elle.

Il lui prit la main et la pressa doucement.

– Ne pensez plus à la nuit dernière. Essayez plutôt de vous souvenir du bon vieux temps. Parlez-moi de votre amitié avec Nane et de Fleetwood Hall.

Elle acquiesça d'un signe de tête. Ses doigts errèrent sur son col de fourrure et elle se mit à le caresser d'un air absent.

– Nane et moi étions différentes des autres filles, qui nous regardaient de haut. L'Académie de miss Oliphant était un endroit très distingué. Je ne sais pas comment nous avons pu y être admises.

Elle sourit comme un souvenir lui revenait à l'esprit.

– Nous étions toutes les deux absolument odieuses. Nous passions notre temps à faire des bêtises et à être punies. Je me rappelle une nuit où nous nous sommes glissées dans la chapelle quand tout le monde dormait. Nous avons sonné la cloche de toutes nos forces. Bien entendu, un étonnant tumulte s'est ensuivi dans l'école. C'était très amusant. Malheureusement, nous avons été découvertes et, après cela, on nous a mises dans deux dortoirs différents.

– Mais cela ne vous a pas empêchées de faire de nouvelles bêtises ensemble ?

Elle éclata de rire.

– Oh, pas le moins du monde ! Nous communiquions par l'intermédiaire de messages secrets codés. J'étais Thor et elle était Odin. Mais je vous ai déjà raconté cela...

Elle continua un moment à évoquer leur vie à l'école.

Ross commençait à comprendre l'ostracisme dont avaient souffert les deux amies. Elles s'étaient tournées l'une vers l'autre parce que aucune des autres pensionnaires n'avait voulu les accepter.

Il songea à Amanda Chalmers et à sa tentative de mettre Tessa au ban de la société, et son sang ne fit qu'un tour. Il était plus déterminé que jamais à déjouer ses plans...

Il se redressa brusquement en l'entendant prononcer un nom.

– Cassandra Mortimer ? répéta-t-il.

Elle acquiesça.

– C'est incroyable, je ne me souviens pratiquement plus de rien à son sujet, sinon qu'elle ne se donnait pas de grands airs comme les autres. C'était une des rares élèves que nous aimions, Nane et moi. Mais elle était plus âgée que nous, aussi nous n'avons jamais été vraiment amies.

Il regarda par la fenêtre pour que la jeune femme ne remarque pas son expression : Cassandra Mortimer... C'était Cassie, sa femme !

Tessa poussa un soupir et bâilla.

– Je sais que je ne devrais pas dire du mal d'une

morte, mais Becky Fallon n'était pas vraiment sympathique. Elle avait pris Nane en grippe et elle était franchement odieuse avec elle.

– Pourquoi l'avait-elle prise en grippe ?

– Je crois que leurs familles se connaissaient. Becky avait reçu une bourse, comme Nane.

Elle bâilla de nouveau. Au bout d'un moment, elle reprit :

– Mais Becky racontait partout qu'elle était une riche héritière et que sa famille était liée aux ducs de Northumberland. Nane ne s'est pas gênée pour annoncer que c'était un tissu de mensonges.

Elle soupira de nouveau et posa sa tête sur l'épaule de Ross.

– Becky cafardait toujours auprès des professeurs, vous savez, le genre : « Nane et Tessa sont sorties sans leurs chapeaux », etc. Par la faute de Becky Fallon, les punitions pleuvaient sur nous. Aucune des autres filles n'en recevait autant. Et ce n'était pas comme si Becky avait été elle-même une sainte ou...

Sa voix mourut et ses yeux se fermèrent.

Ross la secoua pour la réveiller.

– Que voulez-vous dire par là, Tessa ? Becky n'était pas une sainte ?

– J'ai dit cela ?

Elle passa sa main sur son visage.

– Ah oui. Nane prétendait que si nos professeurs découvraient ce que Becky manigançait, elle serait immédiatement renvoyée...

Comprenant soudain qu'elle venait de se rappeler quelque chose d'important, ses yeux s'ouvrirent tout grands.

– J'avais oublié cette histoire.

– Quand Nane vous a-t-elle dit cela ?

– Je... je ne m'en souviens plus.

Il réprima l'excitation qui montait en lui. Les souvenirs commençaient à refluer. S'il la guidait vers les bonnes pistes, il y avait une chance – si ténue soit-elle – pour que la mémoire lui revienne...

Il baissa les yeux et, bien qu'il ne vît que le sommet de sa tête, il comprit qu'elle dormait. Elle était blottie contre lui comme une enfant confiante. Il sourit et lui caressa tendrement les cheveux.

Ils arrivèrent à *La Cloche* au crépuscule. Tessa dormait toujours. Quand il la prit dans ses bras et monta jusqu'à leur appartement, elle fit entendre quelques gémissements de protestation. Mais elle se rendormit dès qu'il la posa sur le lit. Il dénoua les liens de son chapeau, le lui enleva et le jeta sur le siège. Il détacha ensuite les boutons de son manteau, puis la souleva légèrement, le temps de libérer ses bras. De nouvelles protestations s'élevèrent quand il lui retira le vêtement. Il sourit en hochant la tête avant de lui ôter ses bottines qu'il posa par terre à côté du lit. Elle portait une veste courte qu'il déboutonna aussi, et il en écarta les bords pour découvrir sa gorge. Sa peau était chaude sous la main qu'il posa un instant sur sa poitrine. Son cœur battait régulièrement.

Il sentit la peur familière lui nouer l'estomac. La vie était si fragile, et la jeune femme avait pris tant de risques insensés. La nuit précédente, elle lui avait fait traverser l'enfer. Elle lui avait menti et avait bien failli se faire tuer...

Fébrile, il se leva, retira sa veste et sa cravate et alla à la table de toilette. L'eau était froide, et c'était exactement ce dont il avait besoin. Se penchant sur la cuvette, il se versa le pot entier sur la tête, puis s'ébroua avant de s'essuyer les cheveux avec une serviette.

Ensuite, il revint vers le lit et s'assit à côté d'elle. Il huma son parfum, écouta sa respiration.

Elle souleva les paupières et tourna les yeux vers lui. Il avait un teint livide.

– Ross, que se passe-t-il ? s'inquiéta-t-elle. Qu'est-ce qui ne va pas ?

Enfouissant les doigts dans la masse dorée de ses cheveux, il lui souleva la tête pour l'embrasser.

Elle frissonna. Il n'était pas lui-même. Quelque chose n'allait pas. Il avait besoin d'elle...

Sans même réfléchir, elle se soumit à sa passion. Elle fit courir ses mains sur son dos, ses épaules, les glissa dans ses cheveux pour chasser les démons qui le torturaient.

Elle sentait chez lui un désir sauvage, primitif, mêlé à un désespoir tout aussi sauvage.

Elle s'offrit à lui, et ils firent l'amour passionnément, brutalement, aiguillonnés par l'urgence. Comme si c'était la dernière fois.

– Je vous aime ! cria-t-elle alors que l'extase les emportait dans ses volutes radieuses.

Tessa entra dans le petit salon où le dîner devait être servi. La pièce jouxtait leur chambre et, comme il était très tard, elle s'était déjà préparée pour la nuit. Ross l'attendait.

Elle remarqua la chaude lueur qui brillait dans ses yeux et sourit. Il lui tendit une chaise avant de s'asseoir en face d'elle, et plongea une louche dans une soupière fumante. D'autres plats, contenant différentes variétés de légumes, étaient posés sur la table.

– Vous avez faim ? s'enquit-il.

– Oh oui, je meurs de faim !

Tessa se sentait intimidée comme rarement elle l'avait été de toute sa vie. Elle avait mis son cœur à nu en faisant l'amour avec lui. Maintenant, elle aurait voulu qu'il prononce les mêmes mots, mais elle était trop orgueilleuse pour le lui demander.

Tout lui parut soudain faux : sa réserve, son sourire forcé, la manière dont il la regardait. Hésitante et blessée par la distance qu'il avait mise si rapidement entre eux, elle entama son repas en silence.

Il lui versa un verre de vin.

– Je vous conseille de vous vêtir chaudement, dit-il. Prenez votre pelisse, nous risquons de devoir marcher.

Elle étudia son visage.

– De quoi parlez-vous ?

– De Fleetwood Hall. Il y a du chemin entre la maison et le lac.

– Vous n'avez quand même pas l'intention de m'y emmener ce soir !

– Pourquoi pas ?

– Parce que... parce qu'il fait nuit.

– Nous prendrons une lanterne. Ne vous inquiétez pas, Tessa, nous ne nous perdrons pas.

– Mais il est si tard.

– Pas aussi tard que la nuit où Becky Fallon s'est noyée.

Elle posa son couteau et sa fourchette.

– Je pensais que nous irions demain matin. On y verrait davantage.

– C'est vrai. Mais ce n'est pas le but de l'exercice, n'est-ce pas ? répliqua-t-il en se servant des différents plats. Le but de l'exercice est de vous rappeler les faits qui sont survenus cette nuit-là.

Le cœur de Tessa se mit à battre la chamade. Elle baissa les yeux sur son assiette et comprit qu'elle ne pourrait plus avaler une bouchée.

Il la fixait d'un regard froid dans lequel perçait toute sa détermination. Cette fois, elle n'arriverait pas à le faire changer d'avis. Ce n'était même pas la peine d'essayer.

Elle prit son verre de vin d'une main tremblante et en but une longue gorgée.

22

Ils quittèrent la voiture non loin de la maison et poursuivirent leur périple à pied. Tessa était surprise que les gardiens les aient laissés passer et le fit remarquer à Ross.

– Ils nous attendaient, répondit-il.

– Ils nous attendaient ?

– Je les ai prévenus pendant que vous dormiez.

Un frisson remonta le long de son dos, mais elle réussit à s'enquérir sur un ton désinvolte :

– Et vous avez aussi demandé à miss Oliphant de nous autoriser à entrer dans son parc en pleine nuit ?

Il secoua la tête.

– Non. Tout doit être exactement comme la nuit où vous avez quitté la maison avec votre amie et vous êtes faufilées jusqu'au lac. Vous deviez avoir peur d'être découverte. Tout ce que vous avez éprouvé cette nuit-là, je veux que vous l'éprouviez de nouveau.

Elle leva les yeux vers lui. La lanterne qu'il portait découpait des ombres sur son visage et le rendait méconnaissable. On aurait dit un étranger. Même sa voix lui paraissait bizarre.

Pour s'encourager, elle jeta un coup d'œil par-dessus son épaule : six hommes les escortaient, tous armés comme l'était Ross. Mais, à la lumière vacillante de leurs lanternes, ils ressemblaient davantage à une bande de voyous qu'aux honorables domestiques de la maison Sayle...

La nuit était glaciale. Pourtant, elle ne sentait pas le froid. Son manteau était doublé de fourrure et la marche la réchauffait. La lune enveloppait de ses rayons argentés les branches dénudées des chênes et des tilleuls qui bordaient l'allée. De loin en loin, ils passaient sous des lanternes suspendues à des poteaux. Le silence régnait, seulement brisé par le crissement de leurs semelles sur les graviers et le craquement soudain d'une branche. Le paysage semblait aussi immobile qu'une gravure.

Ce n'était pas du tout comme la nuit où elle s'était glissée dehors avec Nane...

Une foule d'images envahirent son cerveau malgré elle : les feuilles des arbres étaient agitées par une brise tiède, l'herbe sous leurs pieds exhalait tout un bouquet d'odeurs. Elle avait chaud, trop chaud, et se sentait fiévreuse. Nane gloussait d'impatience. Un secret ! Il fallait que Tessa le voie de ses propres yeux, sinon elle n'y croirait pas...

Ce souvenir ne signifiait rien. Elle s'était enfuie si souvent avec Nane qu'il pouvait fort bien remonter à une autre date. Et le désir de Ross de la voir retrouver la mémoire pouvait aussi l'influencer.

– Fleetwood Hall, murmura-t-il.

Ils firent une halte sous un gigantesque marronnier et étudièrent silencieusement la maison. Comme Greenways, Fleetwood était flanquée de deux ailes. Son dortoir se trouvait dans l'aile est et celui de Nane à l'ouest. Les pensionnaires ne devaient pas être nombreuses en cette période de vacances. Quelques lumières pourtant indiquaient que la maison n'était pas complètement déserte. Et la lanterne au-dessus du porche était allumée elle aussi.

– C'est ici que tout commence, Tessa ! annonça Ross.

Il l'observa pour voir si elle avait compris et elle acquiesça d'un signe de tête. Il désirait qu'elle se comporte exactement comme la nuit où Becky s'était noyée. Il était trop tard pour reculer, maintenant.

Il la jaugea un instant puis, satisfait, poursuivit :

– Comment vous êtes-vous organisée pour retrouver Nane ? On vous avait séparées, mais vous vous arrangiez pour communiquer à l'aide de messages. C'est ce qui s'est passé cette nuit-là ?

– La chapelle, murmura-t-elle. Nous laissions les billets dans la chapelle. Tous les matins et tous les soirs, on nous réunissait dans la chapelle, et c'est là que nous déposions nos messages.

Elle se rappela la table sur laquelle était posée une boîte. C'était sous cette boîte qu'elles glissaient leurs petits mots.

– Qui a eu l'idée de sortir, cette nuit-là ?

– Ce doit être Nane.

– Pourquoi dites-vous cela ?

Elle s'agitait nerveusement.

– Parce que je ne me sentais pas bien depuis quelques jours. j'étais fiévreuse. Ma maîtresse m'avait préparé une boisson spéciale, de la limonade avec une cuillère à café de cognac.

– Je vois. Comment avez-vous quitté la maison sans qu'on vous remarque ?

– Je ne me souviens pas d'avoir quitté la maison.

Il se tourna vers elle et lui décocha un long regard. Après une hésitation, elle ajouta :

– Ce n'était pas difficile. Tout le monde dormait. Mon dortoir se trouvait au rez-de-chaussée. Il y avait un cagibi avec une petite ouverture. J'avais pris l'habitude de rentrer et de sortir par cette fenêtre.

– Comment se fait-il que vous ne dormiez pas ? Si l'une de vos maîtresses vous avait donné de la limonade avec un peu de cognac et que vous étiez fiévreuse, vous auriez dû vous endormir sur-le-champ, non ?

– Je ne l'ai pas bue, déclara-t-elle. Je l'ai jetée.

Et c'était exactement ce qu'elle avait fait. La mémoire lui revint brutalement. Elle avait pris une gorgée et renversé le reste dans un seau. Elle n'aimait pas le goût du cognac.

– Où avez-vous retrouvé Nane ?

– A la chapelle. C'était là que nous nous retrouvions toujours.

– Conduisez-moi là-bas.

Quand elle se mit en marche sur l'allée, il l'arrêta.

– Vous n'avez sûrement pas emprunté ce chemin. Quelqu'un aurait pu vous voir. N'y a-t-il pas un autre moyen de gagner la chapelle ?

Il avait raison, bien entendu.

– Par ici, indiqua-t-elle.

Elle fit demi-tour et se glissa derrière la maison vers un bouquet d'arbres.

La chapelle était seulement à cinq minutes à pied du bâtiment. C'était tout ce qui restait du premier baron Fleetwood qui vivait à l'époque des Tudors.

Ross examina l'édifice pendant un moment. Il en fit le tour en essayant d'ouvrir les portes.

– Comment faisiez-vous pour entrer ? finit-il par demander.

– Comment ?

– Vous m'avez dit que vous vous retrouviez ici, Nane et vous. Si vous avez sonné les cloches pour faire une farce, il faut bien que vous ayez trouvé un moyen de pénétrer à l'intérieur.

– Nane avait la clé.

– Et où gardait-elle cette clé ?

Elle éprouva une étrange répugnance à le lui dire. Elle ne voulait pas ouvrir cette porte. Elle ne voulait pas entrer dans la chapelle. Trop de souvenirs étaient liés à cet endroit.

– Nane avait découvert où l'aumônier gardait un double, déclara-t-elle. Il y a peu de chances qu'il y soit encore.

– Et où était-ce ?

– Dans ses cabinets, à l'arrière de la chapelle. Je crois que la clé était suspendue à un crochet derrière la porte.

Ross l'abandonna avec deux de ses hommes. Elle remarqua alors que les quatre autres s'étaient évaporés dans la nature. Mais dans la mesure où personne ne semblait s'en inquiéter, elle se dit que cela devait être normal...

Il revint quelques instants plus tard avec la clé, et bientôt ils pénétrèrent à l'intérieur. Ross leva sa lanterne et marqua un temps d'arrêt. Par-dessus les bancs, ils apercevaient l'autel, flanqué sur un côté par des fonts baptismaux en bois et sur l'autre par une chaire.

La jeune femme s'aperçut qu'elle retenait sa respiration, s'attendant presque à voir Nane surgir de sa cachette habituelle. Elle s'approcha de la chaire à pas lents.

Des bribes de conversations remontaient à son esprit...

Nane riant alors que Tessa prétendait qu'elle ne pouvait plus sortir la nuit parce que ses études s'en ressentaient. Nane était si intelligente qu'elle n'avait pas besoin de travailler. Tout lui était facile.

Nane se plaignant de Becky Fallon, qui était selon elle une enquiquineuse finie. Elle avait écopé d'une nouvelle punition à cause de Becky. Celle-ci l'avait vue manger un petit pain au lait en public dans les rues de Fleetwood – ce qui était un évident manque de savoir-vivre. Et, bien entendu, elle était allée le rapporter. Mais Nane allait lui régler son compte, à cette Becky Fallon. Ce n'était pas une sainte ! Loin de là !

– *C'est un secret,* disait Nane. *Tu ne le croirais pas si je te le disais. Il faut que tu viennes ! Absolument ! Tu as seulement un petit rhume, pour l'amour du ciel !*

Elle sentit une main sur son épaule et sursauta :

– Je suis désolé si je vous ai fait peur, murmura Ross. Mais vous observiez si fixement la chaire que je me suis demandé si vous vous rappeliez quelque chose.

Elle s'écarta de lui.

– C'est là que Nane et moi avions l'habitude de nous cacher, accroupies à l'intérieur de la chaire.

Nous avions découvert qu'on ne voyait pas notre lanterne de l'extérieur...

– Pourquoi aviez-vous besoin d'une lumière ?

Les yeux de Tessa se posèrent sur les fonts baptismaux. « Notre cachette consacrée », comme l'appelait Nanc.

– Nous écrivions des histoires. Chacune à notre tour, nous nous les lisions. Nous n'avions pas toujours de lumière.

– Où était la cloche que vous avez fait sonner ?

Quand elle montra du doigt le mur derrière l'autel, il alla l'examiner.

– Elle n'est pas fameuse, cette cloche, remarqua-t-il en levant les yeux vers le minuscule clocher.

– Ce n'est pas une cathédrale, Ross. C'est une chapelle. Et le clocher a été rajouté à une date ultérieure. On sonnait la cloche uniquement pour rappeler aux pensionnaires la prière du matin et du soir.

Elle alla s'asseoir sur le banc de devant et, au bout d'un moment, il vint la rejoindre.

– Que faisons-nous maintenant ? demanda-t-elle.

Il lui prit la main et baissa les yeux vers elle quand il la sentit trembler.

– Nous devons continuer, Tessa. Nous n'avons pas le choix.

– Je comprends.

Il agissait ainsi pour son bien. Cette pensée lui donna le courage de poursuivre. Mais son esprit dérivait déjà vers le lac et elle sentit son sang se glacer dans ses veines.

– Repensez à cette nuit, insista-t-il. C'était le mois de juin, presque à la fin du trimestre. Beaucoup des aînées de l'école allaient partir. Il existait un rituel, n'est-ce pas, selon lequel elles se rendaient au lac pour se baigner ?

– Cela a duré toute la semaine. Elles n'y allaient pas toutes ensemble, mais quelques-unes chaque fois, afin que leurs professeurs ne remarquent rien. C'était supposé être un secret mais tout le monde était au courant.

– Et vous avez décidé de leur jouer un tour avec Nane ?

Elle poussa un long soupir.

– Je ne voulais pas y aller parce que je ne me sentais pas bien. Durant toute la semaine, Nane m'avait écrit des billets pour me faire changer d'avis. J'imagine qu'elle a réussi.

Quand il se leva, elle posa une main sous sa poitrine pour ralentir les battements furieux de son cœur. Puis, se levant lentement, elle se laissa conduire dehors.

– Vous êtes partie d'ici ? s'enquit-il.

– Oui.

Elles se retrouvaient toujours à la chapelle d'abord.

– Montrez-moi le chemin.

– Pour aller au lac ?

– Où voulez-vous donc aller ?

Quelque chose lui revenait à la mémoire, mais elle n'arrivait pas à l'identifier clairement. Ross l'observait, attendant qu'elle se mette en marche. Une allée menait au lac, mais ce n'était pas le chemin qu'elle avait pris avec Nane cette nuit-là.

Elle contourna l'allée, hésita pendant un instant et s'enfonça résolument dans les sous-bois. Elle était stupéfaite de se rappeler aussi bien le chemin qu'elle utilisait autrefois. C'était comme un vieux réflexe qui avait perduré.

Elle se fraya un passage à travers un fouillis de végétation, enjambant des branches et serpentant au milieu des arbres. Elle fut bientôt en nage, pas seulement à cause de son manteau qui était trop chaud, mais parce qu'elle s'attendait à tout instant à déboucher sur le lac...

– *Dépêche-toi, Tessa ! Dépêche-toi !*

La voix de Nane résonnait dans sa tête.

– *Nous sommes en retard. Si nous ne nous dépêchons pas, nous allons tout rater !*

Non ! Rien de tout cela n'était arrivé. C'était le fruit de son imagination ! Ross lui mettait des idées dans la tête...

Elle ne s'était pas aperçue qu'elle courait, jusqu'à ce qu'elle sorte en trombe du couvert des arbres et s'immobilise brutalement devant l'étendue d'eau. Après la pénombre qui régnait dans le bois, le lac semblait briller comme un miroir, reflétant les rayons de la lune.

Elle resta là, paralysée par la peur, près de s'enfuir mais incapable de bouger. Elle n'aurait pas dû être là. Quelque chose clochait. Ce n'était pas ainsi que les choses s'étaient passées...

– Tessa !

Ross la rejoignit. Il était aussi essoufflé qu'elle.

– Je... je ne veux pas continuer, fit-elle d'une voix enrouée. Je n'aurais pas dû venir ici. S'il vous plaît, Ross, partons !

Elle sentit qu'il n'était prêt à aucune concession.

– Vous *devez* continuer, Tessa ! Vous commencez à retrouver la mémoire, c'est cela ?

– Non ! s'écria-t-elle. Tout est brouillé dans mon esprit. Rien n'a de sens !

– Nous n'avons pas encore terminé. Je vais vous aider à vous souvenir.

Il l'attrapa par le coude et la força à le suivre. Ils contournèrent le lac jusqu'à ce qu'ils atteignent l'autre rive qui faisait face à la maison. Elle savait pourquoi il l'avait amenée là. C'était l'endroit où Becky s'était noyée.

Elle leva les yeux vers les étoiles, fixa la chapelle par-dessus la cime des arbres. Mais elle refusait de poser les yeux sur l'eau.

– Regardez le lac, Tessa ! ordonna-t-il.

Paniquée, elle contempla la surface et poussa un gémissement en apercevant une forme flottant dans l'eau.

– Becky ! souffla-t-elle.

Elle se laissa glisser à genoux et enfouit son visage dans ses mains.

S'agenouillant devant elle, il la prit par les épaules.

– Regardez, Tessa ! Regardez de l'autre côté du lac. Vous les voyez ? Vous voyez ces filles que vous étiez venue espionner ?

Les larmes brouillèrent sa vue. De l'autre côté du lac, elle voyait une lanterne et quatre silhouettes se découper dans la lumière.

– Qui étaient-elles, Tessa ? Vous rappelez-vous leurs noms ? Laissez-moi vous les rappeler : Margaret, Johanna, Cassandra et Becky. Vous vous souvenez d'elles maintenant, Tessa ?

– Non, chuchota-t-elle. Non.

– Margaret, Johanna, Cassandra et Becky. Ai-je raison, Tessa ? Observez-les !

Elle regarda de l'autre côté du lac. Oui, il avait

raison. Sauf qu'il se trompait pour Becky. Elle n'était pas là.

– Vous rappelez-vous ce qui s'est passé ? demanda-t-il du même ton implacable. Elles vous ont entendue faire gicler l'eau. Vous vouliez qu'elles vous entendent, n'est-ce pas ? Vous faisiez semblant d'être en difficulté. Vous vous souvenez, Tessa ?

– S'il vous plaît, non ! Ce n'était pas moi ! Je jure que ce n'était pas moi !

Il demeura inflexible.

– Alors vous avez appelé à l'aide. Vous rappelez-vous ce que vous avez crié ? Tout cela est noté dans le rapport de police. Dois-je vous rafraîchir la mémoire ?

Ses mains puissantes s'enfonçaient dans ses épaules et l'empêchaient de bouger. Elle commença à se débattre. Il tentait de la noyer ! Ô mon Dieu, elle allait se noyer !

Le passé prit le pas sur le présent. Elle avait de nouveau douze ans et hurlait de désespoir et de terreur.

– A l'aide ! cria-t-elle. Aidez-moi ! Je ne sais pas nager ! Mon Dieu, je ne sais pas nager ! Vous devez m'aider ! S'il vous plaît, s'il vous plaît, pourquoi ne voulez-vous pas me croire ? Je vous en prie, je vous en prie !

Encore et encore, un flot de mots s'échappa de ses lèvres, jusqu'à ce qu'elle soit enrouée à force de crier. A la fin, les mots se transformèrent en plaintes et en sanglots.

Bouleversé, il saisit son menton et l'incita à le regarder.

– Ce n'était pas une farce, remarqua-t-il. Vous pensiez réellement ce que vous disiez.

– Bien sûr que je le pensais ! Mais elles ne m'écoutaient pas. Elles m'ont tourné le dos et se sont éloignées.

– Que s'est-il passé, Tessa ?

– C'était Becky qui était dans l'eau ! s'écria-t-elle. Becky ! Elle lui donnait des coups de pied pour essayer de lui faire lâcher prise. Mais il la maintenait sous l'eau ! C'était horrible, comme un cauchemar. Je ne pouvais pas l'aider. Je ne savais pas nager. Et j'étais lâche, si lâche. Et... et ensuite, je me suis enfuie à toutes jambes jusqu'à ce que je trouve une cachette.

Il fut incapable de parler pendant un moment.

– Qui était-ce, Tessa ? interrogea-t-il enfin.

– Je ne sais pas. Je n'ai pas vu son visage, ou alors je l'ai oublié. C'était l'amant de Becky. Ils se retrouvaient dans la serre. C'est là que Nane m'a emmenée cette nuit-là. Mais cela a mal tourné.

– Mais vous vous souvenez de ce qui s'est passé ?

– Oh oui. Maintenant, je me souviens de tout !

Il était inquiet pour elle, si inquiet, en fait, qu'il ne la ramena pas à la voiture mais la conduisit directement à Fleetwood House. La gardienne, qui ouvrit la porte en vêtements de nuit, se montra d'abord méfiante. Puis, s'apercevant qu'il s'agissait de personnes de haut rang, elle les laissa entrer.

Ross lui dit seulement que son épouse s'était sentie mal en passant devant les grilles. Dès qu'elle aurait récupéré, ils reprendraient la route.

Mme Doyle leur fit parcourir toute la longueur de l'aile est, celle où Tessa avait autrefois son dortoir, et les introduisit dans ce qui devait être son propre salon. La directrice ne rentrerait pas avant le lendemain, expliqua-t-elle, et les pensionnaires qui étaient retournées chez elles pour les vacances pas avant le début de la semaine. La maison était déserte en dehors de quelques professeurs et des élèves qui n'avaient pas de foyer, et tout ce petit monde était installé dans l'autre aile.

C'était une femme douce et maternelle, prête à rendre service. Elle alla à la cheminée, remua les braises pour faire repartir le feu et ajouta un peu de charbon. Quand Tessa fut assise, elle lui couvrit les jambes avec un châle et s'en alla faire chauffer la bouilloire pour le thé. Ross eut à peine le temps d'approcher un siège de la jeune femme que Mme Doyle revenait déjà avec une bouteille de cognac et deux verres.

Elle les posa sur le buffet, fit une petite révérence et s'éclipsa.

Ross regarda son épouse. Ses lèvres et son visage étaient aussi blancs que le fichu de mousseline qui égayait sa robe noire. Elle avait les yeux fermés, et des gouttes de transpiration perlaient à son front.

– Je suis désolé que cela ait été si dur pour vous, murmura-t-il.

Elle ouvrit les yeux.

– Vraiment ?

– Tessa...

Il essaya de la prendre dans ses bras, mais elle détourna la tête.

– Tout ce que j'ai fait était nécessaire.

– Vous vous êtes montré cruel et sans pitié. Mais vous n'étiez pas différent en France. J'aurais dû m'en souvenir.

– Vous verrez les choses différemment quand vous aurez eu l'opportunité d'y réfléchir.

– Je présume que c'étaient vos hommes, de l'autre côté du lac ?

Il serra les mâchoires.

– Il fallait que je vous fasse retrouver la mémoire.

Elle frissonna.

– Etait-ce vraiment utile de mettre ce baluchon dans l'eau pour me faire croire qu'il s'agissait de Becky ?

– Je voulais à tout prix ranimer vos souvenirs.

Il passa une main dans ses cheveux.

– Que puis-je dire, sinon que je suis désolé d'avoir dû agir de cette façon ?

– Oh oui, vous êtes désolé, remarqua-t-elle amèrement. Et maintenant, vous êtes impatient que je vous raconte tout ce dont je me souviens, je suppose ? Cela ne sert à rien. J'ignore l'identité de cet homme. Vous croyez peut-être que je ne cherche pas désespérément à m'en souvenir, non seulement pour Becky mais aussi pour Nane ?

– Je vais vous servir un peu de cognac.

Tout en versant l'alcool, il se maudissait intérieurement d'avoir dû se montrer si cruel, mais en même temps il ne voyait pas ce qu'il aurait pu faire d'autre. Maintenant, ils avaient au moins une piste.

Les questions se bousculaient dans son esprit. Elle avait raison : il était impatient d'entendre la suite de l'histoire. Mais quand il remarqua combien ses mains tremblaient en prenant le verre, il comprit qu'il devait lui laisser un peu de temps.

– Je veux que vous buviez ce verre de cognac, ordonna-t-il. Sans en laisser une goutte. Je vais vous envoyer la gardienne. Elle vous tiendra compagnie pendant que je m'occupe des hommes. Je ferais aussi bien de les renvoyer et de demander au cocher de revenir nous prendre ici demain. Vous êtes épuisée, incapable de voyager. Il vaut mieux que nous passions la nuit sur place. La gardienne nous fera des lits.

– Non, dit-elle. Pas encore. Asseyez-vous, Ross. Je veux vous faire le récit de ce qui s'est passé cette nuit-là. Si je ne le raconte pas tout de suite, je sens que je vais devenir folle.

Quand il fut assis, elle aspira une longue bouffée d'air.

– J'ai attendu Nane à la chapelle. Elle était en retard et je me sentais si mal que j'étais près de renoncer et de rentrer à la maison. Elle était très excitée en arrivant. Elle avait subtilisé des lettres destinées à Becky. Elle voulait me montrer quelque chose qui allait m'étonner, et je me suis laissé persuader.

« Nous ne sommes pas allées au lac, bien que nous soyons passées tout près. A travers les arbres, on apercevait les grandes. Mais nous ne nous sommes pas arrêtées. Nous avons été jusqu'à la serre. Il y avait deux personnes à l'intérieur : Becky et un homme. Nous pouvions entendre leurs voix, et ils se disputaient. Nane m'a dit que c'était l'amant de Becky. Et juste comme elle prononçait ces mots, la lumière s'est éteinte dans la serre.

« Je ne me souviens plus exactement de ce qui s'est passé ensuite. La voix de Becky est montée dans les aigus, puis soudain elle s'est tue. Alors, Nane s'est enfuie...

Quand elle marqua une pause, il resta silencieux. Il ne voulait pas rompre le fil de ses pensées. Mieux valait attendre qu'elle ait fini son récit avant de poser les questions qui lui brûlaient les lèvres.

Elle fixa le feu et les souvenirs affluèrent de nouveau.

– Je me suis enfuie moi aussi et me suis cachée dans un fourré. La porte s'est ouverte. Becky est sortie en courant. Il était juste derrière elle. Becky a continué sa course. Il s'est arrêté un moment pour regarder autour de lui avant de lui emboîter le pas. Je les ai suivis.

Elle pressa ses mains sur ses yeux, et sa voix n'était plus qu'un murmure :

– J'imagine que Becky s'est ruée vers le lac en pensant y retrouver ses amies. Mais elles étaient sur l'autre rive. Il n'y avait personne pour l'aider, en dehors de moi. Vous connaissez la suite, fit-elle en levant les yeux vers lui. Ils étaient tous les deux dans l'eau quand je les ai rejoints. Becky se débattait, puis il l'a maintenue sous l'eau. Je les apercevais grâce au clair de lune, mais pas très distinctement. Alors, je me suis mise à appeler à l'aide, mais les autres filles n'y ont pas cru. Quand il est sorti de l'eau, je me suis enfuie pour me cacher un peu plus loin. Je ne sais pas pendant combien de temps. Cela m'a paru durer une éternité. Mais je savais qu'il était là à m'attendre, et j'étais terrifiée à l'idée de bouger. Il m'aurait certainement attrapée si l'une des grandes n'était pas revenue chercher Becky.

– Cassandra Mortimer, dit-il doucement.

– Oui, Cassandra Mortimer. Mais elle arrivait trop tard. Il s'est enfui et je suis retournée à la maison. C'est tout ce que je sais. Je n'ai jamais vu son visage. Je serais incapable de le reconnaître si je le revoyais.

Elle tourna la tête et croisa son regard.

– Vous avez sans doute un million de questions à me poser ?

Ces paroles le rassurèrent. Elle semblait avoir dominé ses émotions.

– Elles peuvent attendre, répondit-il, puis il se leva et posa une main sur son épaule. Vous avez été très courageuse. Maintenant, buvez ce cognac. Je vais chercher la gardienne pour vous tenir compagnie.

– Où allez-vous ?

– M'occuper des hommes. Cela ne prendra pas longtemps.

Aussitôt qu'il fut parti, Tessa posa le verre, repoussa le châle qui couvrait ses jambes et se leva. Il faisait si chaud dans ce petit salon qu'elle était sur le point d'étouffer. Ou peut-être était-ce le souvenir de cette nuit qui la rendait nerveuse...

Elle se mit à marcher de long en large dans la pièce. Ross venait de prétendre qu'elle avait été courageuse. Ce n'était pas la vérité. Elle avait agi d'une manière impardonnable.

Elle aurait dû faire davantage pour sauver Becky. L'eau était peu profonde, et il n'y avait aucun danger de se noyer. Elle avait eu peur de ces mains puissantes qui maintenaient Becky sous la surface. Et, comme une lâche, elle était restée au bord du lac pendant qu'on assassinait la jeune fille.

Elle pressa la paume de sa main sur sa bouche pour étouffer un sanglot. Maintenant, elle comprenait trop bien son cauchemar habituel. Elle ne pouvait supporter d'avoir abandonné Becky et revivait son horrible fin...

Mais cela ne servait à rien de se punir après tant d'années ! se gronda-t-elle. Elle n'était à l'époque qu'une malheureuse fille de douze ans. Nane devait être là aussi, cachée quelque part. Les grandes l'avaient entendue appeler à l'aide, et pourtant elles s'étaient éloignées.

Plus tard, lorsque la fièvre l'avait enfin quittée, elle était si faible qu'on l'avait gardée à l'infirmerie, isolée des autres filles. Quand quelqu'un était venu lui poser des questions sur le drame, elle avait protesté que les grandes se trompaient : elle n'était pas là. Deux semaines s'étaient écoulées avant qu'elle ne soit totalement rétablie. Le trimestre était alors terminé, et toutes les filles étaient retournées chez elles.

L'année suivante, ses tuteurs l'avaient mise dans une autre école.

Quelque part, non loin, une horloge sonna. Elle entendit le crissement des roues sur l'allée et, bien que son cerveau ait enregistré ces bruits, elle ne leur accorda aucune attention. Ses pensées étaient entièrement occupées par la nuit où Nane était morte.

Il paierait pour ce crime. Dieu lui en était témoin, elle retrouverait ce monstre et le ferait payer ! Elle n'avait peut-être pas vu son visage, mais elle avait une piste. Elle savait ce qu'il cherchait quand il avait fouillé la maison de Nane...

A présent qu'elle était décidée à traîner le meurtrier de Nane en justice, elle ne se sentait plus torturée par la culpabilité. Ross lui avait fait vivre une expérience très pénible, mais si elle arrivait à démasquer le coupable, cela en valait la peine. Elle parviendrait peut-être à se pardonner de ne pas avoir tout fait pour sauver Becky.

Les autres filles. Je suis presque sûre qu'il les a tuées, Tessa...

Les mots de Nane lui revinrent brutalement à l'esprit. De qui d'autre pouvait-elle parler, sinon des filles présentes cette nuit-là ? Ross avait même mentionné leurs noms : Margaret, Johanna, Cassandra...

Il fallait qu'elle retrouve Ross pour le prévenir. Elle sortit précipitamment et s'arrêta après avoir fait quelques pas dans le couloir. La lampe qui brûlait quand la gardienne les avait introduits dans le salon avait disparu.

– Ross ?

Elle écarquillait les yeux pour percer l'obscurité. Elle était à bout de nerfs. C'est pour cela qu'elle avait la chair de poule et tremblait des pieds à la tête.

Malgré tout, quelque chose n'allait pas. Elle avait entendu la voiture s'en aller depuis un bon moment. Ross aurait dû être de retour. Et Mme Doyle était supposée venir lui tenir compagnie.

– Madame Doyle ?

Le bruit de sa voix résonna tout au long du couloir avant de s'éteindre. Une ombre se déplaça, mais c'était sans doute le fruit de son imagination. Elle serrait les poings si fort que ses ongles lui rentraient dans la peau.

Alors monta vers elle la légère odeur de tabac. Et elle comprit : il était là. Juste avant qu'il ne s'abatte sur elle, elle disparut dans la pièce en claquant la porte. Ses doigts n'avaient jamais été aussi rapides que lorsqu'elle tourna la clé dans la serrure. Le battant fut heurté avec la violence d'un coup de tonnerre. Quand elle voulut hurler, aucun son ne sortit de sa gorge. Un panneau s'était brisé mais la porte tenait bon. Instinctivement, elle se précipita vers la fenêtre.

La terreur montait en elle. Où donc était Ross ? Que lui était-il arrivé ? Des images affreuses lui venaient à l'esprit.

Quand la porte se brisa sous un nouvel assaut, elle ouvrit la fenêtre et grimpa sur l'appui.

23

Elle se rua vers les arbres, s'engageant pour aller à la chapelle dans le sentier le moins utilisé, celui qu'elle avait pris avec Ross tout à l'heure. Son idée était de sonner la cloche pour donner l'alarme.

C'était loin d'être le chemin le plus rapide, mais elle n'avait pas le choix. Le fait d'être cachée par les arbres et les fourrés était son seul avantage. Il fallait qu'elle atteigne la chapelle sans qu'il la voie.

Elle imaginait Ross gravement blessé et couché dans une mare de sang. Si elle ne donnait pas l'alarme rapidement, l'assassin les tuerait tous les deux.

Il ne faisait aucun bruit, mais l'ouïe de Tessa n'avait jamais été aussi acérée. Elle eut immédiatement conscience de l'instant où il enjamba l'appui de la fenêtre et se laissa glisser sur l'allée de gravier.

Elle s'aplatit contre le tronc d'un arbre et regarda en arrière. Il était au coin de la maison, et tentait de deviner dans quelle direction elle s'était enfuie. Elle n'attendit pas davantage. Le temps passait et Ross perdait peut-être tout son sang. Il fallait qu'elle se dépêche.

Toutefois, elle se montra prudente, se déplaçant d'arbre en arbre et contournant les buissons et les branches mortes. Une ou deux fois, elle s'arrêta pour écouter. Elle n'entendit que le son de sa respiration haletante. Alors elle hâta le pas. Son pied se prit dans une racine, et elle tomba de tout son long. Elle ne cria pas, mais le bruit de sa chute lui parut se répercuter avec autant de force qu'un coup de feu. Elle se releva immédiatement et jeta un regard en arrière.

Une ombre bougea, puis se fondit au milieu des arbres. De nouveau, le paysage parut aussi immobile qu'une peinture. Mais elle savait qu'il était à ses trousses.

Paniquée, elle se mit à courir comme une dératée. Une seule chose comptait maintenant : atteindre la chapelle et sonner la cloche. Il se précipita à sa suite. Ni l'un ni l'autre ne faisait plus d'effort pour se dissimuler. Mais elle détenait encore l'avantage. Elle avait de l'avance et il ne pouvait pas deviner quel était son but.

Elle déboucha dans la clairière où se dressait la chapelle et prit sur la droite, longeant tout l'édifice jusqu'aux cabinets où était conservé le double de la clé. Elle laissa échapper un gémissement de terreur quand ses doigts fouillèrent au-dessus du linteau sans la trouver immédiatement. Elle entendit l'homme s'approcher. Dans quelques secondes, il fondrait sur elle.

Soudain, ses doigts touchèrent un objet dur et froid. La clé ! Avec frénésie, elle l'arracha à son clou, puis sortit silencieusement et vola jusqu'au porche de la chapelle. Elle avait à peine passé le coin qu'il apparut à l'orée du bois. Il était de l'autre côté du bâtiment et elle devait encore ouvrir la porte. Elle pressa sa main sur sa bouche pour étouffer le son de sa respiration. Il fut moins prudent et, en entendant son souffle précipité, elle comprit qu'il se dirigeait vers les cabinets. Sans attendre davantage, elle introduisit la clé dans la serrure. Celle-ci grinça en tournant, et Tessa grimaça. La porte craqua quand elle la poussa. Il surgit à l'angle de la chapelle et se rua sur elle.

Elle s'élança à l'intérieur et remonta à toute allure

l'allée centrale jusqu'à l'autel. C'est alors qu'il la frappa dans le dos, l'envoyant rouler par terre. A cet instant, elle comprit qu'elle n'arriverait jamais jusqu'à la cloche de l'autre côté de l'autel. Elle avait perdu.

Terrorisée, elle bondit sur ses pieds et se retourna. Derrière lui, le clair de lune entrait à flots par le grand vitrail ovale au-dessus du narthex, jetant des ombres fantomatiques. Elle vit un homme de taille moyenne, mais ses traits étaient dans l'ombre. Elle recula, et il avança. Conscient de sa victoire, il ne semblait pas pressé d'en finir avec elle. Elle était prise au piège, sans aucun moyen de s'enfuir. Mais peut-être pouvait-elle détourner son attention afin d'atteindre la cloche...

Elle devait gagner du temps. Sa voix tremblait lorsqu'elle parla :

– Si vous me laissez partir, je vous montrerai où sont cachées les lettres que Nane a volées à Becky. Elles se trouvent dans la chapelle.

Il s'arrêta.

– Ainsi, vous connaissiez l'existence de ces lettres...

Cette voix lui était familière ! Elle l'avait entendue plusieurs fois, mais elle sonnait différemment maintenant. Elle était froide, inexpressive. Qui était-ce ? Ô mon Dieu, qui était-ce ?

Quand il avança, elle recula de nouveau, accordant ses pas aux siens. S'il l'attrapait, jamais elle ne pourrait actionner la cloche.

– Je n'arrivais pas à me décider à votre sujet, poursuivit-il. J'étais presque sûr que vous n'aviez rien à voir là-dedans. J'ai été étonné quand vous avez mordu à l'hameçon et m'avez conduit à votre complice, étonné et reconnaissant, car j'ignorais totalement où elle se cachait. Où sont les lettres ?

– Mordu à l'hameçon ?

– Mais oui, rappelez-vous mon message.

– Je ne comprends pas... commença-t-elle, puis la mémoire lui revint : il s'agissait de la première missive, que Nane avait nié avoir écrite. Je ne savais pas quoi faire de ce message, déclara-t-elle alors.

– Vous n'étiez pas censée en faire quoi que ce soit. Mais vous avez agi exactement comme je l'espérais. Vous vous êtes arrangée pour rencontrer votre complice. Je ne vois rien à redire à votre conduite. Non, comme je viens de vous le dire, je vous en suis reconnaissant.

Il était là à l'Opéra et il l'espionnait. Comme une imbécile, elle l'avait conduit à Nane. Il avait dû entendre leur conversation. Ensuite, il avait tué Nane. Et à présent c'était son tour...

Ils étaient presque à la fin des bancs. Elle tendit la main derrière elle, cherchant l'autel. A peine l'eut-elle touché qu'elle se mit à le contourner. Il fallait continuer à le faire parler, à distraire son attention. Encore quelques secondes, et elle atteindrait son but.

– Je n'étais pas la complice de Nane, et je n'ai pas été la chercher. C'est elle qui est venue me chercher. Elle avait besoin d'argent. C'est pour cela qu'elle voulait me rencontrer. Mais elle m'a aussi parlé des lettres et indiqué où elles étaient cachées.

Elle était stupéfaite de la facilité avec laquelle ce mensonge lui était venu aux lèvres. Elle poursuivit :

– Si jamais quelque chose lui arrivait, je devais les donner aux autorités. Voilà pourquoi nous sommes venus ici.

– Alors, c'était la vérité. Les lettres étaient vraiment cachées dans cette chapelle.

– C'est elle qui vous l'a dit ? questionna-t-elle sans pouvoir dissimuler sa surprise.

Les lettres étaient le prétexte rêvé pour gagner du temps. Elle n'avait pas vraiment cru que Nane les avait cachées là. Puis elle se souvint de l'expression que son amie avait utilisée à l'Opéra. Elle avait parlé de « leur cachette consacrée ».

– C'est ce qu'elle a affirmé, répliqua-t-il. J'avais fouillé la maison de fond en comble sans les retrouver. Pourquoi croyez-vous que je sois ici ?

– Je pensais que vous nous aviez suivis.

– Non, je vous ai précédés. J'ai décidé que les lettres devaient être mon premier souci. Sans elles, personne n'a de preuve contre moi. Je n'imaginais pas que Sayle serait aussi rapide. J'ai été pris par surprise quand vous êtes tous arrivés. Comme vous pouvez le voir, je n'ai pas réussi à mettre la main sur ces maudites lettres. Il semblerait que miss Roberts ne m'ait pas dit toute la vérité. Sont-elles toujours là ?

– Oui.

Sa voix cinglante la fit sursauter :

– Ne mentez pas ! Vous êtes déjà venue ici ce soir. Si les lettres y étaient, vous les auriez prises !

Avec une surprenante vivacité d'esprit, elle rétorqua :

– Nous les avons trouvées, effectivement, mais mon mari a préféré les laisser en place pour les montrer aux autorités. Il a envoyé ses hommes les chercher. Vous avez sûrement dû les voir partir...

Elle se trouvait maintenant dans le chœur, séparée de lui par l'autel.

Il ricana.

– Vous savez ce que je fais aux petites filles qui mentent ?

Elle le savait, et à cette pensée le courage faillit lui manquer.

– Vous avez tué toutes les filles présentes cette nuit-là, chuchota-t-elle d'une voix rauque.

– Je vois que nous nous comprenons. Maintenant, où sont les lettres ? Je vous préviens que ma patience est épuisée.

– Qu'avez-vous fait à mon mari ?

– Il s'en remettra. Et quand j'aurai mes lettres, je vous laisserai partir. Parole d'honneur.

Des larmes de rage lui montèrent aux yeux. Il jouait avec elle comme un chat avec une souris. Il ne l'épargnerait pas, elle le savait pertinemment. Et Ross non plus.

– Elles sont dans les fonts baptismaux, annonça-t-elle tandis que sa main touchait la corde de la cloche. Le piédestal est creux. Il y a un panneau en bas qui se retire.

– Je crois que vous devriez me montrer.

Comme il contournait l'autel, elle remarqua pour la première fois qu'il tenait un pistolet. Il n'y avait pas un moment à perdre. Elle attrapa la corde des deux mains et, au moment où elle allait s'y suspendre, un bruit déchira le silence. C'était l'écho d'un coup de feu, et il venait de l'extérieur.

Surpris, son agresseur pivota pour regarder l'entrée.

Alors elle tira sur la corde de tout son poids.

La cloche se mit en branle.

Ross était penché à la fenêtre ouverte du salon quand la cloche commença à sonner. C'était lui qui venait de tirer en l'air pour donner l'alarme. Quelques instants plus tôt, il avait trouvé la gardienne gisant inconsciente sur le sol de sa cuisine. Elle avait subi le même sort que lui : un coup sur l'arrière de la tête, qui l'avait assommée.

Il n'avait pas pris le temps de la ranimer, mais s'était rué au salon où il avait laissé Tessa. La pièce était vide et la fenêtre ouverte. Il s'était maudit pour sa bêtise : se croyant hors de danger, il avait renvoyé ses hommes au village. Quand il était revenu à la maison, la lanterne au-dessus du porche avait disparu, mais cela n'avait pas éveillé ses soupçons. Il était entré sans méfiance dans le hall et avait été frappé par-derrière.

Comme il n'avait plus de munitions, il abandonna son pistolet, enjamba le montant de la fenêtre et se mit à courir comme un fou. La chapelle se dressait sur une petite éminence. Malgré l'état de choc dans lequel il se trouvait, chaque tintement de la cloche renouvelait ses forces. Quelques instants plus tard, il déboucha dans la clairière.

La porte de la chapelle était ouverte, mais cette fois il se montra prudent. Il se glissa furtivement à l'intérieur et s'accroupit derrière le dernier banc. Il entendit des bruits de lutte, puis Tessa poussant un cri de douleur, et le claquement d'une gifle. Avec un hurlement de rage, il se précipita sur les silhouettes qui se débattaient devant les fonts baptismaux.

La jeune femme l'aperçut du coin de l'œil.

– Il a un pistolet ! cria-t-elle. Attention !

L'homme la repoussa brutalement et leva son arme vers Ross. Le coup partit, et elle hurla. Ross marqua une pause avant de se ruer sur lui. Ensemble, ils roulèrent entre les bancs dans un violent corps à corps.

A partir de cet instant, elle ne put déterminer qui était qui. Des poings se levaient et retombaient. Les coups de pied pleuvaient. Le choc sourd des corps contre le dallage la rendait malade. Sentant ses jambes se dérober sous elle, elle les suivit malgré tout comme ils progressaient peu à peu vers le narthex.

L'un des combattants se dressa sur ses pieds tandis que l'autre suffoquait, plié en deux. Son cœur se mit à battre la chamade. Lequel était Ross ?

L'homme debout envoya un grand coup de pied à son adversaire. S'il avait touché son but, cela aurait pu être fatal. Mais l'homme à terre se recula et il le manqua. Pendant que ce dernier se redressait, l'autre s'enfuit en courant et sortit de la chapelle.

Elle sut alors que l'homme à terre était Ross et se précipita pour l'aider. Il respirait avec difficulté en se mettant debout. Comme il se dirigeait vers la porte, il ordonna :

– Restez ici ! Je m'occupe de lui !

Surprise par son ton brutal, elle recula, mais quand il sortit en courant de la chapelle, elle se lança à sa suite.

Dehors, des hommes avec des lanternes remontaient vers la chapelle.

Une peur terrible serrait le cœur de la jeune femme. Elle hésita un instant, puis appela à l'aide de toute la force de ses poumons. Ensuite, elle se mit à courir et dégringola le chemin qui menait au lac. Les hommes la suivaient de loin. Elle allait à une vitesse vertigineuse, sautant les obstacles, évitant les branches et les ronces. Dès qu'elle déboucha sur le lac, elle les aperçut. Ils étaient à quelques mètres d'elle, dans l'eau jusqu'à la taille.

L'un des deux adversaires était en mauvaise posture. Il ne faisait que parer les coups de l'autre. Soudain le plus fort l'attrapa par les épaules et lui plongea la tête dans l'eau. Tessa était sur le point de se jeter entre eux quand elle entendit la voix de Ross :

– Espèce d'assassin ! haleta-t-il en remontant l'homme par le col de sa veste. Espèce d'ordure !

Et il l'enfonça de nouveau sous l'eau.

Tessa entendit le malheureux se débattre. Son mari continuait à le maintenir sous la surface. Elle se précipita dans l'eau avec un cri d'horreur.

Elle se cramponna au bras de Ross et essaya de lui faire lâcher prise. Elle criait et sanglotait en même temps, proférant des sons incohérents. Mais elle n'arrivait à rien.

La lumière jaillit soudain autour d'eux et les hommes débouchèrent du sous-bois. Elle put alors voir nettement Ross. Son visage était maculé de sueur et de sang. Il avait les dents serrées et un rictus tordait ses lèvres ; un éclat meurtrier brillait dans ses yeux.

Des mains amicales l'écartèrent.

– Tout va bien, milady. Tout va bien.

L'homme qui la déposa sur la berge était l'un des valets de Sayle House. Un instant plus tard, Ross se laissa tomber à côté d'elle. Il était courbé en deux, les jambes remontées sous son menton, et aspirait l'air à pleins poumons. Elle était restée debout et fixait son assaillant que deux hommes emportaient. Il était encore vivant, c'est tout ce qu'elle pouvait affirmer.

L'un des valets leva alors sa lanterne, et elle put voir son visage.

C'était Bertram Gibbon, le cousin d'Amanda Chalmers.

Elle s'éveilla au chant des oiseaux et comprit tout de suite qu'elle n'était pas dans sa chambre. Elle se trouvait encore à Fleetwood Hall. Tournant la tête, elle regarda vers la fenêtre. L'aube montait à l'horizon avec son char de feu, chassant les ténèbres alentour. Elle avait dû dormir une heure ou deux seulement.

Elle n'avait pas eu l'occasion de parler à son mari. En fait, elle n'arrivait pas bien à se rappeler ce qui s'était passé après ces affreux moments au bord du lac. Elle avait compris que les hommes de Sayle House avaient fait immédiatement demi-tour en entendant le coup de feu de Ross, suivi du tintamarre de la cloche. Elle se souvenait que Ross l'avait confiée à l'un des professeurs pendant qu'il emmenait le prisonnier au village avec ses hommes. Mais comment était-elle arrivée dans cette chambre, et pourquoi portait-elle une chemise de nuit qu'elle voyait pour la première fois ?

Tout se perdait dans un brouillard entrecoupé de vagues souvenirs : des bonnes en larmes ; un médecin ; du thé chaud ; Mme Doyle, plus furieuse que mal en point quand elle était revenue à elle ; ses vêtements mouillés qu'on lui retirait...

En fait, elle aurait dû dormir toute la journée. Mais une pensée l'avait réveillée, un détail qui lui était revenu à l'esprit.

Elle se glissa hors du lit et chercha ses vêtements

du regard. Ne les trouvant pas, elle ouvrit l'armoire. De toute évidence, on l'avait installée dans la chambre d'une maîtresse. Le personnel portait du noir et les professeurs du gris. En quelques minutes, elle fut habillée.

Un valet sommeillait dans le couloir, assis sur une chaise en face de sa porte. Il se redressa immédiatement et elle fut heureuse d'avoir quelqu'un pour l'accompagner.

– Je dois aller à la chapelle, murmura-t-elle. Suivez-moi.

La maison commençait juste à s'éveiller quand ils sortirent. Ils n'eurent pas besoin de lanterne. Le soleil glissait ses premiers rayons sur le paysage.

Elle laissa le valet faire le guet et entra dans la chapelle. Des souvenirs lui revinrent, mais elle les repoussa tous sauf un. Nane avait dit au meurtrier que les lettres de Becky étaient cachées dans la chapelle, mais elle ne lui avait pas indiqué l'endroit exact.

Elle s'agenouilla devant les fonts baptismaux. Le panneau qui pivotait n'était pas si facile à déceler. C'était ce qui l'avait sauvée la nuit dernière : Bertram Gibbon n'avait pas voulu la tuer avant d'être en possession des lettres. A présent, elle se rappelait exactement comment il fallait procéder. Un ange était sculpté dans la hauteur du tronc et le panneau dérobé épousait le contour de son pied droit.

Elle introduisit une de ses épingles à cheveux dans l'interstice et tira doucement. Comme rien ne se passait, elle accentua la pression. La boiserie se détacha alors sans problème, et elle la posa par terre. Elle glissa la main à l'intérieur, et ses doigts se refermèrent autour d'une liasse de papiers qu'elle retira avec soin.

Elle aperçut plusieurs rouleaux. C'étaient les histoires qu'elles se lisaient à tour de rôle avec Nane. Il y avait aussi un papier attaché par un ruban. Elle ne l'ouvrit pas : c'était leur pacte d'amitié éternelle. Une boule se forma dans sa gorge.

Il restait encore un paquet de lettres attachées par une ficelle. Elle s'assit sur le banc le plus proche et dénoua la ficelle. La signature de Becky figurait sur trois lettres, mais il y en avait une de la main de Nane. Tessa la déplia.

Elle était datée du 18 août de l'année précédente.

Elle se rappela qu'à l'époque elle était en France avec son grand-père. Ross Trevenan se faisait passer pour son secrétaire et ne cessait de chercher à la prendre en défaut...

Elle écarta cette pensée et se mit à lire.

Becky Fallon ne s'est pas noyée accidentellement dans le lac de Fleetwood Hall en juin 1795. Elle a été assassinée et j'ai vu son meurtrier. Il s'appelle Bertram Gibbon d'Alabany, et il l'a tuée parce qu'elle menaçait de révéler qu'elle attendait un enfant de lui et qu'il refusait de l'épouser. C'est écrit dans ses lettres. Je les ai subtilisées quelques heures avant qu'il n'assassine Becky. Je voulais ainsi faire peur à Becky, lui faire payer toutes les punitions que j'avais subies par sa faute. Mais cela a mal tourné.

Je n'ai pas été me présenter aux officiers de police qui sont venus mener une enquête à l'école. J'ignorais, à l'époque, le nom du meurtrier de Becky. Et j'avais peur parce que je n'aurais pas dû être dehors à cette heure-là. J'ai imaginé qu'on me punirait et que per-

sonne ne me croirait. J'étais trop effrayée de toute façon pour arriver à réfléchir.

Il y avait une fille de l'école, Tessa Lorimer, qui était là aussi. Elle n'en sait pas autant que moi et elle n'a rien à voir avec ce qui suit, mais elle a vu Bertram Gibbon noyer Becky et elle pourra confirmer mes propos. Elle a tenté d'attirer l'attention des grandes, mais elles ont cru que Tessa leur jouait un tour. La dernière fois que j'ai entendu parler d'elle, elle vivait en France avec son grand-père.

Personne ne savait que j'étais là sauf Tessa. Personne ne m'a vue, pas même Gibbon.

Plus tard, alors que je travaillais comme serveuse dans un hôtel de Reading, Gibbon y a passé une nuit. Il ne savait pas qui j'étais, mais moi je l'ai tout de suite reconnu. Je l'avais vu dans la serre avec Becky et je n'ai jamais oublié son visage.

J'ai découvert qu'il courtisait une riche héritière dont les parents étaient très pratiquants et refusaient leur consentement au mariage. Gibbon faisait tout son possible pour les persuader qu'il était un jeune homme bien et profondément croyant. Je crois qu'il a fini par épouser la jeune fille.

Quant à moi, j'étais dans une situation désespérée. Je sais que ce n'est pas une excuse suffisante pour ce que j'ai fait, mais à l'époque, je ne voyais pas d'autre issue. Aussi suis-je retournée à la chapelle pour vérifier que les lettres y étaient toujours. Puis j'ai écrit à Gibbon en le menaçant de raconter à sa future femme comment il avait noyé Becky dans le lac, s'il ne me donnait pas une grosse somme d'argent. J'ai précisé que je possédais ses lettres comme preuve. Et cela a marché. Je lui ai demandé de laisser l'argent à un endroit où je pourrais me rendre sans qu'il me voie. Il ne m'a pas vue et n'a pas découvert mon identité.

Je n'étais pas cupide, mais quand l'argent est venu à manquer et qu'il m'a été impossible de retrouver du travail, je lui ai écrit de nouveau. Jamais je n'aurais pu imaginer ce qui s'est ensuivi. Je suis presque sûre qu'il a tué toutes les autres filles présentes cette nuit-là en me prenant pour l'une d'elles. J'aurais tout de suite arrêté si je m'en étais doutée. Mais je ne l'ai appris que très récemment.

J'aurais dû aller trouver les autorités et tout leur avouer, mais comment aurais-je pu ? Je savais depuis toutes ces années qu'il était un meurtrier et je n'avais rien fait...

J'ai peur qu'il ne me retrouve et me tue. La dernière fois que je lui ai demandé de l'argent, il m'a tendu un piège. Je lui ai échappé, mais maintenant il connaît mon visage. Aussi lui ai-je de nouveau envoyé un mot pour le prévenir de l'existence de cette lettre. Je l'ai prévenu qu'elle serait transmise à la police s'il m'arrivait malheur.

J'implore votre clémence. Je n'ai jamais songé que je mettais en danger une autre vie que la mienne. Je demande particulièrement pardon aux familles des jeunes filles impliquées, Margaret Hemmel, Johanna Vernon et Cassandra Mortimer. Je sais que vous devez me détester pour ce que j'ai fait.

J'espère que vous arriverez un jour à me pardonner.

Nane Roberts.

Aucune de ces révélations ne surprit Tessa. Les choses s'étaient éclaircies dans son esprit sans même qu'elle y réfléchisse. Même l'évocation de Margaret Hemmel ne la troubla pas.

Elle laissa ses pensées voguer au fil du temps,

remontant à l'époque où elle avait rencontré le secrétaire soi-disant américain de son grand-père, puis Julian, Sally et Desmond.

La nuit précédente, quand Ross l'avait entraînée dans le scénario qu'il avait minutieusement préparé, il avait semblé en savoir davantage que ce qu'elle lui avait jamais raconté. Elle était si épuisée qu'elle ne s'était aperçue de rien sur le moment.

Elle baissa les yeux sur la lettre de Nane et relut le dernier paragraphe. *Cassandra Mortimer.* Mais bien sûr ! C'était la Cassie de Ross. Rien d'autre ne pouvait expliquer la rage meurtrière qui l'avait poussé à tenter de noyer Bertram Gibbon.

Elle avait froid, terriblement froid...

Elle se leva brutalement, replaça le panneau de bois, prit les lettres et les papiers et sortit de la chapelle.

24

Le champagne était prêt à être servi quand Ross entra dans la bibliothèque de Desmond. Le domestique l'annonça et, au moment où il passait le seuil, Julian se précipita pour lui donner l'accolade. Sally se mit sur la pointe des pieds et déposa un baiser sur sa joue. Quant à Desmond, ce n'était pas la première fois qu'il retrouvait Ross depuis l'arrestation de Bertram Gibbon, et il avait déjà eu l'occasion de le congratuler.

Julian porta un toast.

– A Tessa, dit-il, sans laquelle nous n'aurions jamais pu traîner ce salopard devant la justice.

Ces mots jetèrent une ombre sur leur gaieté. Ross avait raconté à Desmond – et Desmond l'avait répété à Sally et à Julian – combien Tessa avait été éprouvée par cette affaire. Depuis leur retour de Fleetwood Hall, elle refusait de recevoir qui que ce soit.

– Comment va-t-elle ? demanda Sally.

Ross prit une gorgée de champagne.

– Elle est très fatiguée. Elle dort une bonne partie de la journée.

Ce n'était pas un mensonge. La jeune femme souffrait d'épuisement, mais il y avait autre chose. Elle se comportait étrangement à son égard, et il supposait qu'elle avait eu un choc en le voyant perdre son contrôle et maintenir Bertram sous l'eau. Pourtant, il ne l'aurait pas noyé. Il était persuadé qu'il ne serait pas allé aussi loin.

Soudain conscient que tout le monde le regardait, il annonça :

– Quand elle sera en état de voyager, je l'emmènerai à Greenways. Et dès qu'elle se sentira mieux, vous viendrez tous et nous ferons une fête.

A ces mots, ils retrouvèrent leur entrain, et peu après ils interrogeaient Ross sur sa visite à Newgate, où Bertram Gibbon était incarcéré.

– A-t-il accepté de te voir ? s'enquit Julian.

– Pour ça, oui !

– Etait-ce bien raisonnable de lui rendre visite ? interrogea Sally.

– Non, ce n'était pas raisonnable, répondit Ross, et une expression lugubre se peignit sur son visage. En fait, c'était même écœurant.

Du même ton tranquille, Sally poursuivit :

– Comment était-il ?

– C'était incroyable. Il était aussi courtois que dans un salon, habillé avec élégance et rasé de près. En fait, il méprise le reste du monde. Il vit selon sa loi et n'éprouve aucun remords.

Il était allé voir Gibbon pour une seule raison. Il voulait regarder le meurtrier de Cassie dans les yeux et lui dire à quoi il devait s'attendre quand la corde du bourreau se refermerait autour de son cou. Il aurait voulu voir Bertram Gibbon ramper à ses pieds et implorer son pardon.

Au lieu de cela, il avait paru amusé et avait déclaré de son habituel ton affecté :

– Grattez la surface et vous verrez que nous sommes tous issus de la même jungle, Sayle, ainsi que vos propos viennent de le prouver. En fait, je crois même que vous êtes plus barbare que moi. Je n'ai jamais cherché à faire souffrir mes victimes. Mais vous... vous avez tenté de me noyer et, sans la présence de votre femme, vous y seriez arrivé. Et maintenant, vous voudriez que mes souffrances soient augmentées. Enfin, j'aurai au moins la satisfaction d'avoir eu la preuve de ce que j'ai toujours pensé : dans certaines conditions, plus personne n'est civilisé.

– Ne prétendez surtout pas que vos victimes n'ont pas souffert, avait rétorqué Ross amèrement. Vous avez torturé Nane Roberts. J'ai vu ce que vous lui avez fait. Vous l'avez étranglée lentement.

– Uniquement pour qu'elle me dise où elle avait caché ces lettres, mon cher Sayle. Ensuite, j'ai abrégé ses souffrances.

– Ne regrettez-vous donc rien ?

Gibbon avait haussé les sourcils.

– La culpabilité et les remords sont le lot des faibles. Je ne cherche pas le pardon. Ni celui de Dieu, ni celui des hommes. D'ailleurs, Nane Roberts était une petite garce intéressée. C'est par sa faute que j'ai dû éliminer toutes ces filles, y compris votre épouse...

Ross ne s'était pas attardé dans la cellule. Il n'avait pu supporter bien longtemps les sarcasmes de ce monstre.

Maintenant qu'il avait rejoint ses amis, il se sentait soulagé. C'était comme une bouffée d'air frais.

– Il y a encore quelques points obscurs, remarqua Sally après qu'il leur eut raconté sa visite au prisonnier.

– Lesquels ? s'enquit Ross.

– Becky Fallon, d'abord. Où Gibbon l'a-t-il rencontrée, et pourquoi l'a-t-il tuée ? Je veux dire... cela paraît si démesuré comme solution. Pourquoi ne pas simplement refuser de l'épouser, sans plus ?

– Il l'a rencontrée en rendant visite à des cousins, à Henley. Et quant à savoir pourquoi il l'a assassinée, elle menaçait de le poursuivre pour rupture de promesse de mariage. Il devait à tout prix épouser une héritière, et un parti intéressant se profilait à l'horizon. Il ne voulait prendre aucun risque.

– Et les lettres ? Pourquoi n'a-t-il pas cherché à reprendre ses lettres avant de la tuer ?

– Les lettres qu'il avait écrites à Becky n'étaient pas compromettantes. Il ne les avait pas signées. Elles ne pouvaient en aucun cas servir de preuves contre lui. Nane Roberts leur a attaché trop d'importance. C'est le fait qu'elle ait été témoin du meurtre qui a mis tout en branle. A Fleetwood, il voulait surtout récupérer la lettre que miss Roberts avait écrite pour la police.

– Alors c'est pour cela qu'il s'est mis à éliminer les témoins d'un drame qui s'était produit des années auparavant, remarqua Desmond.

– Il ignorait laquelle d'entre elles le faisait chanter, aussi a-t-il décidé de les supprimer toutes.

Julian laissa échapper un long soupir.

– Je dois être stupide. Mais je ne comprends pas pourquoi il ne les a pas tuées tout de suite. Je veux dire, il savait qu'on l'avait vu. Il a entendu Tessa appeler à l'aide.

– Il ne savait pas qu'on l'avait identifié, riposta Ross. Il ignorait que Tessa et Nane s'étaient arrêtées à la serre. Au bord du lac, il faisait sombre. Personne ne pouvait voir son visage. Il s'est cru sorti d'affaire, surtout après l'enquête.

– Mais Dieu merci, il ne s'en est pas tiré à si bon compte, intervint Sally. Il va payer pour tous ces meurtres.

Avec un juron, Ross se leva et marcha vers la fenêtre. Des voitures passaient dans la rue, mais il ne les remarqua même pas. Il se rappelait l'insupportable air de supériorité qu'affichait Bertram Gibbon dans sa cellule de Newgate, et comme il se vantait de s'être montré si intelligent...

Quand la porte s'ouvrit et que Tessa entra, écartant le domestique, ils se figèrent comme une bande de conspirateurs pris sur le fait.

– Eh bien ! lança-t-elle avec un sourire éclatant. Du champagne ! C'est sans doute pour fêter la victoire. Je pensais bien vous trouver là. Pourquoi n'ai-je pas reçu d'invitation ? Ross, vous auriez dû me prévenir.

Elle était enveloppée dans une pelisse bleu marine à la taille haute avec un bonnet assorti. C'était l'image même du charme et de la grâce : une délicieuse jeune femme dont la seule préoccupation était de rendre une visite. Mais tous ceux qui étaient présents la connaissaient trop bien pour croire à cette façade, et la couleur de ses yeux qui avaient viré au violet la trahissait.

– Tessa ! murmura Ross avec une note d'avertissement dans la voix.

Lorsqu'il vint à sa rencontre, elle s'écarta.

– N'est-ce pas merveilleux que j'aie deviné où vous vous cachiez tous ? Aussitôt que l'idée m'est venue à l'esprit, j'ai fait préparer la voiture. Et me voici ! Julian, servez-moi un verre, s'il vous plaît.

Julian lui tendit une coupe sans rien dire.

– A quoi allons-nous donc boire ? A l'amitié ?

Elle porta le verre à ses lèvres, puis l'écarta sans y avoir touché.

– Non, pas à l'amitié, reprit-elle. Les amis sont loyaux entre eux. Ils ne se mentent pas.

Elle les regarda chacun à leur tour.

– Vous savez, vous auriez pu m'avertir que j'étais l'appât destiné à attraper le meurtrier.

– Non ! protesta Sally. Il ne s'agissait pas de cela, Tessa. Nous nous efforcions de te protéger.

– Me protéger ? Est-ce le motif qu'ils t'ont donné pour te persuader de participer à cette mascarade, Sally ?

La douleur de la trahison commençait à fissurer le masque serein qu'elle avait plaqué sur son visage. Depuis deux jours et deux nuits, elle repassait les événements dans son esprit et n'avait eu aucun mal à reconstituer le puzzle. Il fallait qu'elle ait été aveugle pour ne pas remarquer tous leurs mensonges.

– Tu m'as menti, Sally, insista-t-elle. Et cela est

impardonnable. Je te croyais mon amie. J'imaginais que tu venais à Sayle House parce que tu m'aimais. J'espère que tu as été suffisamment rétribuée du mal que tu t'es donné et du temps que tu as perdu à cause de moi.

– Cela suffit ! tonna Ross.

– Je suis ton amie, Tessa ! s'écria Sally avec désespoir.

– Tu n'as jamais été une élève de miss Oliphant ! Tu t'es montrée amicale afin de mieux m'espionner ! Toi et Julian aussi ! Il ne t'a jamais fait la cour ! Tout cela ne servait qu'à m'abuser. Tu n'arrêtais pas de creuser dans mon passé pour me faire retrouver la mémoire. Je t'ai donné un nom, Nane Roberts, et tu le leur as immédiatement transmis. Nane m'a dit que Desmond avait posé des questions sur elle.

Ross prit son épouse par le coude. Ses yeux étaient aussi orageux que les siens.

– Pour l'amour du ciel, ressaisissez-vous ! Ne comprenez-vous donc rien ! Un odieux meurtrier vient d'être arrêté ! Vous étiez sa prochaine victime.

Elle se libéra et rejeta la tête en arrière avec morgue. Sa voix tremblait.

– Je n'ai jamais été en danger, jusqu'à ce que vous me rameniez en Angleterre. Vous ne pouvez nier que je vous ai servi d'appât dans votre chasse à l'homme !

Il la fixa un long moment, avant de se tourner vers les autres.

– Voulez-vous bien nous excuser et nous laisser seuls un instant ? Je dois parler avec ma femme.

– Tessa...

Sally fut réduite au silence par Julian :

– Pas maintenant, Sally. Vencz et montrez-moi plutôt ce livre que vous avez trouvé si intéressant...

Desmond hésita, puis les suivit hors de la pièce.

– Vous venez vraiment de nous donner un joli spectacle, reprit alors Ross d'une voix lasse. Ne comprenez-vous donc pas combien ils se sont démenés pour vous ?

Une moue apparut sur les lèvres de la jeune femme.

– Si je m'en souviens bien, Desmond Turner se démenait pour résoudre un crime qui le déconcertait depuis longtemps, le meurtre de Margaret Hemmel. Quant à vous... commença-t-elle (et elle dut s'arrêter et avaler sa salive avant de continuer), depuis le début, vous étiez sur les traces du meurtrier de votre femme, et vous étiez prêt à écarter tous les obstacles de votre chemin.

Il resta silencieux. Une expression figée durcissait son visage.

– Je vois que vous ne cherchez même pas à nier ! s'écria-t-elle, furieuse.

Les larmes lui brûlaient les yeux et cela l'exaspérait. Elle s'accrochait à son amour-propre et refusait l'humiliation de pleurer devant cet homme.

– Je ne le nie pas, dit-il, mais les choses sont plus compliquées que vous ne voulez l'admettre. Nous ne savions pas alors que vous étiez en sécurité. Il était fort possible que l'homme que nous recherchions traverse la Manche pour en finir avec vous. Votre grand-père s'inquiétait de votre avenir. Aussi vous a-t-il confiée à moi. Je lui ai promis de faire tout ce qui serait en mon pouvoir pour vous protéger, et j'ai tenu ma promesse.

Elle avait l'impression que sa poitrine allait exploser.

– Oh, je ne peux vous prendre en défaut sur ce

point. Vous êtes allé bien au-delà du devoir. Vous m'avez même épousée ! Ah, le galant homme !

Il s'approcha, la main tendue. Quand elle recula, la colère le saisit.

– Puis-je vous rappeler que ce mariage était votre idée ?

Elle secoua la tête furieusement.

– Eh bien, ç'a été la plus grave erreur de ma vie. Vous n'avez cessé de penser à Cassie.

– Allez-vous arrêter de vous lamenter sur vous-même, rugit-il, et essayer de vous mettre un peu à ma place ? Ma femme a été assassinée ! Sauvagement ! Je l'aimais, c'est vrai. Elle attendait notre enfant. Quand j'ai trouvé son corps flottant dans le lac...

Sa voix se brisa, et il pivota brutalement vers la fenêtre.

Tessa comprenait sa douleur. Elle était même désolée pour lui. Sa colère retomba un peu.

Il se retourna vers elle.

– Je n'ai pas honte de ce que j'ai fait. Je ne regrette pas que le meurtrier de Cassie soit derrière les barreaux. Pourquoi le regretterais-je ?

Cassie. Toujours Cassie. Bertram Gibbon avait assassiné cinq jeunes femmes et avait failli la tuer elle aussi, mais Ross ne songeait qu'à Cassie. C'était clair : il n'y aurait jamais qu'une femme dans sa vie.

Vaincue, elle reprit plus doucement :

– Ce que j'aurais voulu, c'est que vous me disiez la vérité depuis le début. J'aurais accepté de vous aider. J'aurais pu alors célébrer avec vous cette victoire, à laquelle vous vous êtes bien gardé de m'associer.

Elle secoua la tête quand il voulut parler.

– Je sais, je sais. Vous aviez sans doute des raisons majeures pour me cacher la vérité. Mais franchement, je n'ai pas envie de les entendre.

Quand elle s'approcha de la porte, il l'arrêta.

– Vous n'allez pas partir sans parler à Sally ? Tessa, vous ne pouvez pas la laisser ainsi...

Elle le regarda comme s'il était un étranger.

– Cela m'est égal de ne plus jamais parler à Sally, déclara-t-elle avec lassitude. Ni à aucun d'entre vous, d'ailleurs.

Il se mordit la lèvre. Il ne s'était pas bien expliqué. Il reprendrait ses explications cette nuit, après lui avoir fait l'amour. Elle était incapable de comprendre quoi que ce soit en ce moment. Ce serait différent quand il la tiendrait dans ses bras.

Il lui tint la porte.

– Je vais vous reconduire à la maison, annonça-t-il.

– A la maison ?

Un pli barra son front. L'expression distraite de Tessa ne lui disait rien qui vaille.

– A Sayle House.

– Merci, ce n'est pas la peine. Sayle House n'a jamais été ma maison. C'est celle de Cassie et la vôtre. J'espère que vous y serez heureux tous les deux !

– Bon sang, Tessa ! Allez-vous arrêter !

– Oh, j'en ai bien l'intention, déclara-t-elle tristement. Croyez-moi, j'en ai bien l'intention...

Sally les regarda partir d'une fenêtre à l'étage. Julian était affalé sur un siège et l'observait.

– Desmond les accompagne, déclara la jeune femme. Tessa ne le regarde même pas. Il serre la main de Ross... Ça y est, reprit-elle un moment plus tard. Ils sont partis et elle n'a pas demandé à me parler. Elle ne m'a même pas laissé une chance de m'excuser.

Elle renifla dans le mouchoir que Julian lui avait donné quelques instants auparavant.

– J'imagine que je ne la reverrai jamais.

– Mais bien entendu que vous la reverrez, Sally. C'est seulement un malentendu. Tessa a été... eh bien... interloquée quand elle nous a trouvés en train de fêter l'événement. Notre erreur a été de ne pas lui avouer, tout de suite après l'arrestation de Gibbon, que nous n'avions pas été totalement honnêtes avec elle. Attendez donc de voir. Ross arrangera les choses.

Elle s'assit en face de lui.

– Vous croyez vraiment ? Je ne supporte pas l'idée de l'avoir blessée.

Il lui sourit.

– Sally, nous avons tous joué notre rôle pour la soustraire à la folie meurtrière de Gibbon. Vous ne le regrettez pas, j'imagine ?

– Bien sûr que non ! C'est juste...

Il lui prit le mouchoir des mains et essuya les grosses larmes qui roulaient sur ses joues.

– C'est juste que nous l'avons abominablement déçue, Julian. Vous avez entendu ce qu'elle a dit. Nous lui avons raconté tellement de mensonges...

– Je ne lui ai pas raconté de mensonges, déclara-t-il. En tout cas, aucun dont je me souvienne.

Elle retint sa respiration.

– Comment pouvez-vous dire une chose pareille, alors que vous alliez chaque jour à Sayle House pour veiller sur elle en faisant semblant de me faire la cour ?

Il glissa le mouchoir dans sa poche et se carra dans son fauteuil.

– Ce n'était pas un mensonge, et je ne faisais pas semblant. Je vous faisais la cour.

– Vous... ?

Il sourit.

– Fermez votre bouche, Sally, avant de gober les mouches.

Elle ferma la bouche.

– Alors ? reprit-il. Vous n'avez rien à dire ?

Elle ouvrit la bouche.

– Si c'est une plaisanterie, laissez-moi vous dire qu'elle ne m'amuse pas !

Il poussa un soupir.

– Je savais bien que vous ne voudriez pas me croire. Je suis profondément amoureux de vous, Sally. Je vous demande d'être ma femme. Et je ne plaisante pas. Interrogez Desmond si vous ne me croyez pas. Interrogez votre père. J'ai sa permission de demander votre main.

– Mon père ! Il vous a donné sa permission ?

– Pourquoi pensez-vous que je me sois rendu chez vous à Noël ? J'ai dû promettre, bien entendu, de changer d'existence. Et c'est ce que j'ai fait, Sally. J'ai complètement changé du jour où je vous ai rencontrée. J'ai alors compris que je vous aimais.

Elle se mit à bégayer.

– M... mais, J... Julian... vous ne cessez de m'insulter.

Il haussa les épaules.

– C'est ma façon de vous faire la cour. Vous ne vous en étiez pas encore aperçue ?

– De me faire la cour ? Quand vous me traitez d'amazone maigrichonne au teint mat !

– Mais vous êtes une amazone maigrichonne au teint mat, Sally !

Elle sauta sur ses pieds. Sa poitrine se soulevait à un rythme précipité.

– Et vous, sir, n'êtes rien qu'un dandy, un grand dadais de dandy sans cervelle ! Un fastueux fat futile et fâcheux...

Il se leva à son tour et la serra dans ses bras en riant.

– Vous vous êtes exercée, Sally ! Vous pensez donc à moi de temps en temps quand je ne suis pas là ! Maintenant, je sais que vous m'aimez !

Bien qu'elle se débattît de toutes ses forces, il l'écrasa contre lui dans un long baiser. Soudain, elle cessa de combattre et, passant les bras autour de son cou, elle lui rendit son baiser.

Ils se séparèrent en entendant un bruit de pas dans l'escalier.

– Que diable se passe-t-il ! gronda Julian.

Au même moment, Desmond fit irruption dans la pièce.

– C'est Bertram Gibbon ! jeta-t-il, à bout de souffle. Je viens de recevoir la nouvelle.

– Ne me dites pas qu'il s'est échappé !

– Dans une certaine mesure. Il s'est empoisonné. Il est mort.

Amanda Chalmers apprit la mort de son cousin avec sérénité. Elle n'invita pas l'officier de police, qui était venu la prévenir, à prendre un rafraîchissement. Il arrivait à un mauvais moment, allégua-t-elle. Tous les meubles étaient recouverts de housses. Ses malles étaient faites. Elle partait pour son domaine de Henley afin d'échapper à la fureur soulevée par l'arrestation de son cousin. L'officier l'assura de sa sympathie. Aujourd'hui, les gens étaient si cruels...

Une heure plus tard, elle était dans son cabriolet dont les stores restèrent baissés jusqu'à ce qu'elle soit sortie de Londres. Elle ne voulait surtout pas qu'on surprenne sa fuite humiliante. Toutes les portes lui étaient désormais fermées. Plus personne ne la recevrait jamais.

Une autre femme aurait été accablée par cette infortune, mais ce n'était pas son cas. L'Angleterre était loin d'être le centre du monde. Il y avait d'autres pays, d'autres sociétés où elle pourrait se faire une place. Elle changerait de nom, bien sûr, et d'aspect. Non, le monde n'en avait pas fini avec Amanda Chalmers !

Bertram lui manquerait. Personne ne la comprenait aussi bien que lui. Elle le lui avait dit en allant le voir à Newgate.

Ils avaient parlé de l'époque où ils étaient enfants. Ils avaient discuté de tout, sauf de la raison pour laquelle il se trouvait là. Jamais elle ne l'avait autant admiré. Il était courageux, raffiné et drôle, et c'est ainsi qu'elle voulait se le rappeler.

Au moment où elle se levait pour partir, il lui avait demandé de ne pas revenir : il ne serait plus là. Elle avait cru qu'il faisait allusion à un transfert dans une autre prison, mais il avait secoué la tête. Quand elle l'avait embrassé pour lui dire au revoir, il lui avait chuchoté à l'oreille :

– Souviens-toi de moi de temps en temps...

Elle avait compris alors que Bertram avait décidé de priver le bourreau de sa victime. Elle ignorait qui lui avait procuré du poison, mais elle savait qu'on pouvait tout acheter à Newgate à condition d'y mettre le prix, tout, sauf la liberté.

A cet instant, elle avait failli fondre en larmes. D'une certaine façon, elle l'avait aimé...

25

Ross n'apprécia guère sa promenade à Hyde Park. Il aurait dû y avoir peu de monde à ce moment de la journée, mais la nouvelle avait circulé que l'insaisissable lord Sayle faisait un tour à cheval dans le parc vers dix heures. Aussi fut-il assailli par de nombreux sympathisants. C'était surtout Tessa qui les intéressait, et ils le bombardèrent de questions à son sujet. Elle était partie à Greenways, répondit-il patiemment, pour se remettre de son épreuve. Oui, il était très heureux que Bertram Gibbon ait décidé d'en finir lui-même : cela épargnait à lady Sayle la pénible obligation de venir témoigner à son procès.

Il n'était pas seulement soulagé pour Tessa. Desmond, avec son bon sens habituel, avait souligné que Gibbon leur avait rendu un fier service.

– Je pense aux parents des victimes, avait-il remarqué. Il faudra bien entendu leur dire la vérité, mais il n'y a aucune raison de jeter cette affaire en pâture au public. A quoi cela servirait-il ? Pour tout le monde, Gibbon restera uniquement le meurtrier de Becky Fallon et de Nane Roberts.

Ross comprenait le point de vue de Desmond. Il n'avait pas encore informé sa grand-mère ni Larry que la mort de Cassie n'avait pas été un accident. Il ne pouvait s'y décider. Ils avaient tout juste réussi à surmonter leur chagrin, et cela ne ferait que le réveiller...

Il était désolé pour Nane Roberts, terriblement désolé, mais il ne pouvait s'empêcher de penser que pour une fille intelligente, elle avait vraiment joué un jeu stupide. Il n'en avait rien dit à Tessa, bien entendu. Leurs relations étaient trop orageuses. Il avait dû lui raconter comment ils l'avaient retrouvée et comment ils avaient tous joué un rôle pour la protéger. Elle s'était montrée implacable et refusait d'accepter ses explications.

Leur brouille était même allée plus loin. Pendant le voyage de Greenways, une semaine auparavant, elle n'avait pu cacher son amertume. Elle lui en voulait d'avoir été l'instigateur de tout cela et de l'avoir fait uniquement en mémoire de Cassie. C'était pour capturer son meurtrier qu'il l'avait emmenée à Fleetwood et qu'il avait fait en sorte qu'elle retrouve la mémoire, et elle doutait de pouvoir jamais le lui pardonner.

Il lui avait accordé la période de tranquillité qu'elle demandait pour tenter d'y voir clair. Mais il l'avait fait à contrecœur. Elle était sa femme. Sa place était à ses côtés. Ils pourraient désormais mener une vie heureuse, si seulement elle acceptait de se montrer raisonnable. Il avait patiemment souligné tout cela, dans le salon à Greenways. Il aurait pu tout aussi bien épargner sa salive. Elle lui écrirait dès qu'elle aurait pris une décision, avait-elle déclaré, et jusque-là elle lui serait reconnaissante de la laisser en paix. Il avait cédé et était retourné à Sayle House, frustré. Mais tout au fond de lui, il sentait la peur le tenailler. Et si elle le rejetait ?...

Il s'était mis à neiger, et il serra son manteau autour de lui. Au moment où il regagnait le parc de Sayle House, l'angoisse le submergea. Il fixa la maison et n'éprouva pas le sentiment de rentrer chez lui. Sans Tessa, Sayle House n'était qu'une demeure terne, dénuée de toute âme...

Dans l'entrée, un valet s'avança afin de prendre ses affaires. Ross s'arrêta pour contempler les portraits de ses augustes ancêtres qui le narguaient du haut des boiseries sombres. Dieu, qu'ils avaient l'air sinistres ! Il se demanda s'il leur était jamais arrivé de sourire de toute leur vie. Le rire clair de Tessa lui revint en mémoire. Dire qu'il s'était plaint de le trouver trop bruyant ! Il donnerait n'importe quoi pour l'entendre à nouveau.

D'un pas lourd, il entra dans la bibliothèque et s'arrêta brusquement. Quelqu'un l'y attendait : son beau-frère, le vicomte Pelham. Larry ne semblait pas de meilleure humeur que lui-même. Il se tenait debout, raide comme un piquet.

Une ride barra le front de Ross. Il ne manquait plus que cela ! Réprimant un juron, il alla à son bureau, s'assit et fit signe à Larry de prendre un siège.

– Je vois à ton air que ce n'est pas une visite mondaine, commença Ross, aussi dispensons-nous des habituels échanges de politesses. Que se passe-t-il cette fois ? Es-tu poursuivi par tes créanciers ? As-tu perdu ta propriété au jeu ?

S'apercevant que son ton était froid et sarcastique, il s'efforça de le modérer.

– Larry, il faudrait que tu apprennes enfin à te débrouiller tout seul. Tu ne peux pas toujours m'appeler à l'aide pour te sortir d'embarras. Tu ne t'es pourtant pas toujours conduit ainsi...

Quand son beau-frère lui tendit une feuille de papier, Ross se tut brusquement. C'était un ordre de virement à son nom de cinq mille livres, signé de Larry.

– Que diable est-ce donc ? s'enquit-il.

Le vicomte esquissa un sourire.

– Il me semble que cette somme remboursera toutes mes dettes envers toi.

Ross repoussa le papier.

– Ecoute, Larry, je sais que j'ai commis des erreurs avec toi, de graves erreurs même. J'aurais dû essayer d'être plus amical, de te consacrer plus de temps. J'étais préoccupé, je le reconnais. Mais, bon sang, je ne suis pas l'odieux personnage pour lequel tu me fais passer ! L'argent ne compte pas pour moi. Ne comprends-tu pas que si j'ai été dur avec toi, c'était pour ton bien ! J'ignore qui t'a prêté cet argent, mais...

Une pensée lui traversa soudain l'esprit et il fronça les sourcils.

– Tu ne l'aurais pas gagné au jeu, par hasard ?

Larry le regardait avec un certain embarras.

– Tu n'as pas besoin de me dire tout cela, déclara-t-il. Enfin, ce genre de choses... que tu as été dur pour mon bien. Je le sais.

Ross le dévisagea.

– Je commençais à croire que tu me considérais comme un ennemi.

Larry eut l'élégance de rougir.

– Ecoute, j'ai pu me rebeller de temps à autre quand tu te comportais en vrai tyran. Mais tu sais bien que cela ne voulait rien dire ! Je te considère comme un frère aîné, et Sayle House est mon second foyer.

Il ramassa le papier et le tendit de nouveau à Ross.

– Allons, redemande-moi comment j'ai trouvé cet argent, et essaie de ne pas imaginer le pire.

Intrigué, Ross s'appuya contre le dossier de son fauteuil.

– D'accord, Larry. Comment as-tu gagné cet argent ?

– A la Bourse. Tu m'as toi-même montré comment faire. Tu ne t'en souviens pas ?

– Je croyais que tu ne m'écoutais pas.

Larry lui jeta un coup d'œil et sourit.

– J'ai fait des emprunts pour pouvoir investir.

– Et c'est pour cela que tu as mis en gage ce plat en argent et vendu le Titien ?

– J'avais besoin de liquide, mais je savais que je récupérerais le tout un jour. J'ai sans doute fait une erreur avec le Titien. Je me suis laissé emporter. Mais sinon, tout a très bien marché.

Ross avait du mal à le croire. Il s'était trompé au sujet de Larry. C'était simplement un jeune homme qui tentait de faire ses preuves.

Il secoua tristement la tête.

– Pourquoi ne m'as-tu pas dit que tu investissais ton argent ?

Larry haussa les épaules.

– Si j'avais échoué, tu me l'aurais rabâché pendant des années. Mais j'ai saisi le truc. J'ai un sixième sens quand il s'agit de choisir les meilleures valeurs.

– Tu as bien joué, Larry ! le félicita Ross. Accepterais-tu maintenant de donner quelques conseils à ton tuteur ?

Les yeux du vicomte pétillèrent.

– Bien sûr !

Ross remplit deux verres de xérès pour célébrer l'événement et porta un toast.

– A ton prochain objectif !

Puis il ajouta après réflexion :

– A propos, quel est ton prochain objectif ?

Larry se redressa sur son siège et arbora une expression dure, presque de défi.

– J'ai l'intention d'épouser Sophie Naseby, annonça-t-il. Et personne ne se mettra en travers de mon chemin !

Quelque temps plus tard, Ross finissait son xérès à petites gorgées quand sa grand-mère passa la tête dans l'entrebâillement de la porte.

– Je viens de voir Larry partir, dit-elle. Alors, que penses-tu de la bonne nouvelle ?

Elle alla jusqu'au siège que le vicomte venait de quitter et s'y assit.

– Ce que je pense, répliqua Ross, c'est que je ne sais pas quoi penser.

Il ramassa un porte-plume d'un air absent et se mit à en donner de petits coups sur le bureau.

– Je l'ai mal jugé, reprit-il. Et je suppose que nous avons tous fait de même.

– Pas moi ! protesta la douairière. Je n'ai jamais douté que Larry se révélerait quelqu'un de bien.

Il la regarda d'un air surpris.

– Vraiment ?

– C'est inscrit dans ses os, déclara-t-elle avec suffisance. Et j'ai toujours été persuadée que la femme adéquate pourrait le transformer. Mais je t'ai déjà dit tout cela.

– En effet, vous me l'avez déjà dit, acquiesça Ross.

Mais je ne vois vraiment pas ce que les os ont à voir là-dedans.

La douairière eut un petit reniflement hautain.

– Ah, tu n'es pas convaincu ? Et qui est-ce qui t'a prévenu contre Amanda Chalmers et Bertram Gibbon ? Des personnages déplaisants et malsains – ce sont mes propres termes. Mais tu ne m'as pas écoutée !

Ross souriait.

– Ce que je pense, c'est que vous avez un sixième sens au sujet des gens, juste comme Larry a un sixième sens pour la Bourse. A partir de maintenant, je vous écouterai tous les deux.

Lady Sayle se pencha en avant sur son siège.

– Je suis heureuse de l'entendre, parce que je veux justement te parler de Tessa.

Le sourire de Ross disparut brusquement.

– Qu'y a-t-il au sujet de Tessa ?

– J'insiste pour que tu me permettes de la voir. Cela fait dix jours maintenant qu'elle est à Greenways, et elle doit se demander pourquoi aucun de ses amis n'est venu lui rendre visite.

Ross secoua la tête.

– C'est elle qui a voulu cette période de solitude pour réfléchir tranquillement. Quand elle sera prête à revoir ses amis, elle m'enverra un mot.

La vieille dame se renfonça dans son siège, les sourcils froncés.

– Que se passe-t-il, Ross ? Pourquoi es-tu si sombre ?

Il jeta son porte-plume. Et il répondit d'une voix plus émue qu'il ne l'aurait voulu :

– Tessa risque de ne jamais me revenir, grand-mère...

– Je vois, fit-elle d'une voix éteinte.

– Je lui ai écrit tous les jours, et je n'ai reçu aucune réponse.

– Cela ne ressemble pas à Tessa. Que lui as-tu fait, Ross ?

Il secoua la tête.

– C'est entre elle et moi, grand-mère.

– Et Cassie aussi, sans doute ?

Il lui lança un regard dur.

– Si tu veux en croire mon sixième sens... commença-t-elle. (Puis elle se leva, contourna le bureau et déposa un baiser sur le sommet de sa tête.) Sais-tu ce que je pense, Ross ? Je pense que c'est toi qui devrais prendre un moment pour réfléchir tranquillement.

Et, sur cette flèche, elle le quitta...

Ross finit son xérès et consulta sa montre. Il était midi. Il lui restait encore douze heures avant de se mettre au lit. Il fallait qu'il les remplisse d'une manière ou d'une autre. Il regarda la pile de lettres sur son bureau et ne put se décider à se plonger dans leur lecture.

Ne sachant quoi faire, il se mit à errer dans la maison. Il était préoccupé. Il retournait dans son esprit le conseil de sa grand-mère et, sans s'en rendre compte, il se retrouva devant l'appartement de Cassie.

Il essaya d'ouvrir la porte, mais elle était fermée à clé. Il se souvint alors du jour où il avait ordonné à l'intendante de la tenir fermée. Il ne voulait pas que Tessa franchisse de nouveau cette porte. C'était une partie de sa vie qu'il refusait de partager avec elle. Il s'était montré brutal, et il avait été accablé par la culpabilité et le remords. Pas seulement à cause de sa conduite vis-à-vis de Tessa, mais plus particulièrement à cause de Cassie. Il avait laissé une autre femme la supplanter dans son cœur.

Même maintenant, il avait du mal à ne pas repousser cette pensée, et il se demandait pourquoi la vérité était si terrifiante à admettre...

Il aimait Tessa. Il l'aimait de tout son cœur.

Il resta un long moment devant cette porte fermée.

Quand il se détourna et retraversa le couloir, il marchait d'un pas léger. Tout en descendant l'escalier, il demanda qu'on selle son cheval, puis il partit à la recherche de sa grand-mère.

26

Il faisait nuit dehors et il s'était remis à neiger. Tessa était blottie dans un fauteuil au coin du feu et relisait les lettres de son grand-père. Depuis dix jours que Ross l'avait emmenée à Greenways, elle les avait relues de nombreuses fois et aurait presque pu les réciter par cœur.

Poussant un soupir, elle fixa le feu. Elle pouvait voir le visage de son grand-père et entendre sa voix comme s'il était là. Contrairement à Ross, elle n'avait nul besoin d'une chambre pleine de souvenirs pour se rappeler un être aimé qu'elle avait perdu. Ses souvenirs étaient gravés dans son cœur. Peut-être qu'avec le temps ils s'estomperaient, mais jamais ils ne s'effaceraient.

Sa main se posa sur la broche épinglée à son corsage. Elle n'était pas totalement juste envers Ross.

Elle aussi avait un souvenir qu'elle chérissait : cette broche en rubis que son grand-père lui avait donnée pour son anniversaire. C'était aussi un cadeau de Ross, puisqu'il l'avait complétée avec des émeraudes. Les deux personnes qui comptaient le plus dans sa vie se trouvaient ainsi réunis dans ce présent...

– Grand-père, chuchota-t-elle.

Elle baissa ensuite les yeux sur ses lettres et sourit. Son grand-père avait prévu ce jour où elle devrait se séparer de tous ses amis parce qu'ils l'avaient trompée, et il avait cherché à atténuer le choc. Il assumait la totale responsabilité de ce qui était arrivé. Et ce qu'il avait fait, écrivait-il, il l'avait fait pour elle, parce qu'il l'aimait. Elle ne devait pas blâmer lord Sayle. Il avait agi avec son total consentement. Tout était pour le mieux et, un jour, elle lui en serait reconnaissante.

Il le lui répétait dans toutes ses lettres. Quand elle les avait reçues, elle avait pensé qu'il faisait référence à son retour forcé en Angleterre. Quelle enfant elle avait été ! Entêtée et pleine de suffisance, comme si le monde tournait autour d'elle. En regardant en arrière, elle comprenait pourquoi son grand-père ne lui avait rien dit. Elle avait un caractère totalement imprévisible, et il n'avait pas osé lui faire confiance.

Elle aurait voulu revenir en arrière pour revivre les trois derniers mois qu'elle avait passés à Paris, à l'époque où Ross Trevenan était encore le secrétaire de son grand-père. Il n'y aurait plus eu de crises de colère, plus de rébellions. Si seulement elle avait manifesté davantage de maturité, les choses auraient pu être différentes...

Un courant d'air froid entra par l'une des fenêtres ouvertes, faisant vaciller la flamme des chandelles.

Elle posa les lettres sur la table et alla tirer les rideaux. La neige avait collé aux carreaux et les rendait opaques. Le vent s'était levé. Elle aimait ce genre de temps. Elle aurait voulu enfiler son manteau et sortir pour se dissoudre dans les éléments déchaînés. Ne pas penser. Juste sentir. Se sentir en vie.

Elle se demanda si Cassie avait jamais éprouvé la même chose. Elle savait qu'elles étaient toutes les deux très différentes. Pourtant, elles étaient tombées amoureuses du même homme. Il y avait autre chose qui les liait. Sans Cassie, serait-elle encore en vie aujourd'hui ? Elle avait repassé sans fin dans son esprit le moment où le meurtrier sortant de l'eau s'était lancé à sa poursuite. Elle s'était cachée dans des buissons et il était à quelques pas d'elle quand une voix avait appelé Becky. C'était Cassie. Bertram Gibbon s'était alors enfui...

Elle frissonna et se retourna vers le feu. Son grand-père avait raison. Maintenant qu'elle connaissait toutes les circonstances, elle était heureuse d'avoir contribué, même sans le savoir, à l'arrestation de ce monstre. Sally, Julian et Desmond avaient tous eu leur rôle dans cette affaire, et c'était idiot de sa part de leur en vouloir.

Ses yeux tombèrent sur une autre pile de lettres posées sur la table. Elles les avaient lues attentivement un peu plus tôt. C'étaient celles de Ross.

Cela aurait été tellement plus facile si elle n'était pas tombée amoureuse de lui. Il n'était pas libre de l'aimer, et c'était cela qui la faisait tant souffrir. Ce n'était la faute de personne, et elle avait tort de le lui reprocher. Il aimerait toujours Cassie. La question, maintenant, était de savoir si elle pourrait jamais s'y habituer.

Constater qu'elle s'apitoyait sur elle-même fut le meilleur antidote à son chagrin. Elle sécha ses larmes et se secoua de sa torpeur.

Des plumes, de l'encre et du papier étaient disposés sur la table. Elle avait eu sa période de solitude pour réfléchir. Maintenant, elle avait une lettre à écrire.

Elle avait juste inscrit la date quand elle entendit des sabots claquer sur les pavés de la cour. Posant son porte-plume, elle alla à la fenêtre et regarda dehors. Un palefrenier tenait un cheval par la bride, mais il n'y avait aucun signe du cavalier. Il était presque minuit. Si on lui avait dépêché un coursier par un temps pareil et à cette heure-là, c'est qu'il s'était passé quelque chose de grave !

Paniquée, elle se rua hors de sa chambre. A la moitié des escaliers, elle marqua un arrêt. Ross se tenait dans l'entrée, ses cheveux blonds ébouriffés par le vent et parsemés de flocons. Un courant d'air froid s'engouffrait par la porte ouverte, agitant sa longue pèlerine. Une chandelle s'éteignit.

– Fermez cette maudite porte ! rugit-il, et un valet se dépêcha de lui obéir.

Soulagée de le voir sain et sauf, elle se laissa aller contre la rampe. Puis une pensée lui traversa l'esprit, et elle descendit les dernières marches en courant.

– Ross, il est arrivé quelque chose ? Pourquoi êtes-vous ici ?

Il était en train de retirer sa pèlerine.

– Pourquoi ne serais-je pas ici ? protesta-t-il d'un ton fort peu civilisé. Je suis chez moi, que diable !

– Mais... votre grand-mère, Sally et les autres ? Est-ce qu'ils vont bien ?

Il renvoya le valet avant de répondre :

– Ils vous envoient tous leurs amitiés, si cela vous

intéresse quelque peu, ce dont je doute puisque vous n'avez même pas pris la peine de leur écrire. Ni à moi non plus, d'ailleurs ! J'imagine que vous vous fichez éperdument de savoir que Sally refuse de fixer la date de son mariage avant d'avoir de vos nouvelles ? Et Larry s'est fiancé avec Sophie Naseby. Mais cela est certainement le cadet de vos soucis !

Elle était aussi furieuse que lui.

– Vous avez fait la route jusqu'à Greenways par un temps pareil uniquement pour m'apporter ces nouvelles ? Vous rendez-vous compte des risques que vous avez pris ? Vous auriez pu geler sur place si vous vous étiez perdu dans la tempête. Et je m'apprêtais à répondre à toutes vos lettres, figurez-vous. Quand vous êtes arrivé, je venais de me mettre à écrire.

Les mains de Ross se refermèrent autour de ses épaules.

– C'était vraiment une idée idiote de vous laisser ici toute seule à ruminer. Il n'est pas question que vous me quittiez, Tessa, et c'est sans appel ! Voilà ce que je suis venu vous dire.

Le cœur de la jeune femme se mit à battre précipitamment, mais ce n'était pas de panique. Elle sentait les mains de Ross trembler et la peur pointer derrière sa bravade. Elle releva le menton pour le regarder droit dans les yeux.

– Donnez-moi une seule bonne raison de rester avec vous, Ross Trevenan.

– Parce que je vous aime ! rugit-il. Et que vous m'aimez !

Elle sourit.

– Vous n'êtes pas aussi stupide que je le croyais, déclara-t-elle, et, étouffant un sanglot, elle se jeta dans ses bras.

Tessa était nichée contre le torse de son mari et écoutait la tempête qui faisait rage au-dehors. Elle était fatiguée, mais n'avait pas vraiment sommeil. Elle voulait savourer ces instants où elle se sentait en paix avec le monde entier. Soulevant légèrement la tête pour regarder Ross, elle s'aperçut qu'il ne dormait pas non plus.

Il laissa courir son index sur ses lèvres.

– A quoi pensez-vous ? demanda-t-il d'une voix douce.

– Je pensais que mon vœu le plus cher s'était enfin réalisé. Vous avez fini par tomber amoureux de moi.

Il secoua la tête.

– Je vous aime depuis longtemps, presque depuis la première fois que je vous ai vue.

Elle haussa les sourcils et il acquiesça d'un signe de tête.

– La première fois, quand vous êtes entrée dans le bureau de votre grand-père, j'ai eu l'impression de recevoir un coup.

Elle laissa échapper un rire incrédule.

– Vous avez eu une drôle de façon de me le montrer ! Vous cherchiez à me prendre en défaut à chaque instant. Ne niez pas ! Je ne trouvais jamais grâce à vos yeux. Oh, je sais que vous vous êtes mis à me désirer et que j'ai fini par compter pour vous. Mais c'était bien après, quand nous étions déjà en Angleterre.

Il roula hors du lit, passa sa robe de chambre et revint s'asseoir près d'elle. Tessa s'appuya contre la tête du lit.

– Qu'y a-t-il, Ross ? Pourquoi me fixez-vous ainsi ?

– Il faut que vous compreniez ce qui se passait en moi, murmura-t-il.

Elle regarda la flamme de la bougie dessiner des ombres sur son visage et songea qu'elle ne l'avait jamais vu aussi vulnérable. Une boule se forma dans sa gorge. Il allait lui parler de Cassie, elle le devinait.

– Je me reprochais ce qui était arrivé à Cassie, commença-t-il d'une voix grave. Vous n'avez aucune idée de l'effet dévastateur que peut produire ce genre de culpabilité. Je savais que je ne serais jamais en paix avec moi-même tant que je n'aurais pas trouvé le coupable. Je m'étais conduit stupidement avec elle. Vous avez raison, je n'ai rien laissé se mettre en travers de mon chemin, mais je ne peux pas le regretter, Tessa. Et je ne pensais pas seulement à Cassie. Je voulais éloigner la menace qui pesait sur vous. J'avais déjà échoué une fois. Je ne voulais pas échouer avec vous.

La main de Tessa reposait sur la courtepointe. Il l'effleura de sa paume, descendant lentement de son poignet jusqu'à ses doigts, et poursuivit sans lever les yeux :

– Pouvez-vous imaginer ce que j'ai ressenti quand je vous ai rencontrée et que j'ai compris à quel point je vous désirais ? Cela m'est apparu comme une trahison vis-à-vis de Cassie. Je me dégoûtais. Aussi ai-je combattu de toutes mes forces l'attraction que j'éprouvais pour vous.

Il laissa échapper un rire sans joie.

– Bien entendu, cela n'a pas marché. Mais plus je perdais de terrain, plus j'essayais de me convaincre que j'éprouvais seulement du désir pour vous. Il y a autre chose qu'il faut que vous sachiez, ajouta-t-il en levant les yeux vers elle. J'aimais Cassie, certes, mais vous m'avez fait ressentir des choses que je n'avais jamais ressenties, expérimenter des sensations si nouvelles... Jamais je n'aurais imaginé cela.

Il lui retournait ses propres mots, les mots dont il s'était cruellement moqué après l'avoir embrassée sous le kiosque dans le jardin de son grand-père.

Des larmes lui brûlèrent les yeux.

– C'est pour cela que je ne voulais jamais parler de Cassie, expliqua-t-il d'une voix enrouée. Je craignais d'être confronté à la vérité. Et j'avais l'impression d'être un traître. Aussi ai-je tenté de vous chasser de mon cœur, comme je vous ai chassée de son appartement. J'avais peur de vous laisser ouvrir ces portes. Mais maintenant, je sais qu'il ne peut pas exister de portes fermées entre nous.

Elle joignit ses doigts aux siens sans rien dire.

– Je dois ajouter quelque chose au sujet de notre mariage. J'ai essayé de me persuader que j'agissais ainsi pour vous protéger, pour remplir la promesse que j'avais faite à votre grand-père, mais c'était un mensonge. La manière dont les choses s'enchaînaient me convenait parfaitement. J'allais pouvoir vous posséder sans devoir reconnaître que je vous aimais. Cela aurait été différent si je n'avais pas eu cette culpabilité à porter, si je n'avais pas été obsédé par la mort de Cassie. Si elle était morte de mort naturelle, j'aurais pleuré sa perte, mais j'aurais continué à vivre. J'avais l'impression que je ne méritais pas d'être heureux. Je chérirai toujours le souvenir de Cassie, mais je ne lui permettrai pas de nous séparer.

Comme il restait silencieux, elle demanda :

– Est-ce parce que vous avez enfin attrapé Bertram Gibbon ?

– En partie seulement.

– En partie ?

Il posa un regard brûlant sur elle.

– Je ne veux pas vous perdre, Tessa. Je suis prêt à faire n'importe quoi pour vous garder. Je vais louer Sayle House. Je sais combien vous détestez cette maison, vous n'aurez plus jamais à y remettre les pieds. Nous chercherons quelque chose à louer en attendant de trouver une maison qui nous plaise. Nous pourrons la faire construire, si vous le préférez. Peu m'importe l'endroit où nous vivrons, du moment que vous serez là.

– Je ne la déteste pas. C'est une très belle maison. Mais j'étais persuadée que vous apparteniez à Cassie et ne seriez jamais à moi.

– Tessa, pourrez-vous jamais me pardonner d'avoir été aussi stupide ? murmura-t-il avec une infinie tendresse.

Les larmes aux yeux, elle passa les bras autour de son cou.

– Je promets de toujours tout vous pardonner.

Sa bouche était avide et chaude contre la sienne, et toute une vie de bonheur se profilait derrière ce baiser.

Ils prirent leur temps pour s'aimer. Le plaisir les emporta comme une lame de fond. Et pourtant, au-delà du plaisir, c'était l'amour, leur amour mutuel, qui seul comptait pour eux. Tout ce dont ils avaient jamais rêvé, ils le trouvaient maintenant dans les bras l'un de l'autre.

5077

Photocomposition Assistance 44-Bouguenais
Achevé d'imprimer en Europe (France)
par Brodard et Taupin à La Flèche (Sarthe)
le 29 décembre 1998. 1669V
Dépôt légal déc. 1998. ISBN 2-290-05077-6
Éditions J'ai lu
84, rue de Grenelle, 75007 Paris
Diffusion France et étranger : Flammarion